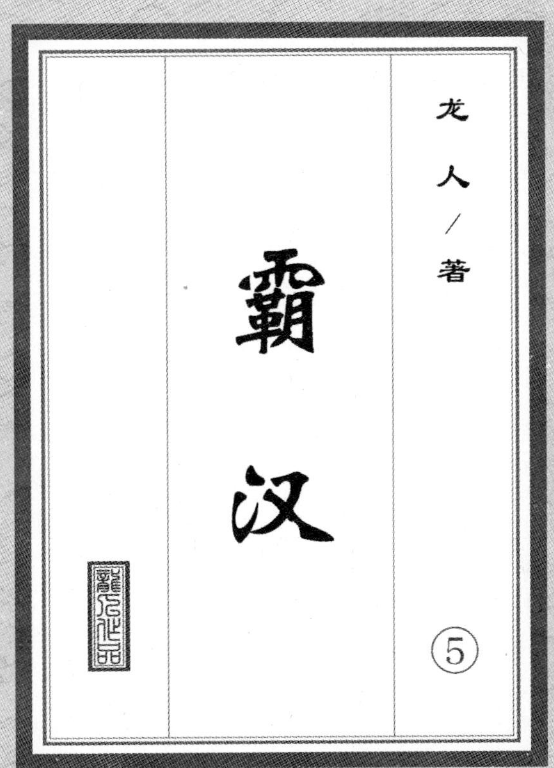

二十一世纪出版社集团
21st Century Publishing Group
全国百佳出版社

图书在版编目（CIP）数据

霸汉：全 10 册 / 龙人著 . -- 南昌：二十一世纪出版社集团，2017.10

ISBN 978-7-5568-3101-2

Ⅰ . ①霸… Ⅱ . ①龙… Ⅲ . ①长篇历史小说－中国－当代 Ⅳ . ① I247.5

中国版本图书馆 CIP 数据核字 (2017) 第 243760 号

霸汉：全10册 龙 人 著

责任编辑 敖登格日乐
出版发行 二十一世纪出版社集团
（江西省南昌市子安路75号 330025）
www.21cccc.com cc21@163.net
出 版 人 张秋林
经 销 新华书店
印 刷 北京龙跃印务有限公司
版 次 2018年2月第1版 2018年2月第1次印刷
开 本 710mm × 1000mm 1/16
印 张 160
字 数 1600千
书 号 ISBN 978-7-5568-3101-2
定 价 498.00元（全10册）

赣版权登字—04—2017—743

目　录

第四十二章　偷龙转凤

“钦差大臣来了。”

林渺诸人正在用斋膳之际，突地有一名家将入门禀报。

“钦差大人到！请信都太守之子任光前去接旨！”在一名家将闯入内里之后，随即又有一名小宦官打扮的人走入堂中呼道。

任光和林渺诸人都吃了一惊，皆没想到在这个时候居然会有朝中钦差来到信都。不过，信都在名义之上仍是属于朝廷，虽然隐有割据一方的迹象，但毕竟没有举旗造反。

任光连忙脱下孝服，换装赶出厅外。

厅外的众家将皆垂首不敢与钦差逼视，在一干御前侍卫的相护之下，太守大座上端坐一人，正是钦差大臣。

任光抬首，这钦差并不陌生，乃是昔日与他父亲有些交情的黄门侍郎狄英。

“任光拜见钦差大人，迎接来迟，还请恕罪！”任光行了一礼道。

“任贤侄可还记得我否?”狄英自坐上立起，笑问道。

“狄大人英名，小侄自然谨记！”任光点头道。

狄英笑了笑，道：“贤侄，人死不能复生，还望节哀顺变，先别说这么多，摆香案接圣旨吧！”

任光忙让人将堂中的幡旗和灯笼全部撤下，张灯结彩地将太守衙门里改扮了一番，但府中其他的地方则依然不改。

摆好香案，狄英这才要紧不慢地走到案前，自盒中拿出圣旨高呼："信都太守任雄之子任光接旨!"

"臣接旨!"任光立刻跪下，任家大小在堂前相继跪下。任光却在心中暗暗捉摸：这圣旨之中究竟写了一些什么东西？父亲才死十余日，朝中便立刻来下圣旨，这似乎并不是一件什么好事。

"奉天承运，皇帝诏曰：朕闻信都太守任雄病逝，甚是痛心。念其生前为国倾心尽力，鞠躬尽瘁，特追封忠义侯，其子任光承袭其父侯之位，赐千户，子孙世袭其位。另派黄门侍郎狄英接任信都太守之职，即日掌印，钦此!"

任光听得前面一段，心中顿喜，但听到后来，却容颜大变。

"忠义侯任光接旨!"狄英高喝着将圣旨卷好，双手递向任光。

任光一动不动，虽然王莽封他为千户侯，且世袭如此，但是却不会有半点实权，名声是好听，却不过是虚衔而已。

"忠义侯任光接旨!"狄英见任光仍在犹豫，不由得有点急了，再次催促道。

任光无奈，只好双手伸出，正要接旨说谢主龙恩之时，忽觉一道幽风掠过，手却接了个空。

"大胆狂徒，竟敢劫圣旨，给我拿下!"

正在任光讶异之时，却听狄英一声怒喝，他不由得抬头一看，发现狄英手中的圣旨竟被一个三尺侏儒给拿走了，不由得大吃一惊，他自然识得此人。

"哈哈，这是什么圣旨，是假的!"那侏儒并非别人，正是鲁青。此刻他犹如一只猴子般双足倒钩于大殿的横梁之上，双手展开圣旨不屑地道。

那群与狄英同来的几名御前侍卫及狄英的亲卫高手哪里会想到居然有人敢在太守府中抢劫圣旨？他们的目光都聚在任光的身上，本意是只要任光抗旨，那他们立刻擒下任光，夺得太守兵权，却冷不防竟窜出这么小的一个三尺侏儒，而且其身手之敏捷灵巧让人吃惊。

当然，若不是任光伸手准备接旨，狄英正欲松手交给任光，鲁青绝难自狄英手中抢去圣旨，便就是狄英这一松手松神之际，鲁青便出手了。

狄英还是有点得意忘形了，因为他想到，只要任光一接旨，那他便是这信都的太守，即掌管了这方圆数百里的生杀大权和财富，他也料到任光会抗旨，却没料到半路上杀出这么一个矮鬼，一时间大恼大急。

任府的家将听到圣旨，皆心中大愤，即使是太守衙门的官吏对任家都寄有深厚的感情。是以，他们对这道圣旨极不满，这一刻见有人抢走圣旨，自是更加幸灾乐祸，都在袖手旁观。

“大胆逆贼，快还圣旨来！”狄英怒喝。

鲁青却悠然自得地晃着手中的圣旨，叫道：“这张圣旨是假的，这个人是假钦差，快把他拿下！”但话音未落，两名御前侍卫已如风般掠上。

“要杀人灭口？嘿，没那么容易！”鲁青身子一扭，双腿一用力，竟翻上大梁，缩身如一只大老鼠般疾窜而过，竟在那两名侍卫剑到之际，窜上了另一根大梁，速度快极，因其身子极小巧，那大梁虽距屋顶不高，而且有交错的三角支架，但并不影响其自由的行动。

任光见鲁青如此灵巧，心中稍放心，目光扫了一下四周，却在盘算该怎样应对眼下的局面。

“砰砰……”鲁青左荡右突，虽然身子小，但力气却不小，两名狄英的亲卫与鲁青硬击了两击，鲁青的身子震飞，却落在另一根斜梁上，再滑至大梁，但狄英的两名亲卫却重重坠地。

“你们还愣着干什么？还不给本官追回圣旨？”狄英向任府家将和那群太守府的差役喝道。

“对不起，我们不负捉拿犯人的职责！大人身份尚未明确，我们不能随便出手！”任光立起身来，淡淡地回应道。

任府的家将自然也认识鲁青，知道这侏儒乃是任光义弟的人，自不会出手。

狄英脸色都气青了，但是他也无话可说，任光根本就没接过圣旨，也没看过圣旨，而那侏儒却说圣旨是假的，自不能用圣旨来要挟任光帮他。那些衙役也便都不动身了，事实上，他们便是出手，也抓不了鲁青，那大梁离地至少有两丈五，他们还要拿梯子才能上去。平日里扫那大梁上的灰尘已是不易，何况还是要上大梁抓这比老鼠还灵动的侏儒？

“拿我的公文来！”狄英向身边的一名亲卫吩咐道。他知道，如果不拿出公文，任光绝不会就犯，本来，他以为任雄去了，只剩下这黄毛小子会轻而易举地对付，却没料到节外生枝，现在唯有拿出最后的杀手锏——公文和御赐金牌了。

那亲卫忙将手中所抱的一个锦盒打开，但在锦盒打开的一刹那，狄英惊呆了，盒子里空空如也，什么也没有。

“我的公文呢？”狄英怒吼问道。

那亲卫也呆住了，脸色顿时灰白，结巴道：“我……我……怎么会这样？明明在这里面，我……怎么会……？”

“混蛋！”狄英一巴掌打得那亲卫口角流血，气急败坏地吼道：“还不快去给我找！”

任光也大讶，他本来还在考虑，如果狄英真的拿出了公文和御赐金牌，他是不是要真的出手擒住鲁青，正为这事为难时，却没料到这锦盒之中的公文竟不翼而飞，这确实让他有些意外，也想不通这之中出了什么问题。

任府家将和太守府的衙役，及那一直都不曾说话的郡丞李方、功曹唐意和主簿常信也都松了一口气，他们一向都尊敬任雄，对任光也是极为敬重，在任家掌管信都数十年中，这些人几乎都是任家的死党亲信，如果狄英有公文和金牌的话，若非任光立刻决定造反，他们也必须出手擒拿鲁青了，不过此刻狄英的公文和金牌不见自是他们认为最好的结果。

那几名御前侍卫的武功极好，直逼得鲁青四处逃窜，并不敢与之正面交锋，不过鲁青拿圣旨做武器，这些人哪里敢损坏了圣旨？是以攻起来缩手缩脚，这才让鲁青有喘息的机会，否则鲁青只怕已伤在这几名侍卫手下了。

几个人在横梁上纵窜如飞，一时之间，那几名侍卫也捉不住鲁青，毕竟他们身材高大，在这纵横交错的横梁之间伸展并不灵活，而鲁青却灵活至极。

“哼！”狄英冷哼，他见众侍卫仍无法拿下这小侏儒，心中更是恼怒，在这太守府中出了这等事，而任光又袖手旁观，他无法相信这个侏儒会与任光无关。是以，他不仅怒这个侏儒，也怒任光，但这是别人的地盘，他自不能拿任光如何，但是对这个侏儒却起了杀机。

“你们都退下！”狄英向那些追逐于横梁之间的侍卫喝道，同时他如展翅飞鹰一般射向鲁青。

鲁青吃了一惊，狄英才出手，人未到，便有一股强大的气劲将他罩住，仿佛有一张无形的网自他的四周收拢，而他身后瓦面上的尘土已飞洒而下。

鲁青发现，狄英的身子似乎可以飘向任何一个方位，即使是他改变任何方向都无法逃过狄英这一击。

任光和殿中的家将也都吃了一惊，看上去这个狄英似乎肥腻腻的，行动起来却这般利落，出手之间，仿佛抽干了殿中的空气，让人生出一种窒息的压力。

“不奉陪了！”鲁青见狄英这一招有不可抗拒之威，不由得一声低啸，身子倒弹而出，直撞向屋顶。

“哗……”屋顶瓦面爆碎，散落下无数的灰尘和瓦砾，只让狄英视线一片模糊，殿内之人也都慌忙走避。

鲁青冲出屋顶，突觉脚下一阵强大的气劲冲上，整个瓦面仿佛是被托起一般，如一张大网自他的足下罩来，狄英也跟在他的身后破出屋顶。

鲁青确实吃惊非小，狄英的气势颇出他的意料之外，功力之高也让他吃惊，想摆脱这个人似乎并不是一件容易的事。

“轰……”鲁青正在思忖间，狄英的双手已经破开层层碎瓦直袭上来，几乎不给鲁青半点思索的时间，但鲁青的反应也机敏至极，在狄英掌势破瓦而出之时，他倒调身子，手中的诏书卷起，如一柄利剑般刺出。

诏书与狄英的掌劲相触，狄英也吃了一惊，他可不敢毁了诏书，而且这也是他唯一可能成为信都太守的凭证，又怎舍得毁去？心中暗恨，但却不能不化去五成力道，化掌为爪，抓向诏书。

鲁青似乎早料到对方会有这一手，他借狄英掌劲的反弹之力，向一侧倒翻，诏书一缩，由于狄英刚冲破瓦面，碎瓦和灰尘挡住了视线，看不太清楚，一抓抓了个空。

鲁青一落上瓦面，足下连踢，碎瓦如箭矢般射向狄英，他的身子暴退，滑向太守府后院。他可不敢与狄英正面交锋，只是直觉便知道此人的武功比他至少要高出两筹，是个顶级高手。不过，他要毁去诏书却也是一件容易的事，可是，他不知任光会怎么想，如果他毁去诏书的话，便等于逼迫任光造反。而这个问题绝不是单纯的任家之事，而是涉及到信都的大局，他也不敢胡来。

“哼，想逃？没那么容易！”狄英怒喝，对那些射上身的瓦片根本就不在乎，也不能阻挡其快捷无伦的速度。

瓦片在狄英的胸前爆开，化成碎片，但狄英的手已逼入了鲁青的五尺之内，速度之快，让鲁青头皮发麻。

“给你诏书！”鲁青感到一阵窒息的压力，他再也不想坚持，如果他仍想退回后院，必会被狄英那愤怒的一掌震成重伤，是以他将手中的诏书飞速向天空中抛出。

狄英吃了一惊，诏书比鲁青的命重要多了，只要他拿到诏书，再杀鲁青也是易如反掌之事。尽管这侏儒的行动极为刁钻灵巧，却不放在他的眼里，最开始他之所以不立刻亲自出手是因为他以为还有公文和金牌在手，根本就不惧，同时也是怕这侏儒立刻毁了诏书。但后来看到这侏儒并无毁诏之意，又失了公文和御赐金牌，他这才不得不出手。此刻见鲁青抛出诏书，他怕再节外生枝，是以立刻改向空中的诏书扑去。

狄英身形快，但另外一道身影也不比他慢，自另一方屋脊之上如投林夜鸟般横空而过，在狄英的掌指只距诏书半尺之时，那人的手已经抓住了诏书，同时轰然出掌。

“轰……”狄英一手抓空，也愤然出掌。

两掌在空中相交，爆出的气劲将屋顶的瓦面尽数掀起，犹如一个炸雷响在虚空，飞旋的瓦砾也在爆散的气劲之中被碾成粉碎。

狄英和那抓住诏书之人各向一方倒射，皆身不由己地跌飞四丈余才悠然落上瓦面。

“喳……喳……”手握诏书者并非别人，正是林渺，林渺落足瓦面，连退五步，踏碎了几块厚实青瓦。

狄英也退了两步，吃了一惊，但旋又怒喝着飞扑而上，呼道：“圣旨还给我!”

林渺冷冷一笑，不屑地道：“给你就给你!”说话间竟一抖手中的圣旨，再次抛向空中。

狄英见林渺居然将诏书再一次抛上空中，他哪里肯放过这个机会，虽然他对林渺此举有些惑然，但这种机会却是不可多得。

狄英飞向诏书，林渺也同样扑向诏书，似乎林渺欲再以诏书与狄英一比高下一般，但这次狄英似乎早快了半拍。

仅只是半拍而已，但狄英还没有来得及欣喜，却骇然发现林渺的目标根本就不是诏书，而是他之时，一切都已经迟了。

林渺双掌以雷霆万钧之势夹着怒啸的气旋直印向狄英的小腹。

狄英抓住了诏书，但却无法抽出多余的手和力道来阻挡林渺这要命的一击。

“轰……”狄英勉强抽出一只手，并勉强截住林渺的掌势，但那疯狂有如洪流潮水的气劲，若灼热的岩浆般自他手上的经脉涌入体内，冲向七经八脉。

“哇……”狄英在空中喷洒出一大口鲜血，重重落在太守衙门那破烂的屋顶之上，滚了几滚，险些滑下屋脊。

林渺身子再翩然倒射回最初他藏身的屋顶，并没有趁势再追袭狄英。

狄英挣扎了一下，又立了起来，手中握住诏书，口角却挂着惨淡的血丝，神情极为凄厉，显然已经受伤不轻。

鲁青的身影早已跑得不见了踪影，倒是几名御前侍卫也破开瓦面上了屋顶，见狄英竟然受了伤，不由得上前扶住问道："大人，你没事吧？"

狄英的面色铁青，但是让他唯一庆幸的，却是诏书已经拿到手了，待会儿再与这些人仔细算账。

"狄大人，你也该下来了。"任光诸人也都跑出了太守府，望着屋顶之上的狄英呼道。林渺的身形却迅速翻到另一个屋脊之上，屋下众人并没能看到他的踪迹。

狄英知道便是想拦住林渺也是不可能，虽然对方年纪轻轻，可功力之高却让他吃惊，身法和武功都是绝对超绝，便是他没有受伤也不一定就能够挡住对方，现在圣旨拿回了，最重要的还是信都太守的问题，只要自己当上了信都太守，便立刻调动全城的兵马追捕这两个抢劫诏书之人也不迟。是以，他也不打算挡林渺的去路，自屋顶之上飞身掠下。

"圣旨可有拿回？"任光和那郡丞急道。

"圣旨在此，忠义侯任光接旨！"狄英将手中圣旨一展，喝道。

任光等人吃了一惊，皆俯首跪下，但跪下良久，却没听到狄英说话，不由得惑然抬头，却见狄英呆头愣脑的，脸色一片煞白，握着圣旨的手居然在颤抖。

光线透过诏书，并不能见到上面有什么字。

"诏书是假的！"那郡丞突然开口冷哼而起。

所有人皆为之一惊，抬头望去，果见诏书有些不太妥当，都站了起来。

"大胆狄英，竟敢伪造诏书，这是想谋逆叛乱，给我拿下！"郡丞李方怒喝道。

郡丞在一郡之中是除太守之外最具权威的人物，太守若是在作战之时身亡，郡丞有权临时代理。

众任府家将和太守府的衙役立刻合围而上，让他们去抓鲁青，他们没兴趣，但是要抓这个自长安而来的钦差，他们倒不惧。

狄英大怒，一合那无字的假圣旨，喝道："我乃朝中钦差大臣，你们敢拿我怎样?"

"假冒钦差大臣，便是死罪，但念在你身为朝廷命官，或许其中有些误会，只要你合作，我可上报朝廷，待朝廷回复，再作定夺，若是你执意抗捕，休怪我不念旧情!"任光也挺身而起，冷漠地道。

狄英一见四周众人的架势，顿时明白，今日之事是不可能善罢甘休的，但他已经意识到任光绝不会那般客气地对他。

狄英的亲卫和那几名御前侍卫全都绷紧心神，一副如临大敌之势，他们是最清楚狄英是真钦差还是假钦差，但是此刻他们根本就拿不出任何证据证明狄英乃是钦差，那夺回的诏书竟变成了一张空白的绢帛，根本就不是什么诏书圣旨，这几乎让狄英气得要吐血，就为了这空白的诏书，他还挨了林渺那记重击而受伤不轻，早知如此，他干脆便离开信都再想办法，可是此刻他是有理说不清，被包于重围之中，想自太守府中杀出去，又岂是一件易事?

"如果你们要抗捕的话，弓箭手伺候!"郡丞沉声喝道。

"喳喳……"很快便涌入一队弓箭手，人人张弓搭弩，对准狄英，杀气顿浓。

狄英心中一声暗叹，如果他没有受伤，或许可以突围而出，但是此刻仍感五内如焚，想闯过这些高手的包围，那几乎是不可能的，只好束手就擒，免遭羞辱。

林渺换下圣旨，自另一侧落入任府后院。但在他落下的一刹，却惊得倒退两步，因为他险险撞上了一位容颜极为清秀的女子身上。

"对不起!"林渺禁不住有些窘迫地道。他落足才发现眼前少女几有梁心仪之清丽，眉目间倒颇似梁心仪，也有着超凡脱俗的美，只是比梁心仪多了几分冷傲和英气，少了几分妩媚。

那少女似乎并不领林渺的道歉，只是冷冷地逼视着林渺，煞气迫人地问道："你为什么要偷抢圣旨?"

林渺一怔，吃了一惊，但随即又故作镇定地笑道："我哪有偷抢圣旨?刚才都已经还给了那个什么钦差大臣。"

"你以为可以瞒过我的眼睛吗? 明明你偷梁换柱给调包了，还想骗我?"那少女傲然而不屑地道。

林渺更为惊讶，听其口气，那她出现在自己的面前并非偶然，而是刚才一直都在跟着自己，至少一直都在监视着自己，那这个女人究竟是什么身份呢? 思及此处，他不由得反问道："你是什么人? 就算是我换了圣旨又如何?"

"那你就好好地把它给交出来!"那少女并没有回答林渺的第一个问题，只是神情冷冷地道，似乎随时准备出手抢夺圣旨一般。

"笑话，我凭什么要把它交给你?"林渺也有些恼怒，这个女人一副不将他放在眼里的态度，让他心中极不舒服。

"那本姑娘就不客气了!"那少女说话间，已快速出手，十指拂出，有若万朵兰花绽放，极为好看，其速度和方位也不能不让人讶异。

林渺眸子里闪过一丝讶异，他并没有出手反击，仅是倒踏几步，退出其掌指所罩的范围内。但那千万朵兰花般的指影如跗骨之蛆般紧逼不放，几乎封锁了林渺所有进击的方位。

"不要逼我出手，我不喜欢和一个女人打架!"林渺再一次怒声提醒道。

"哼，谁要你不动手? 女人又怎样?!"那少女见林渺这般小瞧她，不由得也有些恼怒。

林渺闪身跃入身后的廊檐之下，他并不是害怕这女子，但是他根本就不知道这女子是何身份，要是伤了对方，万一这女子与任光有关，那岂不是对不住任光了？

那少女快打快攻，但林渺却飞来闪去，并不与之正面交锋，他们之间似乎总会相差少许，可这少许的距离却成了似乎永远也不能合拢的空间。

“你为什么不还手？”那少女打得急了，见对方一直避而不出招，也有些怒了。

林渺见对方又急又怒，心中好笑，仿佛又回到了宛城混混时的那般光景，不由得笑道：“好男不跟女斗，等来世你做个男人后，我们再战三百合也不迟呀！”

那少女更是气恼，林渺摆明着小瞧她，是以，一咬牙，攻得更紧，几次险险便截住林渺，但林渺便像滑溜的游鱼一般，借檐柱避开。

那少女连攻出近百招，可是却仍无法逼得林渺出手，不由又气又恼，却似乎也犟得可以，就是不肯罢手，攻到最后知道实在没有办法了，恼骂道：“你还是不是一个男人？连个女人都不敢打！”

林渺又好气又好笑，看来，这个美人确有点气急败坏了，连这种话也说出来了，但他却不在乎地笑道：“你不必用言语激我，你要是有本事便逼我出几招呀！连追都追不上，又如何让我出手？不出手是为你好！快说，你究竟是什么人？”

“要你命的人！”那少女听了林渺的话，更是气恼，恨不得将林渺切成数截才甘心。

“如果你能拿去，我便给你！”此刻林渺已隐隐猜到这美人与任府一定有关系，否则的话，即使是敢出现在这任府后院之中，也不敢在这里这么长时间地耗下去，攻了这么长时间都没能逼林渺出手，明眼人又怎会不知两人的武功要相差一截？可是这美人不仅没怕，反而死缠不休地要小姐脾气，由此可见这美人应该是任府中的人物，只是他并没听任光说其府中的事情，只知任光乃是信都太守之子，仅此而已。是以，林渺怀疑这美人可能会是任光的妹妹或是什么表妹之类的，所以，他更不敢胡乱出手，要是伤了对方，可就不好交代了。

两人纠缠了盏茶的时间，仍是没有结果，林渺想要摆脱对方的纠缠也不是一件容易的事，尽管那美人追他不上，但其速度也快极，让林渺无法真正地摆脱。不过，到后来，那美人显然是功力之上不如林渺，后力不继，只得停下，愤然道："你还是不是男人？有种就跟本姑娘大战三百回合！"

林渺见对方不追了，也停下，与之相距两丈，好整以暇地坐在廊檐的栏杆之上，好笑地道："你能与我战得了三百招吗？"

"你试试不就知道了?!"那美人气愤地道。

林渺不由得笑了，问道："你与我任大哥是什么关系？"

"谁是你任大哥？"那美少女仍有些不忿地问道。

"小姐！"美少女的话音刚落，一角处假山后露出一颗脑袋，喊了声。

美少女扭头望了去，不由得叱问道："小翠，你怎么在这里？"

假山后怯怯地走出一个小丫头，脸冻得痛红，吐着白气，怯怯地望了美少女一眼，又望了望林渺，怯怯地道："他就是少爷的义弟林公子。"

"什么？"美少女的脸色顿变，叱问道："你怎么不早说？"

"你们正在打架，我以为小姐又是在和人比武，知道林公子的身份。"小翠怯怯地不敢与美少女对视。

林渺也顿时恍然，这美少女可能是任光的妹妹，可是这一刻怎会没有穿孝服？这让他有些奇怪，倒是那小婢是一身孝服。

"果然是小妹，一场误会，还打吗？"林渺伸了个懒腰，吸了口气，笑问道。

美少女扭头望向林渺，气嘟嘟地一脸不服地哼了一声："当然要打！"说完竟又向林渺攻了过来。

林渺吃了一惊，没想到对方在知道了他的身份后还要打，在大感意外之下，差点被攻个措手不及。不过，幸亏他反应机敏，堪堪避过。

"小妹，不得无礼！"一声冷哼自院门口传来，任光的脸色有些难看地大步行入院中。

听到任光的声音，美少女吓得立刻住手，似乎对任光极为敬惧。忙回头瞧时，见任光脸色很难看，不由得娇声道："长兄，他欺负灵儿!"

"胡闹，还不向你三哥道歉?"任光叱道。

美少女一脸委屈，噘着嘴，有些怯怯地望着任光，但任光目光极为严厉，显然是认真的。

"算了，大家一场误会。"林渺忙道。

任光望了林渺一眼，关心地问道："三弟没事吧?"

林渺笑道："没事!"

"这是小妹任灵，也是你的妹妹，有什么你尽管教训就是，从小被宠坏了，不知天高地厚!"任光介绍道，旋又向任灵道："三哥不怪你，你还不来见过三哥?"

任灵见可以不赔礼，不敢违拗长兄任光的话，只好过来，有些不服气地望着林渺道："灵儿拜见三哥!"说着竟跪下。

"不用多礼!"林渺吓得忙出手相扶，但觉伸手相扶之时，一股强力冲入经脉之中，心中不由得暗笑，任灵仍不服气，仍要与他较劲，他自然不惧，体内自然生出反抗之力，在功力上他强出任灵甚多，是以根本就不放在心上，就像什么事也没有发生过一般把任灵扶了起来。

任光脸上也显出一丝无可奈何之色，对于这个妹妹，他是太了解了，自两人的细微动作之中，他已经知道任灵与林渺较劲，不过他并没说破，让林渺杀杀任灵的锐气也好。

任灵本想让林渺出个丑，是以全力施展，但林渺却像没事人一般把她托起，她这才知道林渺的功力实不是她所能相比的。

"这颗珠子给小妹做见面礼吧。"林渺说着自怀中掏出一颗几有核桃大小的明珠，放到任灵手中道。

任光和任灵都吃了一惊，这么大的明珠他们也是第一次见到，知是极稀罕的宝物，任灵知道自己敌不过林渺，又见林渺如此客气，心中积的气也消了不少，道："谢谢三哥。"

林渺不由得笑了，他知道任灵这回倒是不假。

“你怎把衣服换了?”任光向任灵问道。

“我听说钦差来下圣旨，想去看看，所以就换衣服了。”任灵忙解释道。

“那个钦差大臣怎么样了?”林渺突然问道。

“是三弟伤了狄英吗?”任光反问道。

“就是那个钦差大臣吗?”林渺问了声，随即又道：“让他受点伤，也不至于让他多一点机会逃出去。”

“那圣旨是三弟调包的吗?”任光惑然地向林渺问道。

“不错!”林渺一抖袍袖，手间滑出一卷黄帛，正是任光接而未接的圣旨。

任光不由得吸了口气，责问道：“三弟这样做可知会造成什么样的后果吗？我如何向朝廷交代呀?”

“大哥何用交代，在信都，你是主，王莽是长安之主，谁优谁劣，还待后叙。大丈夫岂能因一纸黄帛而丧其雄心?”林渺并不在意，凛然道。

任灵的眸子里闪过一丝异彩，她并不知道究竟发生了什么事，但是却对林渺的话很感兴趣，而林渺的神态之间似乎自有一股超然的霸气，让人心中生出敬惧向往之情。

任光叹了口气道：“这里的一切，并不像你想的那么简单，虽然郡丞心向我府，但长史和都尉却不会如此，如果是他们乱起来，我根本就无实权，这信都仍是个未知局势！现在我扣下了钦差，如果这事传出去，后果实是很难预料。”

“大哥何用忧心？我们可以立刻去换下长史和都尉，将这两职抓在手中，控制信都又有何难?”林渺淡然笑道。

“长史和都尉乃是由朝廷直接任命，我们根本就无权罢免，就算要罢免，也要上报长安，有朝中文书才行。”任光皱了皱眉道。

“大哥真是糊涂了，眼下钦差大臣不是已到了吗？他就是长安的文书，谁敢不遵?”林渺伸了个懒腰，对眼下的事，他根本就没有放在心上。

见林渺说得这么轻松，任光是又好气又好笑，有时候他发现林渺精明得让人吃惊，可是眼下林渺似乎极为糊涂。

“是呀，大哥叫钦差去把他们罢了不就行了？”任灵也天真地道。

“你以为大哥是钦差呀？钦差都恨不得杀了大哥，哪还会去罢免长史和都尉？”任光没好气地道。

“不错，大哥你就是钦差，只要大哥愿意做，又有何不可？”林渺笑道，同时又自怀中掏出一块东西。

任光定睛一看，吃惊地叫了一声：“御赐金牌?!”

“御赐金牌？”任灵也吃了一惊，她并不认识这是不是御赐金牌，但上面龙纹却极为清楚，听任光这么一叫，她自然不会怀疑这便是御赐金牌。

“这金牌三弟是自哪里拿来的？”任光一脸疑惑，旋又恍然道：“狄英的公文和御赐金牌是你偷了？”

林渺邪邪地笑了笑道：“虽不是我亲自出手的，但也是我的人所为，只要大哥愿意做这临时钦差，我这里还有公文！”

任光又好气又好笑，想到狄英打开锦盒，却只是个空盒子时的表情，他也禁不住笑了，问道：“你是怎么把它们弄到手的？”

“我手下有个一流的贼，盗这点东西还不在话下，事实上我们在赶来信都的路途便已经遇上了这钦差，更知道他此来信都的目的，因此，我们便先一步借他们的公文和金牌用一用了！”林渺满不在乎地道，神情中不无得意之色。

任光怔了半晌没说话，打量了一下林渺，自己禁不住笑了起来。确实，如果有御赐金牌和公文，要罢免那长史和都尉确不是难事，他只是没料到林渺居然会有这样一手，让狄英栽上这样一个大跟斗。

“哈，三哥，这个钦差让我去做吧！”任灵现在真的是对林渺刮目相看了，而林渺那些想法大胆且刺激，让任灵都恨当初偷这金牌和公文的不是她而是别人。

“你做钦差身边的一个丫头还差不多，哪有什么女钦差的？”林渺打趣道。

任光见妹妹那跃跃欲试的样子，不由得也好笑道：“就你这样子做钦差?”

“不来了，都取笑我，我有什么不好吗?”任灵不依地道。

一旁的丫头小翠也在那里偷着笑，她太了解这二小姐胡闹的脾气了，是以也不以为怪。

“当然没什么不好，要是让你扮皇后或皇太后都可以，可是要扮成钦差却有些麻烦，除非你的声音能少带点女腔。”林渺笑道。

“三哥，本大小姐就是钦差!”任灵突地一捏喉咙，怪声怪气地道。

任光和林渺不由得也都忍禁不住笑了，院中四人都笑作一团。

林渺突地正容道：“大妹子有资格成钦差，只不过，却要把你扮成个太监，你的声音怎么改都没什么男人味儿。”

任灵不由得一皱眉，道：“太监?”

“不错，你要是不做自有人去做!你快决定，时间不等人，要是让他们先得到风声就有你受的了。”林渺肯定地道。

“太监就太监，我做!”任灵一咬牙，噘着嘴道。

任光不由担心地道：“可是她终究是个女娃?”

“这个没问题，你还是快想想，长史和都尉的位置有谁来填补好了，待会儿大妹子出门，只怕你都不认识了。”林渺自信地道。

任光确实已经认不出任灵的样子了，林渺变戏法似地将之扮成了一个中年男子的模样，但又多了几分阴柔之气。而这些阴柔之气是任灵本身就具备的，看上去十成十像个太监。

“我的侍卫哪儿去了?一个个都去偷懒了吗?回去本公公叫皇上把你们全砍了，居然怠误公事，真是岂有此理!”任灵一走出堂门见到任光，便大发脾气地训斥道。

任光张口结舌，一时都不知道该说什么，似乎被眼前这个太监给弄迷糊了，要不是林渺在一旁大笑，他还真不敢相信眼前之人竟是任灵。

“怎么样？太守大人!”任灵突地一改口，恢复女声问道。

“太守大人?”任光一怔，反问道。

“本钦差今日来信都所为三事，一是追封已故太守为忠义侯；二是让太守之子任光承袭父职为信都太守；三是罢免信都长史和都尉，此二人在信都不为公务，私扰百姓，其罪当免!”任灵又恢复太监那阴阳怪气的声音道。

任光不由得大喜，向林渺望去，欢声道：“三弟之妙手，实是太绝了，真难以相信。”

“这还是大妹子深具慧根，一点就通！此行宜速不宜迟，大哥让人把那几名御前侍卫的腰牌和衣服换了，派人与灵儿一起去长史府和都尉府就可以了。”林渺正容道。

“好，这个没问题，我会让郡丞派人相随或亲去，他们逃不过我的手心!”任光顿时信心大增道。

“如此甚好!”林渺也笑了。

“贤侄擒下了钦差?”耿纯见林渺与任光同时归返，隐隐听到了一些风声，不由得上前惊问道。

“不错!”任光将林渺抢过的圣旨递给耿纯，点头应道。

耿纯打开圣旨，神色变得有些凝重，吸了口气问道：“贤侄准备怎样处理这件事?”

“这件事其实很简单，事到如今，我们便只有拥信都自立，长安距此是鞭长莫及，只要我们掌握了信都兵权，谁敢说半个不字?”任光肯定地道。

耿纯不由得笑了，道：“贤侄所想正合我意，朝廷便是派大军前来，也须先扫平河北的义军才行，有这么长的时间准备，我们足够做很多事情。不过，贤侄不能不小心长史和都尉，此二人窥视太守之位已久，朝中派人前来，很可能是与此两人有关，他们掌管着城中的兵马之权，若一个不好，只会……”

“这个请纯叔放心，我已经有所准备，他们快活不过今日!”任光神秘地笑了笑道：“不过，我还要请纯叔去帮我办一件事。”

“我想请纯叔去说服信都王刘赔，让其支持我，反对王莽!”任光不等耿纯发问，便说了出来。

“这个好说，刘赔性格懦弱，只要吓他一吓，保证不敢说什么，他只是个有名无实的信都王，王莽夺了他刘家的江山，又把他闲置于此，若是我，早反了，看他那样子，哼!”说到后来耿纯不屑地冷哼了一声。

“不过刘赔有个儿子刘植，此子甚有主见和魄力，如果能争取他的支持，那倒会是一件很好的事!”耿纯又转了口风道。

“这一切便有劳纯叔了。”任光道。

“好，你放心，这一切包在我身上!”耿纯自信地道。

任光顿时大喜。

下江兵愿与平林、新市等合兵，虽然王常开出了五个条件，但在这种大军压境的危急关头，别说是五个条件，便是五十个条件，只要不是要夺刘玄和王凤的权力，他们都可以答应。

淯阳已经完全成了一座孤城，严尤围住了城池，而前队大夫甄阜也赶来与官兵会合，使官兵势头大涨。

甄阜已有些迫不及待地想清灭南阳的义军，他不想给义军任何缓气的机会，是以，他亲率五万大军避过淯阳，直取义军老巢，大军向春陵推进。

义军节节败退，官兵乃新锐，气势正盛，是以一路竟败回湖阳，于是刘玄死守湖阳与官兵僵持了十余日。

所幸有湖阳世家的积粮和钱财为将士置了冬衣，否则义军的日子只怕会更难过。

再有几日便是除夕，可是王常大军似乎并没有前来会合的意思，这让刘玄等是又急又怒，可是此刻根本就抽不开身来去宜秋催王常发兵，他们也不知道之中究竟出了什么问题。

刘寅和刘秀也急，马武与数千战士陷于淯阳，若是再这样与官兵僵持，淯阳城中箭尽粮绝之时便是破城之日了，他们当初对宛城的策略却被严尤用来对付淯阳了。

王凤提议，将大军向桐柏山转移，借地形地势便于与官兵纠缠，但军中众将都反对，因为马武仍待救援，他们必须败甄阜之军。

就在刘玄与众将踌躇不定之时，成丹却亲自领着几名战士前来。

刘玄和刘寅诸人皆大喜。

“常帅之军怎还未到？我们都快撑不住了！”李通有些责备地问道。

“我此来，是代常帅传达一个消息的，常帅请诸位将军再败二十里！”成丹肃然道。

“再败二十里？”刘玄也愕然，反问道。

“常帅这是什么意思？难道说我们败得还不够惨吗？”陈牧怒问道。

“不够！”成丹神秘一笑，对陈牧的质问似乎并不放在心上。

“还请成将军给我们解释一下，常帅此举是何用意？”刘寅神色依然显得平静，冷静地问道。

众将皆静心以待，他们也想知道王常此举究竟有什么目的，明明说合兵，可是到这一刻仍没有赶来，在很早的时候就有消息称要来，可左等没来，右等没来，都快二十天了，仍没有消息，这怎不让人心急？眼见尚有两天便是除夕，再不来，只怕义军真的要四分五裂而去了。

“甄阜这些日子一直在防我们合兵，也在等我们合兵，是以，并不敢强攻。因此，我们要等到甄阜与梁丘赐更加深入一些，与严尤脱节，我们再断其后路，两头夹击，一举击败他！是以，我们要玄帅领人再退二十里，便是要制造假象，说我们不会再来与你们合兵，你们欲散伙而去。如果甄阜和梁丘赐听到这个消息，试想他们会有什么反应？”成丹悠然笑道。

众人不由觉得眼前一亮，刘秀抢先答道：“那他们便会倾力对付我们，要在我们散伙之前一举而歼，不想让我们再分赴各地与他们游击而战！”

“不错！”刘玄也赞同刘秀的观点，众将皆点头，因为换作他们是甄阜，也不会希望对方散伙，然后各地游击。那样官兵将付出数倍的人力和物力及时间，而且像现在义军这般连连惨败，士气低落的机会又太少，且人数不多，如果不能一举而歼，让其分散来休生养息，用不了多长时间便又会卷土重来，那样又要再来一次大动干戈，确实是不划算。因此，甄阜一定不会让他们有散伙的机会。

“而这便会成为他致命的时候！”成丹自信地笑了笑道。

众将的眸子里闪过一丝希望，他们这才明白何以王常迟迟不与他们合兵，实是在找给敌人致命一击的机会。同时这么长时间没有动静，也是要给甄阜造成一个假象，让其疏忽。事实也是如此，久防而不遇，自然有所大意，而甄阜若一举歼灭他们的话，就必须举军而出，这时必会调开一些本为防止王常与刘寅等义军合兵的力量，而王常再趁此机会截断甄阜后路，与刘玄两面夹击，其结果不言可知。

于是众将集合商议一番，该如何再后撤二十里至唐子乡而不为官兵杀得落花流水，且又能够随时准备反击。同时也不忘与成丹约定，将如何联合两军，使之配合得更为密切，以保证这一场仗必胜无败。

因为每个人都知道，如果此战败北，他们将再无资格与官兵争城夺地，只能退守山林成为草寇流匪了。是以，每个人都抛除成见和戒心，以求号令统一，而不至于像宛城大败一样。于是，全军上下由刘玄统一指挥，立为更始将军，其意是自此刻起，开始改变全军的命运，改变天下的命运，是以谓之更始。

唐子乡因是湖阳世家的大本营，虽是在湖阳之外，但是却有坚城相守，是独成一体的大集，进可攻，退可守。由于湖阳世家财力雄厚，是以集外的墙廓修建极严格，几乎是按城墙的标准所建。

刘玄先找来湖阳世家之主白鹤，与其商量此事。他必须先与湖阳世家协调好，在这里，他依仗湖阳世家之处极多，对这个老丈人确实是极为感激。

白鹤对自己的女婿成为义军的首帅也感到欢喜，而他能成为湖阳世家之主，刘玄自是脱不开关系，而且此刻可以说湖阳世家与刘玄的命运已经连在一起了，他自不能不允，于是彼此商议了一番，这才分开。

任光成了信都太守，这是没有人敢争议的，任家在信都本身就有着极高的声威，因为任雄把信都治理得让百姓称颂，是以任光子袭父位，使百姓能够安心地接受。

尽管信都是朝廷的封城，但是信都王早已没有了任何实权，只是有名无实的称呼而已。连刘家的江山都已经没了，王莽又岂会给信都王任何实权？真正的实权落在太守手上，如兵权、财政大权。所谓的信都王只是拿些俸禄而已，与信都的一些大富之户无异。

当然，要是此刻仍是刘家当权，那情况自是不一样，现在王莽当权，这些刘室王侯本就活得胆战心惊的，一个个都极度收敛，哪敢有半点张扬？便是一介太守也可将他们杀了。不过，王家宗室所封的王侯那又是另外一回事。

任光新任太守，城中许多事情需要打理，而且父亲新丧，自无法抽身亲自陪林渺去邯郸，但却派了数十名任府的好手给林渺调用，并在耿纯府中找了几名高手助林渺行事，借耿纯在邯郸的生意网打探邯郸的消息。

林渺也没有必要在信都待多长时间，他想早点赶去邯郸探明情况。不过，任光成了信都太守，这对林渺却是一大利，至少，他可以放心地让小刀六在信都置下自己的产业，放手做生意，自己扎根北方的计划就容易实现得多。另外，他还让任光派人去渔阳为他向吴汉送信，希望到时候吴汉能够有机会赶来邯郸助自己一臂之力。他确实决定要在邯郸好好地大闹一场，至少要打乱王贤应和白玉兰的婚事。

事实上，这些天来，他没有一天忘却过白玉兰，他与白玉兰相处的时间并不长，可是他却真的爱上了白玉兰，在内心深处早已当白玉兰是他的女人。也许这不能完全算是爱，还包含着一种复杂的友情，但他绝不想让白玉兰失望，绝不想让白玉兰受到任何伤害。他曾经承诺过白玉兰，就算是抢亲，也要夺回白玉兰。就因此，白玉兰死心塌地相信了他，可是眼下别人却自他的手中抢走了白玉兰，而他却没有办法，这让他感到愤怒，心也被刺伤。是以，他要夺回白玉兰，即使白玉兰是在其父白善麟手中也不例外。这之中，也许还夹着一丝尊严的问题。

爱有几分呢？林渺实难以回答这个问题，其实，他也有些不明白自己的心！或者，他并不十分清楚感情究竟是什么，活着便只是活着，微微有些迷茫，又微微有些无奈。

当林渺赶到邯郸时，已是除夕的前一天，邯郸城到处都洋溢着节日的喜庆，尽管河北四处战火燎燃，但是邯郸古城却有着别处所没有的安全和繁荣，至少，在河北，这里有着不可超越的地位。

第四十三章　邯郸王家

邯郸是赵国封地的都城，也是北方最大的工业城市，并不比宛城逊色多少，单是居民便有十万户之众，统两郡六县。不过，由于义军四起，邯郸所统之郡县也并不完全掌控于朝中，只是与魏郡联系得较紧密，与邺城遥相呼应。

林渺一行五人入城便找到了事先有人为他们准备好的上房，在邯郸城中，耿纯的生意网并不小，而且在这里他的朋友极多。他已先一步派人来邯郸为林渺打点好了一切，而任府的好手也早一步到了邯郸，他们就等林渺前来然后再决定如何行动。

“三爷，我们探得王郎府上正在大量招才纳贤，我看他是想招兵买马，以图大事，我们已有几位兄弟先混到王郎的府中去了，到时候也好里应外合，有利于探听消息！”说话者乃是任府管家之子任泉，这些任府好手也是由任泉具体负责，但任泉却必须听林渺的吩咐。

“哦?”林渺微喜道：“这样确实不错，最好能够查出白家人住在哪里和白小姐的存身之处。”

“怕只怕这次王郎所招的人并不是留在王府之中，而是调到别处编排!”任泉担心地道。

“我估计这种可能性不大。”一中年人接过话题道。

“这位是……”林渺讶异问道。

“哦，小的是耿爷派来相助三爷的，叫耿信，在邯郸已经呆了十年了！”那中年人忙自我介绍道。

“哦，那先生对邯郸城一定是十分熟悉了？”林渺听说对方在邯郸居了十年，不由得喜问道。

“可以这么说，如果三爷要的话，我可以画一张邯郸地形图，包管每一个胡同都不会标错！”耿信自信地道。

林渺更喜，看来耿纯确实选对人了，只听耿信这么自信，他也知道此人绝不简单。

“那就再好不过了，在邯郸还有劳先生了。”林渺恳然道。

“三爷何用说这样的话？耿爷说过，在这里，我一切都听三爷调度，便是三爷让我去死，我也不会皱半下眉头！”耿信肯定地道。

林渺心中大感欣慰，拍了拍耿信的肩头，认真地道：“我要你活下去，而且要好好地活下去！”

“三爷之命，不敢不遵！”耿信也笑了。

“主人，不如我也先混进王郎府中去好了，王郎府中有几位是我的熟人，他们早就想引见我到王郎的府中，只是因为当时舍不得离开洛阳，这才没去，如果我此去，一定很容易进去。”鲁青突地道。

“哦，如此甚好！如果你真能直接入王府，那是再好不过了！”林渺眼睛一亮，他知道鲁青为人机警，而且武功好，如果在王郎府中有这样一个内应，那确实是件好事，说不定还能取到意想不到的作用。是以，他立刻赞同，而在王府之外，有他和任府的这一群好手再加上耿家庄的力量，想来应该没什么问题。

不过，到了邯郸之后，他才发现，王郎在邯郸的影响力有多大，似乎处处都可以看到王郎府中的家将，而且在除夕这几天，王郎还对城中所有的难民和穷人施以粥饭，有的甚至施以御寒棉衣，整个城中的人都在谈论这大善人王郎，简直把他当成了活菩萨。

仅凭这一点，林渺便可以看出，王郎这人的野心绝不小。另一方面，王郎又到处招贤纳士，双管齐下，到时候只要王郎振臂一呼，立刻便可组建一支大军，这些受过王郎恩惠的难民必会前来依附，由此可见，此人确实有些远见。

“我们到邯郸来，还听到一个传闻，说什么王郎实是成帝刘骜的幼子，年少便流落江湖，后因王莽四处迫害他这位皇室幼子，是以他才隐姓埋名至今！”任泉突然想起了什么似地道。

“哼，只不过是在造势而已！”耿信不屑地道。

林渺神色一变，眸子里闪过一丝讶异之色，赞道：“王郎这个人看来真是不简单！”

“不过是谣言而已，有什么意思？”猴七手不以为然地道。

“别小看谣言，当这些难民将谣言传遍天下之时，便会有许多人相信了，到时候若王郎造反，便不是造反，而是除奸，是夺回刘家江山，那必会让更多人依附，因为他是明正言顺的成帝之子！”林渺肃然道。

“他们会相信吗？”金田义也有些惑然道。

“其实有些时候并不是某些人真的相信了某件事情，而是他们终于可以找到一个借口，仅此而已！有了这个借口，他们就可以心安理得地为自己披上正义的面纱，不落人口实。”林渺淡然道。

“三爷的话真精辟，耿信受教了！”耿信眸子里闪过一丝亮彩，诚恳地道。

林渺只是淡淡地笑了笑，问道：“白家的人一定是住在王郎的府中，不知王郎府中招募人才是怎样招募的呢？”

“他在府内的校场设了一个大擂台，打的旗号便是招贤纳士，今天是最后一天，明天是除夕，便会收擂！”任泉道。

“好嚣张，居然敢明目张胆地打招贤纳士的旗号，就不怕官府查封吗？”林渺不由得问道。

“官府与他是一家的，怎会管这样的闲事？在邯郸，王郎是老大，王莽是老二，谁敢管王府的闲事？何况王郎在这里是有名的大善人，满城百姓都拥戴他，谁敢拿他怎么样？”耿信解释道。

“那我倒也想进王府去看看！”林渺抬头深深地吸了口气道。

“三爷也准备去打擂？”任泉和耿信讶异问道。

“有何不可？不入虎穴，焉得虎子？白家人肯定是在王府之中，如果真的等到王贤应成婚之日再出手，只怕是难比登天，如果有机会，自是越早带出玉兰越好！至于接应之事，便由耿先生全权安排了。”林渺肃然道。

王郎的宅第，是邯郸城中最气派的，不过，想进入王郎的大宅并不难，因为其府门是完全敞开的，虽然有四名家丁把守，但却只是防止门口发生骚乱，对入府之人根本就不加限制。

入门便是被高达两丈的院墙所围成的大校场，校场足有数十亩之大，而校场之后便是真正的王府宅第。对王府的内宅，把守得极严，绝不允许外人擅入。

大校场之上设有擂台，擂下人山人海，倒也热闹非凡，给除夕前平添了几许节日的氛围，虽然是大冷天，但看擂之人兴意盎然，擂台四周张灯结彩。

凡有胜出三场者可得金五十两，胜出五场者得金百两，这些钱财全是由王府出，敢上台者，也可得金五两，擂上不准伤人命，因此，这所有的条件都是一种诱惑。

有些人是为了那金子而上台的，也有些则是想加入王郎府中家将之列，还有些人是技痒想与台上的高手较量一下，更有甚者是想教训一下台上赢了两场便口吐狂言之人。所有上台者，不一而论，但却使整个擂台的气氛极为活跃。

林渺好不容易才挤到擂台近前，擂台之上已有两人在较劲，一个力道浑猛，一个步法轻灵，已经缠斗了好半晌，台下有很多人为之呐喊打气。

林渺对这两人的招式也颇感兴趣，不过，他隐隐看到，那步法轻灵的年轻人，似乎无心恋战，也可以说并无争胜之心，在场上游走，对方攻十招他才回一招，这让林渺感到很是奇怪，而这两人的武功都绝不俗。

“慢!”那年轻人打了半晌，突地后跃丈许，叫了一声。

与之交手的汉子也不得不住手，但他对这年轻人突然住手感到极为疑惑。

年轻人悠然一抱拳，坦然道：“兄台武功确实高绝，宁充实无法取胜，再打下去也只有一败而已，因此，宁充愿意就此认输。”

年轻人此话一出，顿时引起台下一阵纷议，台上的汉子也怔了一怔，两人交手这么长时间，宁充并未露出丝毫败象，而且似乎并未尽全力，可是对方居然就此认输，这个结果确实很出乎他的意料之外。

“小兄弟并未露有败象……”那汉子似乎并不是个喜占小便宜的人。

“哎，我心里比兄台更明白自己的斤两。”宁充说完扭头向台上主擂的公证人道：“这一局我输了，还请擂主依规定给我金子!”

“你并未败，为何要称败而退？这不合比擂之规矩!”擂主也愕然质问道。

“高手一出手，便知有没有，我不想败得太惨，丢大了脸，是以主动认输，你们摆擂之时并没有规定不可以认输的。至少，我们已经应付了这么长时间，再纠缠下去，何时方了?”宁充振振有词道。

台下众人都议论纷纷，有的说要再打，有的认为宁充说的有理，因为宁充确实支撑了很长时间。

林渺一想，不由得也笑了，如果大家上台都认输，那不用打就可以拿金子了，只怕会把王郎给拖穷掉。

“好，这五两金子是你的，你拿去吧!”擂主身后行出一人，肃然道。

“那就不客气了!”宁充欣然一笑，大步行上前，毫不客气地收下金子大步下台，却走到一个老太太身前。

“娘，让你担心了，孩儿没事，回家我们过个好年!”宁充温顺地扶着老太太道。

“没事就好，没事就好!”那老太太颤巍巍地喜道。

林渺将一切看在眼里，心中顿时明白何以宁充认输，一旁观看的人顿时也有许多人明白了，皆不再责怪宁充中途认输，反而纷纷给宁充让道，议论开来，却不是关于比擂之事。

“啊……原来是个大孝子呀!”“我知道，他们就是住在城西宁家老宅的那个老宁家的人!”“可怜哪，就剩这母子俩了……”

众人的议论让林渺心中也微微一热，对这个宁充倒是另眼相看了。

“宁公子稍等!”一声高喝自擂上传来，却是擂主王郎府上的管家王昌。

“擂主有何吩咐?”宁充停住脚步，扭头问道。

“这里有五十两金子是送给你的!”王昌挥了一下手，让一名家将端了上来，他显然也看到了宁充的孝行，是以出手大方。

“无功不受禄，谢谢擂主好意，我宁充并未连胜三场，这五十两金子不敢多拿，有这五两金子，已心满意足了。”宁充断然拒绝道。

“闻宁家老宅已被毁去大半，这天寒地冻的，令慈衣服单薄，拿去为其添些冬衣吧。”王昌又道。

老太太转身向王昌施了一礼，客气地道：“谢谢先生对老身的关心，但老身此生从不多拿别人钱物，虽饥寒不食嗟来之物，虽贫贱不得无功之禄，还请先生收回吧!”说完老太太转身向宁充道：“孩子，我们走吧。”

众人皆大愕，望着老太太那单薄的身影，所有人的心都为之震撼了，便是擂上的那汉子和王昌诸人也全都震住了，无不对这位老人生出敬意。

“有哪一位愿意上台?”王昌见对方并不领情，立刻转过话题道。

“主人，我想上去玩玩!”铁头有些手痒痒地道。

“不可!”林渺断然道。

铁头只好作罢，林渺不让他上台，他自不敢再作主张。

“你跟耿先生一起，不可胡来!”林渺又吩咐道。当然，他很明白，如果铁头上场的话，以其神力，自然连战连胜没问题，但是若铁头也入了王郎府中，那在外接应之力量则大弱，同时，如果人多了，很可能会露出马脚，尤其铁头这喜恶表现在脸上的人，这并不是说铁头笨，相反铁头很聪明，只是脾性不太好。

“没有人再上台，那就宣布尹长生连胜五场了！今日的擂台赛也便到此结束了……”

“慢！”林渺一听，今日的擂台赛便要结束，不由得低呼一声，但声音依然很清晰地传到了台上。

“哪位壮士愿意上台？”王昌神色微喜，扭头向林渺所在的方向看来。

林渺大步行上擂台，坦然道：“在下梁木想要这一百两金子！”

“哦？”王昌讶异地打量着眼前这个似乎尚有些稚气的年轻人，对林渺的狂言倒感到极有兴趣。他自不认识林渺，便是白善麟只怕也不识眼下的林渺，一开始林渺便没打算以真面目出现在台上。

台下众人顿时议论纷纷，对林渺口出狂言感到有趣，但作为他们，只是来凑热闹，越热闹他们则越欢喜，是以都翘首以盼好戏的开场。

“你知不知道擂上的规矩？”王昌淡淡地问道。

“连赢五场，得金百两！”林渺自信地道。

“很好，年轻人，但愿你能够拿走这一百两金子，已经好多天都没有人拿过了！”王昌笑了。

尹长生却对林渺有些不屑，他已经连胜了四场，尽管与宁充那一战他并不能算胜，但是宁充既然认输，那自然便是他胜了，他不相信眼前这黄毛小子便能成为他第五场的终结者。

“二位点到为止，切不可伤人之命！”王昌又提醒了一声道。

“明白！”林渺说话之际，已扭头正对尹长生，表情甚是古怪。

“你小心了！”尹长生显然并不怎么看好林渺。

“出手吧！”林渺不丁不八地随便摆出一个架势，双手后负，似乎是在观云赏月，姿态极为悠闲。

尹长生神色一肃，尽管林渺只是随随便便摆出一个姿势，但是他却找不出一丝破绽。是以，他不得不收起小觑之心。

梁丘赐听说王常的义军不来与刘玄会合，而是绕向伏牛山，他弄不清王常的目的，但是有消息却来报，刘玄已令大军后撤，准备散伙而去。

这个消息让梁丘赐和甄阜皆大感意外和惊讶，他们也不明白刘玄葫芦里卖的是什么药，但这肯定与王常背信不来相援有关，从义军这散伙的动向来看，王常确实是很有可能不来相援了。

甄阜绝不想让这些义军分散而去，那时便像是一个毒瘤一般，东打西击让他们疲于奔命，倒不如一次将之全部歼灭，省得日后烦心。不过，他并不敢肯定义军是不是真的散伙，或者说这只是一个诡计，因此，他只让战士小心防备，随时备战，并不敢贸然追击。

梁丘赐则深不以为然，怨甄阜不把握时机，可他身为副将，虽也是名动朝野的大将军，但甄阜是朝中派来的前队大夫，一军主帅，他自不能有拗主帅的意思。于是只好眼睁睁地望着刘玄的战士撤出湖阳而不加追逐。

小刀六在宜秋和春陵的铁行已经开张了十余日，有王常和刘秀在后方相助，一切的进展以飞跃的速度完成，而所招募的都是一些极有经验的铁匠。

王常也想早点赶好工，是以，帮小刀六招募铁匠也是不遗余力，甚至帮小刀六护运材料。

大战在即，但宛城却是一片平静，甚至是充满了节日的气息，因为除夕就在眼前。现在宛城也可以说暂时地脱离了战争的威胁，城内并没有被战火毁得太厉害，人们已经习惯了这种日子，这种生活，是以，该干什么就干什么。

小刀六却在谋划着，该如何把自己宛城内的产业转移，而且要做得神不知鬼不觉。他知道，迟早官兵总会发现他与王常、刘秀的交易，那时，严尤不仅不会庇护他，反而会要他的小命。是以，他不得不提前作准备。而这除夕之际，所有人都忙着过节，便正好是他悄悄将大量物资偷转出去的机会。

小刀六仍住在宛城之内，闲暇时，他也会在大通酒楼之中喝几杯，与姜万宝诸人闲聊，或是找一个清静之处读姜万宝给他找来的书牍，或是向无名氏讨教武功。这些日子来，他确实已是一日千里，与昔日街头混混的形象有着天差地别，也不是昔日那个大通酒楼的老板小刀六了，整个人从内在到外在的气质都变了，感受最深刻的仍是虎头帮的弟子。

此时的小刀六像是三军之帅，自有一种威仪，冷静沉稳，像是一潭深水，让人无法揣测其心意。

现在的虎头帮也不再是昔日的虎头帮，所有的帮众除了干活之外，都必须读书习武。他们也不再是无业游民，不再是街头混混。小刀六现在的产业正需要极多的人手，这些人每天总要抽出一些时间去帮忙，空闲时由段斌、杜林诸人教其识字。当然，不愿读书的也不强求，但是每天必须苦练功力这是不可避免的。而在宛城之中，虎头帮的帮众已有六七百之众，有些人并不是真的虎头帮帮众，而是帮中弟子的弟子，这些帮外之人多是游荡于街头的乞儿，也有些是混混，而这些人却成了小刀六获得宛城内部消息的来源。他们对宛城之事比任何探子都要有效，但他们又不直接属于虎头帮。

青蛇帮已经完全不存在，几乎全都投到虎头帮中来了。小刀六也因此成了宛城中的显赫人物，其神通可以上通帅府，下通贼窝，表面上有正经生意，背地里，却向城中运送私盐，还包括买粮卖粮，能赚钱的生意，只要不违天理，不害百姓，哪怕是犯杀头之险的事他也敢干。

由于现在小刀六的身份不同，那些小吏也都仰仗小刀六处居多，是以小刀六偷税漏税及做其他的事，他们都睁一只眼闭一只眼，反正小刀六也不会亏待他们，但是如果得罪了小刀六，他们总会有倒霉的日子，像虎头帮这种地头蛇，官府都惧其几分，只要其不明着弄出大乱子，这些小吏已是烧香拜佛了。

而小刀六与宛城中的许多大商家也开始合作起来，这些人往日或许看不起小刀六，但是眼下小刀六身边的力量却使他们绝不敢忽视。尽管表面上看不出小刀六有什么钱财，但是暗地里，小刀六已经在短短的两个月时间内身价百万，每天从小刀六账上流过的金银不下数十万两，但这些只是暗地里的事情。

小刀六可以帮盗贼销赃，可以帮人脱手积压了很久的货，可以帮人达成本来做不成的买卖。

有了天虎寨的支持，有了几路义军的撑台，而又有严尤这等军方重量级人物相护，且与宛城最大的商家齐万寿合作，此刻的小刀六可以说是要人有人，要势有势，左右逢源，所以能够在短短的两个月中与各地的大商家、各行各业的人物都挂上钩。当然，这或许是因为刘秀起事之时，本身就包括了那些大豪的支持。

小刀六有姜万宝这个智囊人物相助，自然会把这些有利的条件加以合理利用，而且这些日子来，他手下又多加了十几位智囊，虽然这些人并不会武功，但却都是舌辩之士，更有些是极富商业头脑的人。因此，他自己根本就不用动手，让这些人帮他奔走于各地，去完成本来就有些难以完成的任务。而每完成一笔任务，便有一大笔钱落在小刀六的账上。

而这些新加入小刀六手下的人物之中，又以李霸的堂兄李杨最为突出。

李杨小有大志，为人极为聪明，自小便读遍群书，但是因朝廷昏暗，生不逢时，官至淮阴太守主簿，后因太守而受牵连流落江湖，穷困潦倒。不过，他为人脾气极怪，从来都看不起李霸，认为李霸落草为寇是丢了李家的脸面，连李霸的接济都不肯收，后来李霸听小刀六要招贤纳士，便想到了堂兄，于是让姜万宝亲自去请。

李杨虽瞧不起李霸，但却敬姜万宝之才，被其说动，来助小刀六。

李杨自小家境好，后因自己受太守牵连，家中被抄，但其头脑却极机敏，这借鸡下蛋的生意法门便是他想出来的。

借小刀六的生意网去利用别人的资金帮别人做生意，自己从其中拿回扣，这样，就不用担心自己的资金不够，更不用担心亏本。正是因为这种方法，使得宛城的商家另眼相看，他们乐意让小刀六为他们处理自己难以处理的生意，也乐意将自己的熟人介绍给小刀六认识，只要是不与自己竞争的，他们都无所谓。

现在的小刀六可以说是日理万机，不过多了这些智囊，反倒没以前那么累了，许多事情都由姜万宝和李杨亲自打理，至于财务、账目则是他、杜林及姜万宝几人亲自主理，另外各种生意，每一笔交易都另有账目，只要定期汇总就行了。

小刀六知道，这样的时机是很难得的，再过一阵子与官府弄僵了，他便难有这等好赚钱的机会了，而只能暗中进行。是以，他要趁这几个月好好地大捞一把，然后再随机应变。

眼下在人手方面，除仍缺少谋士和高手之外，其他便不是问题，天虎寨有千余寨众，虎头帮有数百人，加上铁鸡寨的几百人，还有自那几百铁匠之中挑选出来的人，可用之人有两千之众，这股实力，几乎是一支小型义军。当然，这些并不是都聚于宛城，而是分散于各地，有的仍在天虎寨中操练，宛城和小长安集只有数百人，但这已经足够生意正常运作了。

连小刀六都没想到，生意会是这样一个做法，这般遍地开花，现在他才知道人多原来是这般好，人才原来是这么重要，便是自己再厉害，也只不过是孤家寡人，就算能够大赚一笔，也只是小打小闹，但是像眼下，他根本就不用动，便已是八方来财，坐着数钱就是。他现在才明白，为什么像湖阳世家这样的大家族赚钱是那般容易，而别人赚钱却那么难，那便是因为湖阳世家的生意网大，任何生意做起来都是轻而易举的，根本就不用费力费脑子，而现在他虽无湖阳世家之财，但他的生意网也已经很大了，而且是越做越大。这样下去，他知道，总有一天他会超过湖阳世家，会像寿通海一样富甲天下。当然，这需要运气一直像眼下这么好。

有今天的这一切，小刀六只会感谢林渺，他知道，没有林渺就没有他，没有林渺便不会有姜万宝，尽管他知道，这一切只是他在为林渺打理，但是他和林渺又分谁跟谁呢？是林渺让他享受到了成功的滋味，是林渺让他重新做人，没有林渺，也许他仍只是大通酒楼中的小老板。这天虎寨，这铁鸡寨，这虎头帮，这严尤，这刘秀和王常，没有一个人不是因为林渺，是林渺给他创造了一个绝妙的发挥空间，创造了一个奇迹般的环境，而林渺却把创造奇迹的使命交给了他小刀六。

这使小刀六感激，他并不在乎金钱，但他在乎一步步走向成功的经历，在乎那之中所存在的喜悦和快乐，这是他自小的梦，而林渺却能够让他有机会圆梦。是以，他感激林渺，更尊敬和爱戴这位与自己曾同生共死的兄弟。林渺可以说是这个世上他最亲的人，是以当初他连最爱都可以放弃。

阿四也在调理之中康复，在这奇迹的喜悦中，阿四以最坚强的毅力和斗志战胜了双拐，他现在已可以放弃双拐行走。而这些日子来，他除了练走路外，便是读书修习无名氏教给他的内功。

无名氏喜欢阿四的那种倔劲，喜欢这个年轻人超乎寻常的坚强和斗志，在阿四和小刀六之间，他似乎更倾向于阿四一些。也可以说，阿四能这么快康复，无名氏功不可没。

阿四的心情从来都没有这么好过，看着小刀六的生意日新月异地变化，感受着虎头帮日新月异的变化，整个天地似乎焕然一新了，包括游铁龙在内，每个人都充盈着积极高昂的斗志，每个人都不受战火的影响，而焕发出日盛的生机。

往日三五成群闲坐口沫横飞地谈论某某女人丰臀美胸的情况少见了，往日依在神像前打呼噜的情况也没了，一个个都似乎再生了一次，每天都过得欢快而充实，这种场面曾让阿四暗地感动得流泪了。

人与人之间更显得亲密和睦，更显得坦然无私，每一个人都尽力去做事，去练武，去读书，他们都是来自社会最底层的穷苦人家的子弟，这些年来受尽人白眼，受尽人欺辱的底下生活让他们深深地明白，眼前的一切来得是多么不容易，是多么难得。是以，他们珍惜每一点点时间，珍惜这来之不易的机会。他们都感激为他们带来快乐的小刀六，为他们带来希望的林渺。在宛城之中，人们再谈起虎头帮，不是鄙视和厌恶，而是尊敬和客气，这使他们更加热爱自己的组织，以组织为荣，以小刀六和林渺为荣。

小刀六坐在买给林渺，但林渺却只住了几日的大宅院中，宅中有虎头帮的兄弟把守，一切俨然便像是将军府第。

姚勇的走入打断了小刀六的思路。

“东家，轵城有个叫董行的人前来要见你，他说是阿渺介绍来的。”姚勇已和许多人一样，习惯叫小刀六为东家了。不过，小刀六并不在意。

“啊，有阿渺的消息？快请！”小刀六一听是林渺介绍来的，顿时精神大振，喜道。

林渺连连避过十余招。

尹长生不由得怒问道：“为什么不还手？”

“那我还手了！”林渺说话间，悠然一笑，旋身，双手顿张，拳势疾若奔雷。

“天御甲！”尹长生惊呼，忙变招而退。

“还有呢？”林渺拳势一变，自下而上，身子弯过一个奇妙的弧度，使旋势更狂更野。

尹长生更是神色大变，低呼：“天灵甲！”话音未落，他的拳头已与林渺的拳头相撞，强大的冲击力竟使他连连暴退五步。

台上的擂主王昌也显出无限惊讶之色，因为他发现林渺所使出来的竟是尹长生刚才所使的那路劲道强猛的拳法。

“你怎会解甲拳？”尹长生失声惊问道。

林渺笑了一笑道：“向你学的！”说完拳势再变，直取尹长生。却仍是尹长生刚才所使的解甲拳，但其气势比尹长生更为猛烈。

尹长生冷哼一声，他不相信林渺这路拳法是向他学的，到目前为止，他尚无徒弟，但是林渺又是哪里学会此拳法的呢？这让他费解，全因这路解甲拳是他自己所创，天下之间除他之外，再无人可使，可是林渺这接连三击却分毫不差地使出了让他也为之惊愕的招式。

“砰……砰……”林渺与尹长生以快打快，两人竟使同一路劲拳，只看得台下之人眼花缭乱，目不暇接。

在功力上，尹长生比林渺逊色，在招式之上，尹长生并不能占到便宜，林渺使出来的解甲拳虽然模样略有差别，但其精髓却完全体现无遗，刚猛、霸烈、快捷。

尹长生竟被林渺的拳势击得步步后退，林渺拳中隐挟罡气，只震得他手臂发麻。到这一刻，尹长生再不怀疑所使之拳正是他独创的解甲拳。他是又惊又怒，知道自己用这一路拳法根本就不可能胜过林渺，拳法顿变。

林渺的步法也倏变，不再使刚猛无比的解甲拳，步法轻灵，其意境与解甲拳刚好相反，飘逸而诡变，使尹长生无法捕捉其形。

擂主王昌也坐不住了，惊讶地站了起来，因为林渺所使的竟是刚才宁充所使的身法和掌法，这使他都怀疑林渺与宁充师出一门，但是林渺刚才所使的却又是尹长生的拳法，难道也说林渺是尹长生的同门？这显然不妥，那为什么林渺会这两家的武功？而且这般精到？他不相信这一切都是林渺刚才在台下观看之时学来的，那样也太离谱了，世上哪有这般过目不忘，而且悟性如此奇高之人？

最惊骇的还是尹长生，因为他知道林渺绝对不会是他的同门，刚才他还在怀疑林渺只是平时偷学了他的武功，这才能够在擂台之上用得这么好，但看到林渺又使出了宁充刚才所使的掌法，他才相信林渺绝不是以前便知他的解甲拳，而是刚刚学会。也便是说，在刚才他和宁充比武的当儿，林渺不仅学会了他的拳法，还学会了宁充的掌法，这怎能使他不感到吃惊？

林渺使出宁充的掌法，却绝不像宁充那般只躲闪而不进攻，而且攻势更为诡异莫测，角度刁钻，飘忽灵动得让人有些难以捉摸。可以看出，林渺将宁充的掌法改变了一下，但尹长生和许多人才真的明白，刚才宁充真的是不曾尽全力，否则的话，尹长生绝难如此轻易取胜，甚至会惨败，但为什么宁充要中途认输呢？为什么不战而走呢？就只是为了那五两金子吗？这使人不能不反思，不能不费解。

林渺依然是快打快攻，但此刻不是锐不可挡的劲拳，而是防不胜防的怪招，尹长生的状况依然是没有半点好转，节节败退。

“慢!”尹长生突地叫住。

林渺也停下攻势，悠然自若地望着尹长生，并未说话，他基本上已经猜到尹长生要说什么。

尹长生急促地喘息道：“阁下之智慧和悟性，在下确实佩服，功力更是我所不能比的，我甘拜下风，这一场你赢了!”

“先生的拳法确实有独到之处，他日若有机会，倒想再与先生好好地切磋切磋!”林渺坦然道。

“如果有机会，尹某愿意奉陪!”尹长生也坦然道。败，似乎对他并没什么，他败得心服口服，因为对方是用他的武功打败了他，而且以对方那临阵学招的悟性和智慧，确实不是他所能比的，再斗下去，只怕自己的武功会被对方学光，这个结果可不是他所想的。

“这一场，梁木胜，有谁愿意上场与之相战?”王昌对眼前这个年轻人也极为喜欢，居然用尹长生的武功打败了尹长生，最不可思议的却是这武功是临阵才学的，一个人能够临阵将对方的武功学过来，并胜过其苦练了十年的原创人，那这个人的智慧和悟性确实是惊人至极，记忆力也好得惊人。

“尹壮士请入后台先休息片刻。”王昌扭头向尹长生客气地道。

尹长生并不推却，随一名王府的家丁走入后帐之中。

董行穿过长廊，他的两名随从却被挡在客厅外面。

小刀六席地而坐，厅内设了几处火炉，使室内暖意融融。

室内的装饰极为考究，倒显得小刀六有些奢侈，不过，却绝没有暴发的庸俗。

“阁下便是董先生?”小刀六起来欠身客气地行了一礼道。

董行也忙还了礼问道:“阁下想必就是萧六萧老板了?”

“不错,请坐!”小刀六伸手相请,在客厅中央摆了一张圆形矮桌,矮桌之下的地面全以毛毯相铺,厚而细软的绒毛极有手感。

董行也依样脱下鞋子与小刀六相对席地而坐,入座只感极为舒服,无半点寒冷之意,偌大的厅中没有半张椅子,倒也显得空旷而典雅,他心中不由得暗赞小刀六懂得享受。

小刀六的身边堆了许多书简,显然这也是小刀六看书之所。

“不好意思,此地本是我读书之所,为图能方便坐卧看书,所以没备椅子,就以这毛毯相铺,既可做床,也可做椅,先生便将就一下。”小刀六解释道。

“萧老板何用说这等话?能目睹萧老板书房,也是我的福气!”董行说话间打量了一下四壁,四壁有个大书架,上面摆满了各种简牍之物,还有四角处所置的四个大火炉,其他的并没什么特别的。他刚坐定,立刻有两个小婢端上果子和点心及香茶,一切的服务都极为周到。

小刀六身边也立着一个小婢,专为其倒茶,还有个书童肃立于其后,倒也显得清静素雅。

“听说先生来自北方,而且还是林渺介绍过来的?”小刀六的话题立刻切入主题,问道。

“不错,我与林公子在洛阳相遇,后同时到轵城……”董行遂将如何与林渺相识,如何又与官兵大战,再到林渺离开青犊义军,给他写了一封介绍信,明明白白地说了一遍。

“这里是林公子写给萧老板的信!”董行自怀中掏出一封信,双手顺桌面欠身推了过去。

小刀六拆开仔细地看了一遍,知道确实是林渺所写,这才放心。

“先生是替青犊军来购买天机弩的?”小刀六淡淡地反问道。

“不错，听说萧老板所造的天机弩在前些日子宛城之战中起到了很重要的作用，在下也目睹了林公子那张神弩的威力，因此，想与萧老板商量一下这笔买卖。”

小刀六故作为难地皱了皱眉，吸了口气道：“这件事情有些难办。”

“价钱可以商量！”董行淡淡地道。

“如果万一走漏了风声，朝廷知道我将天机弩卖给了义军，只怕我再也无法在宛城混下去了。一个不好，还会牵连一大堆……”

“我想，萧老板一定会有办法的。”董行打断小刀六的话，肯定地道。

“天下没有想不出来的办法，但是问题不在于有没有办法，而是在于为这想出来的办法我们需要付出多大的代价！”小刀六并不反驳，吁了口气道。

董行一怔，他知道，小刀六说的并不是没有道理，同时更明白，小刀六也是在与他谈条件。

“我想听听萧老板的意见，如果我们可以做到，定会尽力，如果我们无法办到，生意不成仁义在，彼此就算交个朋友！”董行坦然道。

“董先生好直爽，我就喜欢这样的人，其实我的条件也不难，看在林渺的面子上，我们怎也要满足先生的要求，但是也要请先生明白，我会以我们的安全为第一，绝不希望因为这一笔买卖而招来不必要的麻烦。咱们丑话说在前头，就算将来林渺怪我也没办法！”小刀六肃然道。

“先生需要多少天机弩？”小刀六又肃然问道。

“我们五支义军，大概需要五六千张！”董行估计了一下道。

“这么多？”小刀六佯装吃了一惊，反问道。

“五六千张多吗？”董行讶异问道。

“天机弩虽然威力无比，但其制造过程也极为繁琐，而且材料特别，以我们眼下的速度，每个月最快也只能制出两千张天机弩！要五六千张，最少也需三月，而且我们这里每个月都与朝廷达成了一千五百张的协议，如果先生要这么多的话，只怕一时半刻也拿不出来。”小刀六解释道。

董行也看过天机弩，知道其结构极为精细，而且质地特别，因此并不怀疑小刀六的说法。

“那我们需六千张天机弩，岂不是要等上一年？”董行也急了，问道。

“事实正是如此。”小刀六装作无可奈何地道。

“就没有其他的办法了？难道不可以加大生产量，再起炉灶？”董行又问道。

“再起炉灶当然可以，但是朝廷岂会不知道？到时候查问起来，我只怕会吃不了兜着走。不过，还有个办法可以解决，但董先生必须先答应我几个条件！”小刀六眉头一动，突然道。

“几个条件？萧老板何不说来听听？”董行喝了口茶，问道。

“如果你们急着要的话，我们可以再另起炉灶，而这炉灶直接去你们轵城开，所有的材料都在北方购买，打造出的天机弩也直接给青犊军，但你们必须保证我们在轵城永久性的安全，并保证我们在冶造过程中一切都保密，不允许消息外透，同时你们还必须为我们提供场地！”小刀六悠然道。

董行眸子里闪过一丝亮彩，喜道：“这一切都没问题，这些条件根本就不是问题！”

“只要先生肯答应这些，一切都好办，但还有一个条件，那便是义军绝不能够限制我们在北方的主权，也不准随便进入我们的制造室，相互间必须合作且相互尊重，否则一切免谈！”小刀六又补充道。

“这个也没什么问题！”董行想了想道。

“在我们完成了交易后，我们仍会利用那个场地，而贵军方绝不能阻止我们与外人做交易！”小刀六又补充道。

“只要你不利用那场地向我们的敌人制造天机弩，我们就不会反对！”董行皱了皱眉，忙补充道。

“这一点我可以答应，轵城造出的兵刃不会向你们的敌人出售，但我不能保证我的产业不会与你们的敌人有交往！”小刀六道。

“这一点我们管不了!”董行也道。

“另外，你们需要多少兵刃，必须先付上三分之一的定金，我们才能够开工，否则生意也免谈。我们不能冒险去做亏本生意!”小刀六又补充道。

“定金问题也好说，不知萧老板这些天机弩需要多少钱一张?”董行问道。

“如果在轵城设点，我可以不收你们运送的费用，每一张便以三十五两银子成交，这是我们所收的最低标准!”小刀六淡淡地道。

“三十五两银子一张?”董行吃了一惊，问道。

“不错，若不是因为是林渺介绍你来的，我至少都会收四十两银子一张!”小刀六肯定地道。

“这太贵了一些吧?”董行犹豫道。

“如果先生觉得贵，那我也没办法……”

“不如这样吧，我们各让一步，萧老板在轵城所有的装备由我们出，就三十两银子一张如何?”董行问道。

“哦，所有装备由你们出?”小刀六反问道。

“不错!”董行点头道。

“这样让我想想!”小刀六沉吟了一会儿，道：“好吧，我们各让一步，就这么定了!”

“好！大家都图个爽快!”董行也笑了。

“待会先生与我的师爷再商量一下该如何具体布置吧!”小刀六又补充道。

林渺败尹长生之后，再连胜三场，皆是三拳两脚便将来者击飞下台，伤是难免，却不致命，而自始至终，林渺都只用了尹长生的解甲拳和宁充的掌法，好像他就会这两种功夫一般。

这让台下众人感到好笑，也让王昌诸人感到高深莫测。

台后的尹长生也感到好笑，林渺使用他自创的解甲拳似乎比他使用之时的威力更甚，而且越来越灵动，显然是已经完全领悟了其中的诀窍。

被打下台的人都是好久都爬不起来，因此，此刻再也没人敢上台，林渺便以连胜五局，轻松地获得一百两黄金，这之中确实是轻松。

王昌对这连胜五场的年轻人确实是另眼相看，如此年龄，便有如此高深莫测的功力，确实让人感到有些惊讶。直觉告诉他，眼前这年轻人的潜力无限，是个真正的高手，而这样的人才正是他们所需要的。

王郎府中这些天摆擂竟招纳了近百名好手，确实是收获不小，以王郎那冠盖河北的财力，所花耗的这点金子又算得了什么？如此一来，不仅提高了自己的知名度，更招揽了大批的人才，巩固了自己的实力，这可以说是一举多得，是以王郎所付出的代价并不亏。

林渺在这些人之中年龄是最小的，但所受的待遇却是最高一级的，能够连胜五场的人并不多，大多都是一些江湖中知名的高手，诸如河东双雄巩超和童欢，太行五虎之一的季苛，山西恶鬼费祥等，这些人无不是凶极一时的高手恶人，其武功早在江湖中名闻已久，但在这些享受最好待遇的人中，唯林渺是名不见经传的。

这是最后一天，擂台也在林渺下台后拆除，因为明天便是除夕，大家都在忙着过年，王郎府上也不例外。

事实上，下午便基本上已经收场了，因为王郎已经为这些新招来的贤才们准备了丰盛的晚宴，是以便早早地收台，安置这群新招来的客人。

能够连胜三场以上者，都能享受王府之上的客人待遇，另外若是一些江湖名流也可以享受这等待遇，而其他的，便只由王府的教头和副总管去招待，根本就不可能与王郎同席而饮。

宴会厅很大，一切都金碧辉煌，显得豪华奢移。

林渺见过最为豪华的宴会厅便是在这里，比湖阳世家都要气派。

四壁除了数十盏宫灯之外，竟以明珠点缀其间，使其光彩更为迷离，四面墙壁全以洁白的素绢垂下，以掩饰内墙的尘色。屋顶则全以桦木做成一个圆形的穹顶，穹顶之上，更点缀着明珠，没有一根大梁是完全暴露在人们眼前的。撑起穹顶的圆石柱全都是雕龙刻凤的大理石，而地面则以红色地毯相铺，整个大厅长有廿丈，宽也有八丈许，穹顶的高度则有三丈，其气派不能不让人惊叹。

林渺也为之吸了一口冷气，那些江湖名士虽多是见过世面之人，但是走入这大厅之中也都为之张口结舌，惊叹不已，更有甚者，如土包子进城，伸手四处乱摸。

当然，并没有人会阻止这些人动手动脚，大厅四面皆立有王府家将，清一色的锦缎绣袍，腰悬长剑，对走入大厅之中的众人都视而不见，仿佛一个个只是木雕一般。

厅中并无火炉，但因其极为密封，而所有的布置都几乎是恰到好处，大厅之中根本就感觉不到丝毫的寒意，尹长生也在这能荣幸地走入大厅中的众人之列。

大厅之中两边设两排长桌席，在正堂之上则设一主席，显是王郎自己的座位。在王郎的主席之下又有两副坐席与众席分开，副席之后为每排十六席，但每排前四席皆是单席，后十二席则尽是双席，似乎已显示其地位的区别。

每席皆以白色的巾布相铺，显得格外洁净，而每席之上皆早已摆好了水果糕点，并在每个座席之上标上了名字，显然是好让每个人能对号入座。

“各位，首先欢迎大家能成为我邯郸王家的一员，今日有幸大家能够相聚一堂，只希望大家能够愉快地度过今夜，而从明天再开始了大家的新生！”王昌大步走上大堂，高声道。

众人不由得表情各一，有些人是熟识，也有些人是冤家，是以现在挤到一块，场面确实有些不太对头，不过谁都知道，这是王郎的府上，也不敢乱来，但气氛稍有些火药味。

“另外，我先要说明一点，不管大家过去是什么样的关系，但是走到了这里我们便是一家人，过去的恩恩怨怨我们就应该将之放到一边，我们应该同舟共济，合力创造明日的荣华富贵，但如果谁要在这里解决私人恩怨，我们王家是不欢迎的！”王昌又肃然道。

顿了顿，又道：“好了，大家各就各位，好好享受吧！”

厅中一阵寂静，微沉闷了一下，便各自找自己的位置去了，尹长生却向林渺投以友好的一笑，他坐在林渺对席的第八席，可以斜看林渺，而林渺的席位则是右席的第三席，在他的上一位是江湖鼎鼎大名的恶道方仲平，此人乃是邪道上有名的人物，什么坏事都干，曾在一月间奸淫二十多位良家妇女，其中包括济阴常家的大小姐这等名门千金，后被正道人士所追杀数年，却都是铩羽而归。传说此人武功可以与赤眉军中的祭司相媲美，当然，是否真的能与赤眉祭司相比那就不是外人所能知道的了。

不过，人们都知道，赤眉军中的祭司是除了三老之外最为厉害的高手，绝没人敢怀疑。

在林渺的下首，却坐着山西恶鬼费祥，这让林渺有些意外，他在洛阳之时，便常听到山西恶鬼的名头，也知道此人是个高手，今日却被安排在自己之后，这倒让他感到有些荣幸。

“你叫梁木？”山西恶鬼费祥有些气不愤地向林渺问道。

林渺笑了笑，他听出了费祥语气中的不友善，显然是对自己坐在其上首极为不满，“不错，我就是梁木！”

“有机会，我倒要向你讨教讨教！”费祥狠狠地道。

“乐意奉陪！”林渺自然是不在意，不过他知道山西恶鬼并不是什么善类，如果真的惹上了他，他包管会废了这只恶鬼。

“哼！”费祥极不友善地冷哼了一声。

“老爷子到！”有人在厅外高呼了一声。

厅中诸人皆起身而立，王郎却自大厅上堂侧门步入，其一身轻袍，头扎金冠，紫膛面孔，虎目方耳，确有一番气势。

“见过老爷子！”厅中诸人皆向王郎行礼道。

王郎环视了一下四周，目光在每个人的脸上停留了一下，才爽然笑道："诸位，请坐，不必客气！"

林渺感觉到王郎的目光在他脸上停留了半刻，不过，他并没怎么在意。

"今日能与大家聚于一堂，实是荣幸，希望大家往后能齐心协力与我共创一番大业！"王郎笑着道。

"有老爷子领着我们，想不成一番事业也难哪！"说话者是坐于林渺对面的太行五虎之一的季苛。

王郎闻言与众人皆笑了，王郎这才拍手道："上酒菜！"

立时一阵脚步之声传来，自大门口如穿花蝴蝶似地行入两队端着盘子的美人，于是送菜者络绎不绝，而这些美人入内则分立于每人左右，温情款款地为在座的每一个人斟酒。

"今夜，老爷子还为大家安排了歌舞，只要大家能尽兴就对得起老爷子的一片心了！"王昌也立身拍了拍掌道。

王昌掌声刚落，便响起了一阵轻柔而婉转的乐音，自上堂的侧门之中蝴蝶般飞出一群薄纱轻裙的绝色美人。

灯火之下，其绰约身姿加上那隐显滑嫩的肌肤，顿时让厅中之人都安静了下来，一个个都瞪大了眼睛，林渺也感到这些惹火的女人很有诱惑力。

于是厅中漫起了一片春色。

义军果然分成三路而去，分别由刘寅、刘玄和王凤等人带领。

这下子甄阜再也不怀疑，义军是准备散伙而去了。是以，他立刻下令追击，但是这一刻他们已经错失了打击义军的最好时机，无法给义军以追尾重创。

梁丘赐心中暗怨，但是这一刻仍不能不出兵以对，可是此刻若不想义军顺利散伙，便得聚集全部的力量自数路分击，且自数面合围。

甄阜绝不想让义军顺利散伙，是以，便是聚集全部的力量也再所不惜，所幸此刻王常并不来援刘玄，而是调兵去了伏牛山，也不用再派那些多余的战士防守后方。是以，即使是调集所有力量也不用担心后顾之忧。

梁丘赐和甄阜各领一支人马直向唐子乡追袭，尽管他们知道唐子乡是湖阳世家的根据地，但他们并不在意，他们有足够的兵力将唐子乡夷为平地。

湖阳世家虽富足，但又岂能抗拒大军压境？他们进攻唐子乡，更渴望得到湖阳世家那让天下所有人眼馋的财富，梁丘赐和甄阜虽是名将，但对这数不清的财富仍是求之不得。是以，唐子乡他们必须打，而且打得越快越好。

刘玄的那一支人马留在了唐子乡，但刘寅和王凤却各领一支人马他去，是以，官兵不得不分成三路追袭。

甄阜便负责攻打唐子乡，而梁丘赐则领人攻打刘寅，绝不会给这些人以逃走的机会。

唐子乡外，甄阜才发现这湖阳世家的老巢并不容易攻克，这些城墙虽无护城河，也不是太高，但是被平林军和湖阳世家的家将拼命死守，又有乡内的村民齐心协力，一时之间竟然僵持不下，一直自下午战到天黑，官兵损失惨重，但却没有多大的进展，义军的损失也不小。

天黑之后，官兵才迫不得已收兵，便扎营于唐子乡五里之外。

刘玄也才微微缓了口气，因为他知道晚上可能会遭到官兵的强攻，官兵绝不想让他们逍遥快活地度过一个平静的夜晚，这是可以肯定的。

湖阳世家中所有人也都显得很紧张，尽管这些家丁和家将平时强化训练，有不少好手，但是面对这千军万马的冲杀，这血淋淋的场面，他们也为之心惊，也无法发挥太大的作用，不过能够稍作休整，他们也可以松一口气。

幸亏湖阳世家存有足够的粮草，在短时间内尚不会缺少粮草。在唐子乡中的人力物力，至少可以支撑一段时间，但是支撑一段时间之后那又怎样呢？

甄阜的兵力足够碾碎唐子乡，如果在这种无外援的情况下，最后的结果仍只有城破人亡。

明天就是除夕，可是此刻却不知能不能够活过今年，这个除夕倒也过得血淋淋的，新年的礼物不知是将脑袋送给别人还是将别人的脑袋拿来，这是一种无奈，也是一种痛苦。

湖阳世家还是卷入了这场战争之中，在白善麟和白鹰当家的时候，湖阳世家是不会卷入战争的，可是现在不同了，湖阳世家不同了，时局也不同了。但是此刻的湖阳世家已经没有了选择的余地，要么便是家破人亡，要么便是击退官兵与义军一起造反，这是没有回头路的结果。

第四十四章　王府扬威

“你们看上哪个，尽管挑选，不用客气，这些女人本来就是为你们准备的!”王郎见众人都看得那么入神，不由得爽朗地笑道。

王郎这样一句话，顿时让厅中众人皆色心大动，各自物色对象，尤其是恶道方仲平两只眼睛都直了，口角不住地翕动着，以吞下要流出的口水。

这么多歌姬各有千秋，燕瘦环肥，翩然起舞。

“大家也可上场共舞一番，只要能玩得痛快，何用拘泥于小节?”王郎再一次提醒道。

“哈哈，那就太谢谢老爷子了!”恶道方仲平已被那一个个媚眼给抛得大晕其头，根本就分不清东南西北了，此刻听王郎这么一说，吞了口口水，哪里还客气?便大步走入厅中，恶形恶相地扭起来，伸手更是左拥右抱。

其他的人见有人带头，也有许多都不客气地下场，在这些美人之中扭动穿行，手脚更是东摸西抱，只看得让人侧目。

到后来没有下场的却只有十人了，其中尚有两个跃跃欲试。

林渺自是没兴趣下场，因为他心中记挂着白玉兰，在这里他没什么心情去风流快活。他打量了一下那几名坐得稳如泰山的人，一是坐在左排最上首的河东双雄巩超、童欢，而另一人则是右上首第一位鬼见愁顾愁。此人是林渺从未听说过的，他的江湖阅历尚不深，但却知道，这个人能被看重而坐在右首第一席，其身份和武功绝对不差，而能与河东双雄对坐的人，差也差不到哪儿去。

再看顾愁那似乎对眼前一切视若无睹、神色平静如常的姿态，便可知此人的心思深沉，定力过人。

在前排八席之上，只有四人未下席，左右各两席。

而在后二十四席之中却只有六席未动，尹长生的神色有些不自然，但却不是因为想下席与美人共舞，而是看不惯这种场面，另外一位中年书生神情冷如冰铁，似乎对女人半点兴趣也没有，还有一位则是与自己身边倒酒的美人调笑无忌，不时怪笑这才未下席，但可以看出，此人也是狂态毕露，摸得身边倒酒美人娇吟连连，更是让人为之侧目。另外有两位是光头道人，他们正襟危坐，对眼前的一切视若不见，只有那秃头形似乌龟的汉子瞪着一双眼睛，跃跃欲试，不时拍手叫好，或是发出笑声以助兴。

林渺知道王郎在注意他，尽管王郎也搂着美人调笑，但他却知道王郎并没有将心思放在美人身上。

厅中变得有些乱糟糟的，这使得尚坐于席间的几人都显得有些格格不入。

林渺想了想，突地放声大笑起来。

林渺突如其来的大笑声音极为高昂，声震屋瓦，顿时压下了厅中所有的欢笑声和歌舞声，厅中起舞的所有人仿佛都心神为之一震，皆停下脚步，扭过目光，全都盯着长笑的林渺，不知林渺为何会如此放肆地狂笑。

王郎也停下了手中的酒杯，眸子里闪过一丝讶异之色。

林渺半晌笑罢，端起身前的一杯酒，立身而起，朗声道："我敬老爷子一杯，愿老爷子他日如大鹏展翅，翼覆天下！"

众人更愕，厅中顿时一片静寂，包括那些舞女和武林高手们都听出了林渺话中隐带点异味，更不明白眼前这个年轻人发的是什么疯，先以长笑打断他们寻欢作乐，又向王郎说这般不知所谓的话。

王昌的脸色极为难看，林渺的表现让他有些不知所措。

王郎也端起杯，尴尬地笑道："谢谢梁少侠美言，他日若我王郎能有这般成就，定不会忘记诸位的功劳！"说完举杯与林渺对饮。

林渺又倒满一杯，却举起来向厅中所有人道："这一杯是敬厅中的每一位英雄豪杰，能与诸位共赴此宴，我梁某深感荣幸！"说完一饮而尽。

林渺又倒满第三杯，却又举向王郎道："这一杯是感谢老爷子今晚的盛情款待，是以敬老爷子。若他日我梁木也能有所出息，定还今日之盛情！"说完林渺又一饮而尽。

林渺说完，厅中所有的人全都愣住了，包括王郎，所有人都听出了林渺话中不是味儿的东西，都感受到了这厅中极不和谐的气氛。

"梁少侠此话何意？今日之后，我们便是一家人，又何必说这等客气的话呢？"王郎也极为不悦地反问道，他也对林渺的反常表现给弄得不是味儿，甚感丢面子。

"梁木只能说声对不起，这里不是我呆的地方，只得谢过老爷子恩情，只可惜梁木是无福受恩，就此告辞了！"林渺说完大步离席，向王郎施了一礼，便向厅外行去。

"想走？你也太不懂礼数了吧！"那在厅中立着正不知如何是好，尴尬无比的山西恶鬼费祥早就看林渺不顺眼，因为林渺这么年轻竟然坐在他的上席，现在又这么狂傲，是以他不等王郎开口，便横截而至，掌化千影，仿佛在林渺的身边织出了一张掌网。

"哼！"林渺不屑冷哼，左手轻抬，掌指如凿，悠然击出，仿佛在拈花，又仿佛是凿墙。

"噗……"山西恶鬼的掌影顿灭，林渺的食指准确无比地戳在他的掌心。

食指突屈，在山西恶鬼根本来不及变招之时，化成了拳头。

"砰……"拳与掌心相触，发出一声闷响，山西恶鬼闷哼一声，竟被震得倒退五步，掌心血红，如万针扎刺。

四下众人皆惊，几乎每个人都看清了林渺自指到拳的变化。在这短短的过程中，竟与山西恶鬼的掌心作出了五次连续的撞击，是以，山西恶鬼一连倒退了五步。

"好身手！但这里可不是想来就来、想走就走的地方！"恶道方仲平一声阴笑，如风影般自林渺身后趋近，强大的气劲使得厅内灯焰忽暗，仿佛厅中空气顿被抽走，让人有种窒息之感。

“好毒的掌！”林渺侧目看见恶道掌心泛出青黑色，一惊，身形微闪，化出数道虚影，如风中弱柳，随掌风而舞，险险间连避三掌，也踢出一脚。

恶道侧步，依然极速攻至，显然是想在王郎面前展示一下自己的武学。见林渺在王郎面前这么放肆，而又如此目中无人，他这才拿出绝技。

林渺并未还手，只是身形如梦影一般总是能险险避过恶道的毒掌。

厅中一些人也都让到一边，他们自不愿与恶道联手对付一个年轻小辈，同时他们也想看看这两个高手究竟有什么本事。当然，他们也绝不会让林渺轻松走出这个大厅，随时准备出手阻拦。

山西恶鬼一招失算已至丢人现眼，自是羞愤不已，他恨不得上前将林渺撕成碎片，但是，有恶道出手，他自持身份，不便上前，否则，便是对恶道方仲平的不敬，同时也降低了自己的身份。是以，他只是在一旁伺机而动。唯一为林渺担心的却是尹长生，他对林渺是心悦诚服，极有好感，虽然觉得眼前的年轻人极狂，但却很有个性，而林渺这欲离去的原因他也明白一些，只是他自不能站出来为林渺说话。

林渺一连避开恶道瞬间快击的数十招之多，但他却仅还了数腿，其步法之轻灵，颇似宁充的步法，但尹长生却知道这并不是宁充的步法，而是加入了一些林渺自己的东西。不过，这步法却让恶道一时也奈何不了林渺。

“你逼人太甚！”林渺冷哼一声，身子一扭，却不再闪避，左腿以一个奇诡的角度反挑而出，精确地截住了恶道的第一百七十九掌。

“砰……”两股强大的气劲相触，林渺与恶道同时晃了晃，攻势一顿之际，林渺一抖双臂，化出漫天掌影。

恶道顿惊，林渺所使的竟是他的七煞掌中的招式，他忙小退一步。

林渺霎时掌势更盛，有如长江大河之水，滔滔不绝而出，竟全是七煞掌中的招式。

恶道心中的惊骇几是无与伦比，他不明白林渺怎么能使出他的七煞掌，而且他出什么招林渺紧跟出什么招，两人以快打快，可是恶道又怎肯与林渺两败俱伤？是以当林渺使出与他相同的招式之时，他唯有变招，尽管林渺使出的招式没有他纯熟，但是所具的杀伤力同样是他不敢轻视的，是以他只好不断地变招，不断地后退，形势由恶道追着林渺打，反而变成了林渺追着恶道打。

厅中所有人的眸子里都显出惊愕讶异之色，他们也不明白，林渺与恶道两人此刻像同门师兄弟在过招，使同一路掌法，但所有人都知道，林渺不可能是恶道的师弟，更不可能会是其弟子。

厅中只有尹长生和王昌明白，这之中究竟是怎么回事，因为他们在擂台之上已经见识过林渺速学武功的先例，对林渺使出恶道的七煞掌并无多大的惊讶，多的却是惊叹。他们这一刻才真的相信林渺是个武学天才，尹长生对林渺更是敬服，而王昌对林渺则更是感到神秘莫测。

恶道真是有苦自知，今日竟会栽在这样一个无名小辈的手中丢如此大丑，今后他还有何面目在王郎面前邀功？

王郎的神色间显出极为欣喜和欢悦的神采，目光始终不曾离开过林渺。而林渺却是越打越快，越打那七煞掌也越圆通自如，招与招之间显得更为紧凑。

一旁的舞女们全都骇然退出，只有那些招揽来的江湖人物尚立于厅中静观两人的决斗，也感到好笑，同时更是心悸。他们根本就不知道林渺的武功底子，看上去全是恶道方仲平的七煞掌，但其中又偶会夹杂几招其他的武功。方仲平本以为林渺下一招还会是他的七煞掌，但是林渺却又突然改用尹长生的解甲拳，以刚猛无比的冲击力破入方仲平的掌网之中，这对方仲平的威胁极大。

林渺蓦地住手静立，如渊边巨松，有种说不出的傲然和冷峻。

恶道方仲平一时被攻得心惊肉跳，林渺突然住手，他也不知道林渺葫芦里卖的是什么药，竟然不敢出手。

“我不想与你纠缠，坏了这里的气氛！”说完，林渺向王郎望了一眼，再一抱拳道："告辞了！"

"哼，还有我呢？"山西恶鬼刚才窝了一肚子的火，这一刻见林渺仍要走，迅速出手。

"就凭你？"林渺不屑地冷哼道。

"住手！"王郎突地一声高喝，自座位上立身而起。

山西恶鬼听得这一喝，忙收手，而林渺却连眼皮都不曾眨一下。

"诸位先回到自己的席上！"王郎向山西恶鬼诸人打了个眼色道。

山西恶鬼和恶道方仲平等人极不甘心地回到自己的位置上，而林渺则依然举步外行，仿佛根本就没有将厅中的众人放在眼里。

厅中众人皆感错愕，只觉得这个年轻人真是狂得可以。

"梁少侠请留步！"王郎口气出人意料地缓和，并不带半丝怒意。

"哦，老爷子还有什么话要说吗？"林渺驻足，迟疑了一下，才转身问道。

"我想知道梁少侠要离开此地的真实具体的理由，是不是我王郎有什么地方做错了？或是什么地方惹梁少侠生气了？"王郎并无怒意，悠然问道。

"我并无生气，只是有些失望，梁木此生之愿便是辅佐明主，澄清天下，解万民于水火之中。原以为老爷子威震北方，义盖天下，重才惜才，料是我所欲寻之明主，但今日一见，方知我太自以为是了！"林渺坦然而无惧地道。

"废话，你一介无名小辈，鼠目寸光，老爷子……"山西恶鬼正要说一通，却被王郎挥手制止。

王郎依然是不气不恼，仅是悠然问道："梁公子何以如此认为？是不是王郎何处做错了？"

厅中诸人皆不语，他们倒想听听林渺所说的答案，同时他们也明白了，为何林渺要半道退席而去，且说话的味道那么不对头。不过，他们对林渺的豪情壮志也颇感钦佩，在他们见过林渺的武功之后，皆对其大为改观。并不觉得这年轻人傲得离谱。

“见微知著，古今有多少安于逸乐的明君？君不知节简，臣何以自律？民何以安生？秦之所以二世便亡，是因二世穷奢极欲，汉之所以衰落，也是因君王穷奢极欲，纵酒荒淫，才有飞燕乱纲，王莽篡汉。王莽则同样因此而弄得烽烟四起，民不聊生，而我等初入府上，老爷子却如此盛情款待，在感激之余，却不能不让我深思。是以，我也没有必要留于此地，但我会记住老爷子的盛恩的。”林渺目光扫视了一下众人，随即又落在王郎的身上，与其目光相对，毫不退避地道。

王郎先是一怔，蓦地暴出一阵欢笑，自席间大步行下，在众人惊愕惑然之际，王郎便已来到了林渺的身边，深施一礼道：“王郎知错了，往后定会依少侠所言，律己戒奢，精治图强，而梁少侠则可帮我督察一切，谁人他日敢重演此例，少侠可以替我赏其刑律！”

“要是老爷子自己犯了呢？”林渺冷冷一笑道。

“那你便割下我的脑袋！”王昌突地昂然而起，大步来到林渺的身边，向林渺深施一礼，恳然道：“少侠误会了，老爷子今日之宴一来是真心想让大家有一个欢快的心情，二来也是试探一下各位的定力，只是与大家开了一个小小的玩笑而已。平日里，老爷子的生活极为简朴，府中之人有目共睹，少侠可以放心地留下，我们全府上下都会为你而欢欣，相信你绝没有找错所投之人！”

厅中众人闻言，恶道和山西恶鬼一行人都感到有些不自在，而另外几名仍留在席间之人也微有一丝庆幸，至少在王郎面前并没有怎么丢丑。

“如此说来，那是我错怪了老爷子了？”林渺见戏演得差不多了，语气微缓，淡淡地道。

“少侠也并没有错怪我，至少，我也有错，让我以一杯酒来向你赔礼！”王郎说话间伸手接过一旁侍女斟满的一杯酒，双手端给林渺。

林渺与王郎对视了一眼，淡淡一笑，毫不客气地接过酒杯，仰首一饮而尽。

见林渺一饮而尽，王郎不由得朗声欢笑，双手扶住林渺的肩膀，肃然道：“请少侠上座，从今往后，少侠便与我王郎同甘共苦，只要我王郎有吃的，你就不会挨饿！”

王昌也欢悦地笑了，迅速将王郎的席边再添一席，让林渺的席位与王郎相并。

“这如何敢当？老爷子休要折杀我了，我乃一介后生晚辈，这里前辈高人何其之多，哪轮到我？”林渺见王郎竟如此客气，倒有些意外，忙推却道。

“长江后浪推前浪，梁兄弟便不必推辞了，以梁兄弟天纵之资，他日前程必不可限量，王郎兄有你这样的人才相助，必如虎添翼，往后你便是王郎兄的左臂右膀。是以，你何用推辞？”河东双雄老大巩超立身爽然笑道。

“巩贤弟说得没错！”王郎爽然笑道，同时也不由分说地把林渺推上了添置的首席。

林渺见无法推辞，只好坐定，厅中的许多人皆是嫉妒又是无奈，他们刚才见到了林渺的武功，便连名动一时的恶道方仲平和山西恶鬼费祥都不是林渺的对手，而且林渺的武功究竟出自何门，他们都不知道，这个年轻人给他们的印象有点高深莫测。而听其谈吐，确有过人见识和胆识，敢在这大厅之中数落王郎的不是。

要知道，王郎虽然是商人出身，但也可以算是一方霸主，其武功和财富都可在神州大地排名前二十位，在北方更是无人不仰其威势，还从来没人敢当面教训他，可林渺只不过是一介后生小辈，但王郎却不气不恼还将之视为上宾，这却并不是太出人意料之外。厅中的所有人都不能不承认林渺确实是个人才，王郎的野心人人都知，有野心的人都重视人才，是以待林渺为上宾这并不奇怪。

“王常的义军还没有到来，如果他只是骗我们，那我们又该如何是好？”白庆有些埋怨地道。

刘玄的神情冷峻，他心中也没底，面对白庆的质问，他很难回答。毕竟这里是白家的地方，而自己把白家拖下水确实是对白家有些不公平，不过，他知道，如果没有白家的存在，他根本就不可能撑到现在。

湖阳世家尽管只有八百子弟在唐子乡，但是这八百子弟足以顶得上数千人，人人身手不凡，对敌人的杀伤力极强。八百子弟之外又有近两百的门客，这些人的武功比白家子弟更厉害，尽管没有白家子弟那般有过严格训练，无法在整体上完美地协调，但是每个人单独行动都是足以一敌百的强手，而且湖阳世家高手众多，这使得攻上城头的敌军无一幸免，更不可能在城头上发挥多大作用。

白鹤的目光紧逼着刘玄，见刘玄眉头紧皱，他也不知应说什么。

“万一王常只是想看我们与官兵两败俱伤，而他却坐收渔翁之利，那我们岂不是白白便宜了那贼子吗?”柳昌冷冷地道。

“我们必须做好最坏的打算，如果天亮前王常仍不能来救，我们就必须想办法突围!”刘玄吸了口气，淡淡地道。

“如果突围，那我们湖阳世家的百年基业岂不是要毁于一旦？那我们如何对得起列祖列宗?”长老白久愤然道。

“这是没有办法的事，战争本身就是残酷的!”陈牧淡然道，他并不在乎湖阳世家如何，他所在意的确是要如何才能够保存住自己的实力，以图东山再起。

“都是你们这些外人，把我们也拖下了水！我们湖阳世家世代经商，从不卷入战争，这些全都怪你们……”

“白充!”白鹤冷喝着打断白充的话。

“老爷子，白充并没有说错！要不是他们，我们怎用得着让自己的兄弟们去送死？我们八百子弟，已损失了四分之一，他们的父母、妻儿兄弟姐妹心中又是何等悲伤?”长老白久对白鹤允许刘玄驻军于唐子乡之举也极为不满，在这家族存亡之际，他身为长老，自然心中不满。

“那长老是在说我做错了?”白鹤冷哼一声，充满杀机地质问道。

“不敢!”白久心中暗怒，白鹤居然对他起了杀机，而一心只为外人，这使他很是恼怒。不过，在这种场合下，他倒真的不敢去触怒白鹤。

“哼，如果天亮之前尚没有王常的动静，便传我之令，将白家府第全部烧了，收拾能带走的东西随大军突围，谁要再有异言，便是与我白鹤作对！”白鹤断然冷冷地道。

“谢岳父大人！”刘玄忙向白鹤行礼。

“贤婿勿用多说，这也是为我湖阳世家，人生在世，总需要有一场豪赌来加点刺激，要么大赢，要么大败，谁能预料？天要亡我湖阳世家，谁又能阻？”白鹤豪气干云地道。

“好！老爷子真是雄心不息，是我们的好榜样……”平林军众将也都为白鹤的豪情所感，出言赞道。

“报——”一名平林军偏将急速行入议事厅，禀道：“禀玄帅，敌军又开始攻城，且搬来了云梯等物，西城的战士快挡不住了！”

刘玄眉头一皱，立身而起，向厅中众人一拱手道：“生死存亡便在这一夕之间，希望大家能齐心协力共渡今日难关！”

“我陪玄帅同去西城！”陈牧也立身而起道。

西城之上的战事确实进行得如火如荼，当刘玄赶到的时候，城头竟被投石机击开了一个丈余宽的缺口，平林军的战士正在拼死阻止敌人自这缺口爬上城头。

“兄弟们，今夜只要我们能够撑到天明，便会有救兵赶到，如果我们还想见到明日的太阳，想为死去的兄弟们报仇，那我们就必须撑下去，与唐子乡共存亡！”刘玄迅速赶上城头，拔剑高呼，其声裂霄穿云，响遍了整个战场。

平林军将士和白家的子弟听了，顿时斗志大盛，此刻自主帅口中听到会有救兵赶来，只要能撑到天明，他们便有希望，存在着希望的人便会有动力，存在着希望的人是不会坐以待毙的！

陈牧早提戟杀上那小缺口处，这里虽是小缺口，但与地面仅相距两丈许，敌人的云梯可轻易搭上来，比别的地方易攀爬和进攻，是以这里所承受的攻击力是最强的。

陈牧赶到这里，顿时形势大为改观，以陈牧的武功，大戟到处，根本就不可能有人能够在城头稍立稳足。但人力总会有限，官兵犹如潮水般向城头涌来，让人感到有杀之不尽的颓丧。

身边的战士一个个地倒下，而鲜血却逐渐染红了眼，使每一个人都变得疯狂，在他们的思想中，唯一的念头便是杀。

城头义军的箭雨杀退了一波又一波的敌军，但在坚盾的相护之下，杀伤力也早不是特别强大。

官兵楼车截兵而攻，城头的掷石机和浸油的火箭也并不能将其攻势完全阻挡，唯一遗憾的是城外并无护城河，虽然北面主门外有一条河，但这条河却并不是绕城而行，而是穿城而过。

官兵欲以擂木撞开城门，但却被城头的箭手和滚油及热水给阻住。

事实上，因为城墙不高，这城门并不大，但却是极为厚实，甚至是以铁皮包裹城门，而门内更以巨木相顶，便是撞破了城门，一时也难以攻入城中。

城外甄阜立马远观，见将士一时并不能攻破城池，怕战士损伤太多，立刻下令鸣鼓退兵。

“将军，刚才刘玄在那里喊，明日便会有救兵赶来，如果我们不在今夜攻破此城的话，只怕到时候会腹背受敌！”偏将张仪提醒道。

“哼，虚张声势，刘玄此举只不过是想激励士气，他们已经没有选择了！”甄阜不屑地道。

“将军，我们何不将计就计，今夜不攻退回死守，待到明日，若对方仍无救兵赶来，看刘玄该如何向城中的乱军自圆其说！那时必定会军心大丧，斗志全无，我们再以劝降之计，怂恿乱军窝里反，开门让我们入城，这样岂不更胜强攻？而且此举是一举两得，尽管王常的大军是向伏牛山去了，但难保其不会是故布疑阵，若是他自我们背后杀来，那是防不胜防。因此，我们不攻城，也是为更稳妥守住后防，不会导致大意失荆州，一切待明日再说，不知将军意下如何？”说话者乃是严尤手下的猛将蒋文龙。

甄阜眼睛一亮，心中暗赞：“强将手下无弱兵，严尤手下有这样的战将，难怪其威名不衰！”

“此计其妙，就让刘玄自已搬石头砸自己的脚吧！”甄阜笑着点头道。

王郎的府第确实极大，林渺本想到王郎府中四处看一下，但是却没有机会，他被安排在东院，这里所居的都是府中的客卿和招揽的奇人异士。

尽管林渺的表现突出，被王郎视为上宾，但仍然被安排在东院。所不同的是，林渺拥有自己独立的一套装饰极为典雅的房子，与河东双雄及鬼见愁顾愁和太行五虎的季苛等五人共享一个大院落，里面仆妇之类的全都备齐，还有专门的厨子。

这座院落距王郎的住处并不远，而林渺之所以被安排在这里，只是暂时的，这一点林渺绝对相信。王郎绝不会把他浪费在这个院子之中，只是因为明日便是除夕，王郎事情太忙，而现在时间也晚了，是以这才让林渺来此休息。

林渺今夜的表现确实让人刮目相看，便连河东双雄也不敢小视这个年轻人，心中对这个年轻人产生了一丝好奇，因为林渺虽然在宴客厅中大打了一场，真正属于他的武功仅出一招，便是那一招击得山西恶鬼连退五步的一记重击，可是仅昙花一现的一招，让人根本就不能猜断林渺的身份和来历。

林渺早早地便关门大睡，他并不想受到河东双雄诸人的骚扰，而这一夜，他也根本就没有打算要进行任何行动。因为明天便是除夕，在这特殊的日子里，他相信一定可以见到白家的人，他不相信白善麟在这种时候会不出现在府中，但在倏然之间，林渺似乎又想到了一点什么。

他记起了白善麟曾让人送给白玉兰的那封信，那信说过，白家仍有许多存于暗处的分舵，那这么说来，在邯郸又岂会没有白家的暗舵？这些地方足够给白善麟提供藏身之处，也便是说，白善麟完全可以没有必要住在王郎的府中。

白善麟也曾身为一方霸主，一代宗师，让他屈就别人府上，这确实于情于理有些说不过去。

想到这里，林渺心中暗暗叫糟，不过，一切待明日之后再说，如果明天真的见不到白善麟的话，那白善麟便定是住在邯郸暗舵之中。那时，他便再走出王郎的府第才能更好地去查探白玉兰的下落，同时，他还得在明天与鲁青取得联系，只有两人在府中相互取得联系，那才更有利于行事。

官兵突然后撤五里，营盘扎到十里之外，似乎在突然间并没有攻城的意思，这让城头的义军战士稍松了口气，但是却又有些不解。

刘玄则招回几大主要将领和湖阳世家的老爷子会于议事厅。

“玄帅，我看官兵似乎有诈！”白庆有些担心地道。

“玄帅真的这么肯定明天便一定会有救兵赶来吗？”朱鲔有些生气地向刘玄质问道。

刘玄摇了摇头，道：“我不敢肯定！”

“若是明天无救兵来援，那玄帅要我们如何向战士们交代？如何能让战士们在失望中找回斗志？”朱鲔脸色变得有些难看地问道。

“是啊，如果明日再无援兵，那城头的将士必会大失所望，军心不稳，只怕局面便难以控制了！”陈牧也忧心忡忡地道。

“朱鲔将军可以下令全城战士暂作休息，灭掉城头所有火光，今夜只需要留守哨口上的守卫便行！”刘玄突然吸了口气，果断地道。

“熄火？全城休息？玄帅没有说错吧？”柳昌吓了一跳，惊问道。

“不错，全军战士可以好好休息三个时辰，四更之后全体集合，若无援军则自南城全力突围！”刘玄肯定地道。

“要是敌人在这时候攻城，那我们岂不是……那后果岂非不堪设想？”白庆担心地问道。

“如果我没有料错的话，官兵今晚是不会再一次发动进攻的，只要我们熄掉城头灯火，他们只会疑神疑鬼，至少在天明之前是不会作出什么反应的！”刘玄肯定地道。

“末将不明白！”朱鲔沉声道。

“我之所以在城头大喊，明日有援军要到，并不只是要激励士气，更重要的是要争取短暂的休息时间，试想若甄阜听我们有援军要来，他会怎么想？”刘玄反问道。

“有三种可能，一是加紧攻城，在天明前破城；二是他们会调出一批人去防守后方，剩下一批人与我们僵持；三则是他以为我们虚张声势，旨在提高士气，加强战斗力，能够抵抗住他们的进攻！”陈牧想了想道。

“陈将军所说正是！如果是第一种可能的话，我这个消息可以提高士气，让对方造成更大的伤亡，即使是对方能够破城，也不能不考虑自己的损失，到时候他们是否有能力抗拒我方的援军仍是个问题。而且，在我们士气高涨、战士拼死交战的情况下，他们能不能够在天明破城，那还是个问号。甄阜可不是个傻子，是以，他不会走这一条路。至于第二种可能性也是有的，但他们的兵力一分再分的话，能否对我们形成威胁是另一回事，而从目前的情况来看，甄阜后撤五里扎营，可见并不是第二种想法。如果甄阜聪明的话，一定会选择第三种可能，那便是退去在一边静观其变，因为他知道，在今夜，我们士气高涨的情况下若要强行攻城，那么，他们的损失会太大，便是攻下城也不划算。另外，他对我们的援兵不知真假，尚有顾忌，是以，最好的选择便是退后扎营。这样既可防我们突围，也可防背后援军的突袭，因为他们根本就不在乎我们多熬一夜，若无援军的话，我们可能根本就熬不了两天，同时如果明天没有援军赶来的话，战士们的斗志便会崩溃，他们等上一夜，明日再破城却会轻松多了，一举数得，是以甄阜一定会选择第三种可能。而他的举动也证明了我的猜测，所以今晚上我们完全可以安心地好好睡一觉！”刘玄肯定地分析道。

“但是明天呢？如果明天没有援兵来救，我们又拿什么守护这座城？”白久长老急问道。

“这座城，如果没有援兵，迟早总会破，是以，这里根本就不能留恋，在这几个时辰平静的时间里，我们能收拾多少东西，便收拾多少东西，天亮时有援军来更好，若没有援军赶来，我们便带着这些东西自南城突围，根本就不用等到明天！”刘玄肃然道。

陈牧和朱鲔不语，他们知道刘玄所说的是事实。他们已经别无选择，刘玄这为自己争取一晚上的时间的决定乃是最好的策略。这些日子来，将士们都极少休息，皆是疲惫不堪，如果有这三个时辰的休息，至少可以恢复许多战斗力，到时候，聚合力量，突围的可能性便要大多了，否则他们只能与此城共存亡了。而以眼下战士的状态，如果不是刘玄那句鼓动军心的话，只怕也很难撑上一天的时间。

“但如果王常援兵真的来了，而甄阜又有了准备，那又如何是好？”陈牧突地问道。

刘玄皱了皱眉，吸了口气道：“这个好说，你便挑选一千精骑随时做好准备，如果城外有所动静，便立刻以快骑自后冲击，城内战士再接应，里外夹击，料无问题。王常让我们等了这么长的时间，若他真来了，便让他去对付甄阜的主力好了，也算是对他的一种惩罚！”

刘玄对王常迟迟不来援助极为恼怒，再不来，他都要绝望了。

“这就交给末将去办！”朱鲔立身而起，肯定而肃然地道。

“如果这次平林军和春陵军若大败，那我们的生意又该如何是好呢？那我们岂不是要做一次亏本生意？”游铁龙找到小刀六，有些担忧地问道。

“无碍，我们又怎可能亏本？便是林平和春陵军大败，我们这些弩机仍然存在，谁也不能够拿去，他们已付了一半的定金，如果他们用不着这些，我们大可卖给南郡，秦丰可是欢迎得紧，这样只会让我多赚一笔定金！”小刀六笑道。

游铁龙松了口气，道：“那样我就放心了。”

“不过，如果平林军和春陵军这次再遭惨败的话，只怕我们与王常的那笔买卖是稳赔不赚了！”姜万宝苦笑道。

“就算赔了，也不会赔多少，有春陵军和平林军的那一半定金，可以抵上这亏损的数目了！”小刀六无可奈何地道。

“不过我们现在也并不必把眼光放得这么近，我们可以趁此大好时机，转到河北去，既然主公让信都人来传信，足见信都是我们可以立下根基之处，我们也不必在南方这里花太多的精力，只要留下几个人在此打理便够了！”姜万宝道。

“阿渺派人来得正是时候，我想亲自去信都看一下，这里的一切便交给姜先生打理了。”小刀六吸了口气道。

“你亲自去?”游铁龙有些吃惊地问道。

“不错，我也想顺便到北方去考察一下，看看那里究竟是怎样一种局面！只有亲自见了才能够下正确的论断!”小刀六坚决地道。

甄阜对唐子乡内的情况有些莫名其妙，那城头的灯竟然全部熄灭，让人弄不清城中之人搞什么鬼。不过，他已经决定不在今夜攻城，也不管城头弄什么鬼，他都不会在意，但他却提防城中乱军出来袭营，另外便是背面可能会出现的义军。是以，官兵全军都处于紧张的戒备状态。

当然，紧张地戒备总比让他们去强攻城池要好。

探子探得，城头虽然灯火俱灭，但是却似乎有很多暗影浮动，像是有许多人在把守，这使得甄阜更相信城中定是想设下什么诡计，由此使他不攻城的决心更为坚决。

官兵虽然已经兵分三路，但是甄阜这一路人马尚有三万，此次南征大军有七万之众，虽有死伤，但并不影响官兵的大局，他们人数尚是城中义军的数倍之多。他们根本就不怕义军会溜掉，要知这唐子乡乃是湖阳世家的根据地，义军可以轻易放弃，但是湖阳世家的人又怎舍得？话说回来，即使是得到一个空的唐子乡，也会比得到一个湖阳城要强，传说中湖阳世家的财富，足以吸引每个人的思想。是以，甄阜并不担心义军会真的逃走，若对方离开城池，那他们以优势的兵力对付这些义军必定更好。

林渺深夜并未睡着，而王郎的府中处处张灯结彩，还未到除夕，便已是节日气氛分外浓烈，或许是因为王郎府中近来适逢大喜之事，人人都显得特别精神。

不过此刻夜太深，除一些巡逻的家将尚提灯四处行走之外，其他的人都基本上已经睡着了。

推开窗子，有一股极冷的风吹了进来，林渺并未掌灯，黑暗并不影响他的视觉，何况大院之中尚有许多灯光，这使他的视线更为开阔。

推窗的那一刹那，林渺似乎闻到一声轻哼，他不自觉地把目光投向声音传来之处，发现河东双雄老二童欢的窗子蓦地张开，却不带半点声息，一道幽暗的身影自窗口斜掠而出，以一个优美至极的身姿掠上屋顶。

“什么人?”林渺只觉对方身形纤巧，不似童欢那壮硕如山的身躯，料定此人不会是童欢，但又会是什么人自那间屋子中出来呢？是以，他不由得出言轻喝。

“嗖……”林渺话音才落，便觉一缕厉风扑面，骇然闪身。

“哚……”一支暗箭竟钉在他身后的柜子上，这让他又惊又怒。

“大胆小贼!”林渺见对方不问是非便下毒手，顿时也极为恼怒，掠身便射向那道身影。

那身影见并没能射杀林渺，也不作声，转身便向暗处投去。

“有……”“砰……”一名巡逻家将正要高喊有刺客，但却没来得及喊出，脖子便已被捏断。

“好毒辣的手法!”林渺冷哼一声，居高下扑，双臂齐张，如大鹏揽月般罩下，强大的气劲紧罩住那神秘蒙面人的身形。

“解甲拳!”蒙面人回头，惊讶低呼，她似乎一眼便看出林渺武功的路子，说话间，五指疾拂。

林渺只感几道极为锋锐的气劲竟破入他的气劲之中，直袭胸前。

“好!”林渺微吃惊，叫了声，身子竟在空中侧翻而过，避开那袭来的指风，拳风倏变。

“鬼影劫！七煞掌!”那蒙面人见林渺在空中竟还能横移变招，而且气势更烈，几乎封住了他的每一寸空间。

“噗……”蒙面人袍袖一抖，仿佛有一片云彩升起，罩在林渺的面前，顿时让林渺无法看清蒙面人的位置。

林渺目光被挡的刹那，蒙面人的手指便已插在林渺的掌心，那片袍衣也化为碎片，如蝴蝶般飘散。

林渺闷哼一声，只觉一股极阴极寒之气自掌心窜入经脉中，整条手臂几乎完全僵麻了，这使他再次骇然。

“呼……”那蒙面人的攻击还不止于此，便在林渺身子快要落地，而右臂僵麻之际，蒙面人的脚拖着风雷之声直奔林渺前胸而至。

“好狠!”林渺左手轻振，如刀锋般疾斩而出。

“咦……”蒙面人惊讶之际，林渺掌势倏变，抖出层层浪影，一波叠一波。

“砰……”当九层掌影叠至一起的时候，便已与蒙面人那夺命一脚相遇。

两股气劲并没有想象的那么爆烈，林渺的身子倒弹回丈许，那蒙面人也连退几步，眸子里闪过一丝惊讶。

“好功夫!”蒙面人发出一声低赞，身形却倒拔而起。

“休走!”林渺冷哼，但他心中有些惊愕，这蒙面人竟是个女的，自声音之中可以听出对方很年轻。

“你以为你可以拦得住我吗?”蒙面人冷哼，双袖一抖，在幽暗的灯光之下，无数点寒星若花雨般洒落。

林渺吃了一惊，身形倒转而退，尽管这女子的暗器比不上沈家兄妹，但是这些暗器之中所挟之气劲却让他不敢硬接。

“小心!”河东双雄的老大此时也赶了过来，见林渺遇险，不由得提醒道。

“噗噗……”地面上如被一阵剧烈冰暴洒过，发出一阵阵闷响，方圆三丈内的花草尽折，但林渺的身形却脱出了危险的范围之外。

蒙面人一声轻啸，如破云之鹤冲霄而去。

“别得意太早!”一声冷哼自一边传出，一道暗影横空直撞向蒙面人

“鬼见愁!”蒙面人低哼了一声，显然是一眼便认出了来者的身份。

“轰……”两道人影在虚空中一合即分，蒙面人如鸢鸟一般飞投向远方，而鬼见愁顾愁却如陨石般落下，“蹬蹬蹬……”连退三步，失声道：“迟昭平!”

“什么?”河东双雄老大巩超失声惊呼，不仅不追蒙面人，反向童欢的居处掠去，呼道：“二弟!”

“梁少侠没事吧?”太行五虎的季苛来到林渺身边，问道。

林渺感到体内的那股热力迅速逼散了右臂的寒气，手臂也恢复了知觉，抽了口凉气道:“这蒙面人的武功好可怕!”

“他便是河北最年轻的高手，也是黄河帮的帮主迟昭平!”鬼见愁顾愁也抽了口凉气道，知道了对方的身份，他连追都不想追。

季苛也没有追的兴趣，尽管这是王郎的府上，但这个女人他却惹不起。

王郎府上顿时乱了起来，也有许多护卫家将赶到这后院之中，他们也都听到了动静，但赶来看到地上那一片狼藉时，他们也傻眼了。

“她很年轻吗?”林渺听鬼见愁这么一说，不由得讶异问道。

“我与她仅有一面之缘，她确实很年轻，看上去只有二十上下，不过具体多大我并不太清楚，但这个女人的武功之高，完全超出了她的年龄。在北方，能胜过她的人并不多，老朽虽然自负，却自知与之相比尚有一段距离。”鬼见愁无可奈何地道。

“听说迟昭平还是个一等一的美人，顾兄想必知道?”季苛突然问道。

“也许她并不是很美，但却绝对很有女人味，可算是一代尤物，不过，我劝你不要打她的主意，否则你只怕连怎么死都不知道!”顾愁坦然道，他似乎并不怕得罪季苛。

季苛尴尬地笑了笑道:“虽然季苛不才，但这点自知之明还是有的，黄河帮高手如云，随便一位长老便可以将我摆平，哪还用得着迟昭平动手?”

“我倒想见识见识这样一个女人!”林渺被顾愁和季苛的话挑起了对这个神秘女子的好奇。

“梁公子刚才与她交过手?”顾愁淡淡地问道。

“不错，不过，她比我要强!”林渺并不想忌讳什么。

“啊，河东双雄出事了!”林渺突然道，他隐约听到巩超的怒吼。

这时几人才想起巩超何以回头便又回到了院子之中。

林渺想到迟昭平乃是自童欢的室内奔出，那么，出事的人肯定是童欢，否则怎这时候仍没见童欢露面？

果然，林渺并没有猜错，童欢竟死在自己的床上，唯一的伤口便是眉心一点殷红。

巩超目光有些空洞，望着了无生机的童欢的尸体，浑身都散发出浓烈的杀机。

林渺和季苛诸人也都为之骇然，要知道，河东双雄都不是无能之辈，那个迟昭平居然能够潜入王郎的府中无声无息地杀掉童欢，这确实有些骇人听闻，那这个女人也确实太可怕了。

季苛打了个冷战，想到顾愁刚才所说的话，如果得罪了这个女人，只怕死都不知道是怎么死的，而眼前童欢便是最好的例子。

“迟昭平，我一定要你血债血偿！”巩超沉默了半晌，咬牙切齿地迸出一句让人心寒的话。

林渺却有些奇怪，为什么迟昭平要来击杀童欢呢？为什么不惜冒险潜入王郎的府中，而且，迟昭平又怎会知道童欢便是住在这间屋子里呢？

“一定有奸细，老爷子又在哪里？”林渺肯定地道。

林渺的话提醒了巩超，巩超的眼中射出一丝凶光，转身便向门外行去。

“诸位，究竟发生了什么事？”王郎大步行入院中，见巩超杀气逼人，不由问道。

“童欢死了！”巩超沉声道。

“什么？这是怎么回事?!”王郎骇然惊问。

“迟昭平刚才来过，那蒙面人便是她！”鬼见愁吸了口气道。

“立刻传我命令，今夜纳贤别院中所有当值的人全都聚合，任何人都不得离府！”王郎沉声吩咐道。

“一定有内奸！”一名亲卫也道。

“老爷子，手下无能，让那刺客逃了！”王郎府中的护卫头领赶来，惭愧地道。

“饭桶，一群饭桶！”王郎大怒，“砰”地一脚将那护卫头领踢得倒翻两个筋斗。

那护卫头领不敢有半点哼声。

“传我之令，立刻查清邯郸城中所有黄河帮的力量，凡黄河帮的人统统给我抓来!”王郎愤然喝道。

巩超顿时大为感激，这次他之所以与童欢前来投靠王郎，便是要躲避迟昭平的追杀，否则以他们河东双雄的身份，何用寄人篱下？但是他却没有料到，寄身王郎的府上也难逃身死的命运，但看王郎居然要去对付迟昭平和黄河帮，这是表明对他们的极度在乎。

“慢!”林渺突地叫住那护卫头领。

“梁少侠有什么意见吗?”王郎讶然问道，他对林渺出言阻止有些意外。

“我觉得老爷子不宜与黄河帮如此大张旗鼓地冲突，这对往后老爷子的大业极为不利，虽然迟昭平太过分了，但我们尚不能有失礼义，方不致遭其他义军非议……”

“难道我兄弟就这样白死了吗?”巩超冷冷打断林渺的话道。

“当然不能白死，但是我们却不能师出无名!”林渺肯定地道。

“什么叫师出无名？他在我府上杀我客人，如此不把我放在眼里，也叫师出无名吗?”王郎也觉得有些不屑地问道。

“那老爷子有何凭证今夜便是迟昭平亲来呢？有谁看见她亲手杀人？有谁看到了那蒙面人就是迟昭平？”林渺淡然反问道。

“这……”众人皆愣，林渺的话确实将他们问住了。

“如果迟昭平不是两水流域第一大帮黄河帮的帮主的话，我们也可以以牙还牙，将他们神不知鬼不觉地斩尽杀绝，但迟昭平却是在北方义军中极富影响的人物，掌管北方第一大水系的力量，老爷子如果只想成一方之豪的话，你可以不怕与任何人发生冲突，也可毫无顾忌，因为你不必求任何人。但若老爷子是放眼整个河北乃至天下的话，小不忍则乱大谋，能屈能伸方能成就大事，君子报仇十年不晚。何况，如果能收服黄河帮，对老爷子的大业可以说是有如虎添翼之功，又何必因一时之气而立刻与黄河帮结怨呢?”林渺悠然道。

王郎脸色数变，心绪渐平，知道林渺所说确实有理，刚才自己一时气昏了头，差点做出了傻事，不由感激地道："多谢梁少侠提醒，王郎差点又犯了大错，小不忍则乱大谋！"

巩超的神情变得有些落寞，他知道林渺说得有道理，也知道王郎乃是一代枭雄，自然不会因童欢之事去立刻与黄河帮翻脸，但让他马上放下仇恨，确实很难做到。

"老爷子也不必称我什么少侠，叫我阿木就是！"林渺坦然道。

"梁兄弟确实目光独到，事事为大局着想，有此等人才相助老爷子，何愁不能成大事？"季苛也附和道。

"哈哈哈……季先生说得是，有此贤才，我王郎确实该满足了！"顿了顿，大步来到巩超的身前，拍了拍他的肩膀道："巩兄弟，你放心，迟早我会让迟昭平来为童兄弟祭灵的，你便先忍一时之气！"

"一切听郎兄的！"巩超吸了口气，无可奈何地道。

"但是，如果就此罢手的话，那天下人岂不是会耻笑我们？而迟昭平还会以为我们好欺负！"王郎的二弟子张牧极不甘心地道。

林渺还是第一次听到张牧说话，他知道张牧乃是大豪张参的儿子，自小拜在王郎的门下，是以王郎与张家极好，张参更是最支持王郎的中坚力量，这多少与两家关系有些原因。

"当然不能就这样便宜了迟昭平，你们立刻去查黄河帮的下落，明日下书迟昭平，请她到我府上做客！"王郎吸了口气，肯定地道。他虽然暂时不想与黄河帮翻脸，但也咽不下迟昭平的这口恶气。

事实也确实如此，他王郎身为一方霸主，而府中在戒备森严的情况下，居然让人入府杀了人之后又安然离去，这使他的面子确实放不下，若让外人知道了，自然要嘲笑他。而迟昭平如此做，更是没把他放在眼里，这也让王郎愤怒。

"报将军，大事不好了！梁将军被杀得大败，刘秀他们又杀回来了！"

"什么？"甄阜大吃一惊，本来正准备休息，但是被这消息一吓，整个人都几乎从椅子上跳了起来。

“梁将军大败，刘秀的义军又杀了回来！”

甄阜一摘墙上之剑，迅速披甲而出，翻上马背行不多远，便见到极为狼狈的一干浑身浴血的战将竟抬着梁丘赐急奔而来。

“怎会这样？”甄阜见真是这样，大惊失色，急问道。

“甄帅，我们中计了，王常并没有去伏牛山，我们追赶刘秀一干反贼到长牧岭，竟遭遇王常那些贼兵的伏击，措手不及之下，梁将军身中毒箭，战士们死伤大半，我们只好带着梁将军突围而出！”一名偏将声音颤抖地道。

“啊……”甄阜一时傻了，半晌才沉声吩咐道：“小心戒备，以防偷袭！”

“报——”一骑快马极速冲至，一人浑身浴血地赶到甄阜之前，滚下马背高呼：“将军，大事不好，刘秀的大军已经破了东面的包围，战士们根本就挡不住！”

“报——”战报接连而来：“报将军，南面也有大敌相犯，我们抵挡不住！”

“传我将令，大军后撤十里，蒋将军领三千战士断后，阻止贼军追袭！”甄阜的脸色变得极为难看，但却不愧为征杀疆场的老将，临危不乱，立刻吩咐道。

“末将听令！”蒋文龙沉声相应，他也知道事情紧急。

“快抬梁将军去让大夫治疗！”甄阜又吩咐道。

唐子乡城中守军突听得城外喊杀声震天，而火光和骚乱正是自敌营中传来，他们首先想到的，便是刘玄曾说的援军，顿时大喜。

朱鲔迅速登上城楼，却见东面一队战士飞马赶来，却是邓晨领队。

“城上的将士听真，援军已到，是时候破敌了！”邓晨于城下一带马缰，高呼道。

“来人可是邓晨将军？”朱鲔大喜问道。

“不错，哦，是朱鲔将军，速传将令吧！”邓晨说完，一带马缰，又转身向背后不远处喊杀声大震的地方冲去，他似乎并没有入城的意思。

“速报玄帅，让全城战士出击！”朱鲔向手下副将沉声吩咐了一声。

“呜……呜……”号角之声顿时撕破了城内的夜空。

东城门大开，朱鲔一马当先，领着一千精骑风驰电掣般冲出城外，向敌营飞速闯去。

城中将士军心大振，斗志燃至最高点，他们已经憋了好久的气，这一路被官兵打得抬不起头来，此刻他们的援兵终于到了，哪还会犹豫？

第四十五章　绝地反击

林渺脑子里却仍在细想着他与迟昭平交手的那几招，这个女人的武功确实是极为特别，而其见闻之广也让人吃惊，仿佛对天下的武功都了若指掌，其劲气也极为奇怪，阴寒得连他都有些难以承受。他在那万载玄冰之前都没有这般寒意，但是迟昭平的劲气却让他手臂僵麻，若不是他，而是换作普通人的话，只怕会连经脉都冻结了。

林渺不知道，他吃惊，那蒙面人却更吃惊，蒙面人虽将阴寒至极的劲气逼入林渺的体内，但林渺体内的那股火热气劲也同样转入了她的体内，而林渺那一掌九叠的掌法却是她从未见过的，可其威力竟连她也无法抗拒，竟被震退九步之多。尽管林渺并没有占到什么便宜，但是林渺那奇奥诡异的掌法却不能不让她心惊，是以她不再在王郎府上作半刻停留，便突围而出。

冲出王郎府对于蒙面人来说，并不是一件很难的事，因为对王郎的府第她并不陌生。她确实是黄河帮的帮主迟昭平，与鬼见愁顾愁并不是第一次见面，是以在交手的时候，顾愁认出了她的独门真气。

王郎府外尚有迟昭平接应的马车，一出府墙，便立刻乘马车而去。

黄河帮，在河北的影响力极大，也是反抗官府的一支中坚力量，与各路义军之间有千线万缕的联系，也可以说，黄河帮本身就是抗击朝廷的一支义军。

马车迅速转过几道胡同，横穿三条大街，却在一府门外停下。

“嘶……呀……”府门在马车停下的一刻如有心灵感应一般悠然而开。

“姬先生有请帮主!”开门的是一名中年儒生，他显然知道车上之人乃是迟昭平。

迟昭平才下车，听那人讶异地问道：“姬先生还不曾休息?”

“不曾，先生正在星台夜观星象，似有所悟，知帮主顷刻便归，才让平生前来相请!”中年儒生淡然道。

“驾……”车夫一带马缰，迅速将马车绕到后门。

“许护法带路!”迟昭平沉声道。

观星台，只是一个仅有三丈余高，四面梯形的椎体。顶有两丈见方，却以九宫八卦、五行、四象等名称标得密密的，而在观星台中间则是一个太极图。便在这太极图上，架着一个圆形的大球，一根斜轴贯穿中心，支于两极。而其支架是一个大圆环形，圆环顺子午面方向直立，轴北高南低，与地面呈一个奇妙的夹角。而在圆球下方连接的却是一个极大的齿轮系，齿轮系却是牵连在观星台的台内，而这齿轮系的转动却是因一旁一个巨大刻漏之中所流出来的水。

水流带动齿轮，而齿轮则让大球缓缓转动，其速度极有规律，那是因为刻漏之中的水流速度极匀均。球体自东向西缓缓转动，球体之上所标的天体依时间东升西落的现象竟与天空中的天象几乎完全相同。

迟昭平每次都会对这个所谓的浑天球的大球感到无比惊叹，而对花了一生心血制造出这个大球的老人更是崇敬。

“你来了?”台上的老人依然背对着迟昭平，目光却仰望着广阔的夜空，淡淡地唤了声。

“是的，姬伯父找昭平不知有何事?”迟昭平在台下恭敬地立着，问道。

“你上来!”老者悠然道。

迟昭平这才缓步行上观星台，肃立一旁。

“你刚才去王郎府上了?”老者又问道。

“伯父知道了?”迟昭平讶异地问道。

“老夫刚才细观天象，发现你的本命星光纹趋近了另外两颗明星，而这两颗亮星的所在位置便在邯郸。而邯郸城中只有王郎的天命星有如此明亮，所以我估计你定是又去惹王郎了。”老者吸了口气道。

“那伯父可知另外一颗明星又是什么人呢?”迟昭平目光顺着老者的目光望去，果见头顶上嵌有三颗异常明亮的星星聚得很近，只是她并不知道哪一颗属于她，而哪一颗又属于王郎。

“这是一颗外来的异星，一年前，我便已观察到它了，这颗星在这一年之中仿佛一扫晦暗，变得异常明亮。前些日子，这颗明星便过了德水（指黄河）进入河水，当其进入河北之时，竟然暴出紫气，天空中无星能比，连王郎的天命星与之相衬也黯然失色。此星似乎正在吸纳西北灵气，仍在变亮，看来王莽的时日不多了!”老者声音变得微微有些激动地道。

“啊，难道伯父认为这颗星便是真命天子?”迟昭平讶异地问道。

“如果我没有猜错的话，西天的紫微星已经暗弱，受东南天空中的数星所欺，已无回天之力，两年之内必将气数贻尽，则龙气大部分将会转到这颗新星之上，将来真命天子必与此星有关!”老者肃然道。

迟昭平顿时沉默了。

“平儿刚才究竟与什么人交过手?”老者扭头望了迟昭平一眼，慈祥地问道。

“一个不知来历的年轻人，另外还有鬼见愁顾愁!”迟昭平迟疑了一下，心中不由涌起了林渺那奇异的掌招，一掌九叠，却实是她从未见过的。

“哼，谅那鬼见愁不是什么大料，倒很有可能与那年轻人有关!”老者白须飘扬，悠然道。

“这个人应该是新入王郎府中的，他确实很特别!”迟昭平皱了皱眉道。

“哦，是他的武功很特别还是他的人?”老者讶异地问道。

“他在一招之间竟换了三种掌法，其武功似乎极其博杂，只怕我全力以赴也不一定可以胜他，而他的真气奇热无比，我的玄寒极冰之劲冲入他的体内，他竟仍能击退我的攻击！”迟昭平吸了口气道。

“哦，你也看不出他的师承来历吗？”老者很是惊讶。

“我想，被我认出来的那几招并不是他的师承武学，而最后那一招，一掌九叠式我想不出天下有哪一家拥有这般奇奥的掌法。”迟昭平想了想道。

“一掌九叠式？”老者也皱了皱眉，他并没有见过林渺的掌法，但他却没听说过有哪一门派的掌门之中存在着一掌九叠的招式。

“如果你说这个年轻人是新入王郎府中的，那很可能便是此人了！这颗新星尚是昨日才进入邯郸境内。如果有时间，你可去查探一下这个年轻人的来历！”老者悠然道。

“侄女会的！”迟昭平点点头道。

“你要小心了，王郎不是个轻易肯吃亏的人，你是不是去他府中杀了河东双雄？”老者又问道。

“是的，侄女说过，便算他逃到天涯海角，也要他血债血偿！”迟昭平肯定地道。

“但你要小心王郎不会善罢甘休，明日，你若没必要，还是先离开邯郸，没必要得罪这个大敌，以你的武功，还不是王郎的对手！”老者提醒道。

“谢伯父提醒，我会小心的！”

“那就好！”老者点了点头，随即又抬头望向那辽阔的天空，蓦地神色一变，天空中竟出现一道火光，划过东方的天空，半晌才逝。

“啊，那是什么？”迟昭平也讶异地指向天空。

老者吸了口气道：“彗星划过东天，必生事端！”说完，掐指细算，却不再言语。

长安，太史令府。

司马计并未熟睡，今夜似乎思绪极为不宁，他也无法得知原因，或许是因东南天空的妖星乱舞，而使紫微星暗淡的原因吧。他似乎也明白，紫微星的龙气外泄，已无力回天，对此，他也不知是该高兴还是该担忧。

昨日王莽召他问天兆如何，而他却占得一大凶之卦，便被王莽大训一顿，直到现在，他的心尚未能平复过来。

王莽对他的表现极为不满，而近来王莽的脾气也越来越古怪，他身为大史令，虽无权力，却也掌管着历法和各项天文册典。在这种满朝文武气丧神虚的情况下，王莽便寄希望于神鬼虚渺之法，弄得满朝乌烟瘴气。

司马计向来看不起那些求仙的江湖术士，尽管他对天地间那些神秘莫测的奇异力量很坚信，可是那些所谓的求仙江湖术士根本就没有一个是真正的奇人异士，只不过，忠言逆耳，王莽早已听不进他的劝告了，他也就懒得再劝说。或者说，他对这个朝廷已经失去了希望，也无须管那么多，每个月只要拿些俸禄就行了。

每个人都有一套生存的方法，官场之人尤是如此，司马计绝不会做出头鸟，得罪人的事也不用干得太多，他本是汉朝遗臣，刘家的江山变成了王家的江山，而他这个太史令却并没有变。

“司马大人，天显异象，有彗星逼临东方！”一名据守在观星台的星官急急来禀道。

司马计大惊，连衣服都未披便起得床来。

“大人，小心着凉，把裘衣披上！”大史夫人忙也跟着起床。

“不用了，夫人早点休歇吧！”司马计忙道，抓起挂在床边的貂裘便推门而出。

彗星已过，天空之中仿佛尚留下一股异样的紫气。

司马计快步赶到观星楼，几名星官已经在天仪之上标出了彗星刚才所经过的位置。

“大人！”星官见司马计赶来，皆肃立行礼。

司马计也不问话，直接将目光投向天仪之上那标明了彗星所经过的地方，然后才抬头仔细地观望东南天空那彗星经过之处，半晌神色大变，拿起一旁台上的占草，足踏更坎两位，弹指抛出占草。

“啊，这是何卦?”一星官望着地上所占之卦相，吃惊地问道。

“始于筮盍，终于渐卦，始为上九爻，终为九三爻……”

“始为荷校灭耳，终为鸣渐于陆，大凶之卦。鸣渐于陆，利所寇，荷校灭耳，无可救药！此乃大凶之兆!”司马计的额头都渗出了汗珠，打断星官的话，有些急促地道。

“啊，大人是说这次东南方贼寇无人可制了?”一名星官极为机灵，迅速醒悟，问道。

司马计定了定神，长长地叹了口气道：“不要胡说，今日此卦不可向任何人提起，否则定斩不饶!”

“小人明白!”几名星官怔了怔，明白司马计的意思。

“大人，东郭子元先生来了!”一名星官提醒道。

司马计举目望了一下，果见他的好友东郭子元正大步向观星楼走来，他对东郭子元的欣赏并不只是因为东郭子元是昔日大豪东郭咸阳的后人，更因为东郭子元的才学，还有东郭子元那淡泊名利的品性。

司马计大步行下观星楼，正与准备上楼的东郭子元相会。

“子元兄深夜来观星楼可是有事?”司马计先一步问道。

东郭子元似乎对司马计出现在这里并不意外，点点头问道：“司马兄刚才可见到彗星经天?”

司马计摇了摇头道：“天仪上标下了，我看了！走，我们厅中再叙!”

东郭子元并不反对，随司马计来到厅室之中，望了望司马计的脸色问道：“刚才司马兄定然为此占了一卦!”

“哦，难道东郭兄也占了一卦?”司马计讶异地问道。

东郭子元吸了口气，点点头道：“所以我才来找你。”

“是不是大凶之卦?”司马计也吸了口气，淡淡地问道，一切都似乎在他的意料之中。

“大凶无解，寇乱四方，江山将倾!”东郭子元叹了口气，望着司马计道。

“始于荷校灭耳，止于鸣渐于陆?”司马计的脸色再变，问道。

“啊！司马兄怎会知道得这么清楚？难道司马兄刚才……”说到这里，东郭子元打住话头，惑然望着司马计。

司马计长长地叹了口气道：“实不相瞒，我刚才所占正是此卦之象!”

东郭子元也呆住了，两人相视了半晌，才同时叹了口气。

东郭子元悠然道：“司马兄也不必如此，江山更替早有天命，人力岂能逆转？你我只能稍尽人事罢了，此际天下动乱，民不聊生，贼寇四起，也未必不是一件好事!”

司马计苦苦地笑了笑道：“彗星经天，虽星去，却留妖气于东天，使东南妖星更亮，改朝换代我等倒无顾虑，只是此次天下将倾，并不能解万民于水火，只会让其陷得更深，如妖星当道，民何以能脱苦海?”

“难道司马兄忘了那颗位于北方的新星？紫气隐呈，朗于月辉，刚才彗星经天之际，虽使那颗新星蒙上了一层隐灰，但却无法掩其光彩，终有一天那颗新星会破开这层妖气逼临中天的!”东郭子元肯定地道。

司马计推开窗子，目光落向那颗位于北方的特别明亮的新星，道：“但愿这彗星之劫他能早点化解，看那新星的位置应该是在河北，那究竟会是什么人呢?”

“这也是我来找司马兄的原因之一。”东郭子元吸了口气道。

“子元兄想去河北?”司马计顿时明白。

“不错，我本想在长安多呆一些日子，但那新星既遭彗星之劫，看我能不能帮上什么忙，让其早日破开妖气，临格中天！也好让天下百姓早一些自水火中解脱出来!”东郭子元诚恳地道。

“子元兄认为那颗星定是帝星?”司马计反问道。

“虽未成帝象，但却隐有霸意。以这颗新星成长的速度来看，化为帝星也不是一个很长时间的事。”东郭子元淡淡地道。

“既然子元兄认定了，我也不再阻拦，我真羡慕你能闲云野鹤般游历天下。”司马计感叹地道。

“官场如梦，如果司马兄愿意，也可以与我共游天下呀?”东郭子元笑道。

司马计也笑了笑道：“我老也老矣，再无力游历天下，子元兄风华正茂，当有一番作为，我还是想想明日该如何去面对昏君吧。”

东郭子元不由得笑了，尽管他与司马计相差有十余岁，但他们之间却相交有十几年了，两人之间的感情如同手足，并不忌讳彼此的玩笑。而每年东郭子元必会来长安在太史府住上数月，与司马计共同切磋一些极玄的东西，是以整个太史府都极为尊重他这位客人，几乎当成了半个主人。

彗星经天之事在邯郸之中传得沸沸扬扬，昨夜有许多人看到了彗星经天，整个神州大地都可以清楚地看到。

于是众说纷纭，有说是大灾降临，也有说是圣主临世，还有的说王莽气数已尽……就关于昨夜彗星之说，在一日之间被传得神乎其神。

迟昭平本欲离开邯郸，但却被王郎的请帖给留下了。

王郎找到了迟昭平的下落，并请她去王府做客。因为迟昭平是住在赵地第一星相大师姬漠然的府上，是以，王郎不得不连姬漠然也一起请了。

姬漠然算起来还是王郎的长辈，也是王郎极为敬重的人，在整个赵地，无人不尊敬这位神秘的老人。

也有人当姬漠然是个疯子，一个完全沉迷于星相的疯子，但王郎却知道，此老绝不只是沉迷于星相的疯子。

迟昭平并没有推却这次宴请，虽然她明知道王郎宴无好宴，但却料定王郎不敢拿她怎样，而姬漠然之所以去则是因为他想见识一下那颗新星究竟是什么人。

“老爷子，姬老先生和迟帮主已到!”王郎正在席间思忖如何让迟昭平知道厉害时，突有人来报。

“哦?”王郎微感惊讶，这姬漠然几次被邀都被推却了，似乎并不想出席王郎所设下的宴席，这曾让王郎有些恼，不过他也知道姬漠然向来不喜欢参加什么宴会，连太守和赵王都请不动，其他的人自然也不敢相怪，却没料到这次居然肯赏脸而来，倒让王郎有些意外。

不过，如果有姬漠然的到来，王郎想对付迟昭平，只怕是不能如愿了。

如果只是迟昭平来，根本就用不着王郎亲自迎接，但是来者之中却有姬漠然，他便不能不亲自相迎了。

姬漠然在前，迟昭平在后。

“能请得姬老先生和迟帮主前来敝府，真使敝府蓬荜生辉呀，请!”王郎一见二人，立刻堆笑道。

“王员外何须这般客气?”姬漠然淡淡地应了声，跟在王郎之后便行入了府中。

迟昭平却暗扫了一下王郎身边的众人，却并没有发现昨夜与她交手的林渺，心中不免有些失望。

“昭平早想来拜访员外的，只因俗务缠身，一时不得脱身，却没料到员外竟下帖相请，真是不好意思!”迟昭平淡淡地道。

“哪里，迟帮主日理万机，能赏脸至敝府，也让王郎很是感激。”王郎故作客气地道。

迟昭平也只是故作坦然地笑了笑，便跟着走入了悬灯结彩的客厅中。

客厅之内的席间已有数人肃然而坐，正是鬼见愁顾愁、河东双雄之一巩超、林渺和季苛，另外四人则是邯郸的一些名士，那四人见姬漠然来了，纷纷起身行了一礼，只有季苛、鬼见愁等几人坐在那儿无动于衷，尽管他们知道这个白发老头是个了不起的人物，但是对他们来说，这一切并不重要。

尤其是巩超，此刻都恨不能把迟昭平给大卸八块，以泄心头之恨，他能够忍气已经算是很难得了。

迟昭平的目光扫过众人，在林渺的脸上停留了一下，显出一丝怪怪的笑意。

林渺并不为所动，反而毫无顾忌地打量着这个被顾愁认为长得很有个性的女人。

顾愁确实没有说错，要说迟昭平是如何美丽，倒也不见得，至少比白玉兰、梁心仪、齐燕盈这些美人要逊上一筹，与怡雪更无法比，但见多了美女的林渺，却觉得迟昭平身上有一种别人所没有的气质，整个五官拼凑得极具女人风味，骄傲、霸道的气质衬着那差不多有林渺高的修长身材，在一袭红衣相衬之下，像一团火，仿佛拥有一触即发的狂野生机。

迟昭平还有点男人味，英姿飒爽，从容而惬意的举止似乎并没有在意可能会发生的意外，那种让人心折的大将风度自一双明亮而冰冷的眸子里淋漓尽致地表现出来。

若不与白玉兰这些人相比，迟昭平自身也算是个美人，再加上这些独特的气质，其给人的感观绝不逊于任何一个绝色美人，那种让人赏心悦目、心旷神怡的感觉便像是在春风里品酒观花，让人难以用言语形容。

林渺绝不会奇怪迟昭平为什么能成为北方水道第一大帮的帮主。

顾愁诸人对迟昭平打量林渺并不感到奇怪，因为他们知道昨日林渺是真正与迟昭平交过手的人，而且并未处于明显的下风，所以迟昭平打量林渺这是极为正常的。

林渺却感到另外一道目光让他心悸，那便是姬漠然的目光，尽管姬漠然似是目不斜视，但林渺却知道姬漠然刚才已经看了他，他之所以能感受到姬漠然的目光并不是因为用眼看，而是用心去体会，姬漠然也是在用心看他，这让林渺骇然。

“姬先生请上座！”王郎客气地道。

姬漠然毫不客气地坐在上堂的四张并排的席位之上，而迟昭平则是坐在姬漠然的身侧，王郎坐定后，还空一张座席。

“王员外还有客人要来吗？”姬漠然淡然反问道。

"不错，想必就快到了。"王郎点了点头道。

"不知王员外的这位客人又是何方神圣?"迟昭平不以为然地问道。

"是我的亲家白善麟白老爷子!"王郎淡淡一笑道。

迟昭平和姬漠然皆为之一震，迟昭平脱口问道："便是湖阳世家之主?"

"不错!"王郎点了点头。

"原来是他，那今日老夫是来对了。"姬漠然心下释然，对湖阳世家，他倒比较有好感，不仅仅是因为湖阳世家的财富，也是因为湖阳世家的作风让江湖中人钦佩。

"白老爷子到——"客厅之外传来一声高呼。

厅中诸人都微显肃穆，心情最为激动的却是林渺，他今天终于又见到了白善麟，却不知白玉兰是否也跟其一起来了，也不知白玉兰现在如何了，不过，他还是努力地让自己心情平复。

白善麟的风姿如昔，依然是意气风发，充满了霸气，似乎一点也不曾因湖阳世家的大变而影响心情。

白善麟的身后却是王贤应和林渺最想见到的白玉兰，这让林渺的心禁不住再一次跳动起来。

与白善麟刚好相反，白玉兰的神情黯然，忧闷不乐，仿佛总是一副魂不守舍的样子，神情有点憔悴，对王贤应的热情似乎并没有太大的反应，只是冷冷地走在白善麟的身后。

白玉兰一走入客厅之中，季苛诸人也都看傻眼了，显然是为白玉兰的美丽给震慑了。林渺禁不住一阵心疼，恨不得立刻上前将白玉兰拥入怀中，可是他却知道，自己绝不可以感情用事，否则，只怕非但救不了白玉兰，还会把自己的命也搭上。

"昭平见过白老爷子!"迟昭平起身微示礼。

白善麟也爽朗地笑了笑，拱手道："久闻迟帮主乃一代巾帼，不让须眉，今日一见，果然名不虚传!"说完又向姬漠然拱手施礼道："这位想必是名震赵地的姬先生了，白某早该去府上拜见，却苦于俗事缠身，不得空闲，今日在这里向先生请罪了！”

“哪里，哪里！白老爷子身为一家之主，自是日理万机，是该我去拜访你才对。”姬漠然见白善麟这么客气，也忙谦虚地道。

王郎却下席，上前与白善麟把臂而行，两人行于席间，白善麟指了指白玉兰道：“这是小女玉兰！”又道：“兰儿，还不见过姬先生和迟帮主?”

白玉兰神情冷漠地望了白善麟一眼，又扫了姬漠然和迟昭平一眼，才淡淡地道：“白玉兰见过姬先生和迟帮主。”

“白小姐天生丽质，确是倾国倾城，真让昭平嫉妒！”迟昭平爽朗地道。

“如果有来世，我愿与迟帮主易地而处，宁愿做一个游侠江湖、自由而洒脱的侠女，而不是关于樊笼的金丝雀……”

“兰儿！”白善麟怒叱打断白玉兰的话，他没想到白玉兰竟当众说出这样一番话来。

厅中众人皆一阵愕然，谁也没有料到这出身豪门之家的大小姐居然有此想法和念头，而且在这么多人面前说出来，可是却并不是没有道理。

“难道我说错了吗？空有美丽却不能自我主宰，自己的命运任由别人摆布，要这美丽只是一种悲哀，只是一种……”

“兰妹！”王贤应也吓坏了，他没想到白玉兰竟连白善麟的话也敢顶撞，忙拉住白玉兰，打断其话道。

“反了！反了！”白善麟差点没气昏过去，白玉兰竟这般不给他留情面。

“白兄，玉兰还是个孩子，何必生气?”王郎心中也对白玉兰的话极为震惊，但却不得不劝白善麟。

“贤应，你带兰儿出去走走，她的心情不好，你可要好好照顾她。”王郎沉声吩咐道。

“孩儿知道！”王贤应忙应道，他的额头也急出汗来了，要是激怒了白善麟，只是苦了白玉兰，可是他却怕白玉兰受到任何伤害，是以白玉兰不急，他急。

“兰妹，我们出去走走。”说完不由分说地拉着白玉兰便出了客厅。

迟昭平的神色间闪过一丝无奈，她也是女人，似乎听出了白玉兰语气中的无奈和不满，而白玉兰的话，让她感受尤深，同是作为一个女人，她只有对白玉兰表示同情。本来她对白玉兰的美丽而生出了一丝嫉妒，可是现在却在为自己庆幸，也许白玉兰说得对，美丽并不一定就是幸运，也是一种悲哀。

姬漠然的眸子里闪过一丝难以觉察的黯然，他似乎是心中有些许感触，只不过没有人知道他的感触究竟是什么。

林渺低着头，没有人知道他心中是何滋味，或者可以说，连他自己也根本不明白心中所想的是什么滋味，白玉兰的话像一根根针一般刺入他的心中，如果不是他的出现，或许白玉兰真的能够幸福，也便不会排斥这桩婚事，可是他却意外地走入了白玉兰的世界，从而打破了白玉兰心中绝对的平静，这才酿成今日之局。

但这是他的错吗？谁能说清？如果没有他的存在，白玉兰就能幸福吗？也许这只是宿命的安排，没有任何事物可以逆转的命运，而他们只不过是这命运之中的一颗棋子而已。

可这个世间真的有宿命吗？

望着王贤应带着白玉兰走出客厅，林渺真想赶出去，这样或许能将白玉兰带走，只是此刻他根本就脱身不了，现在他倒有些后悔来参加这次宴会了。

白善麟被王郎拉着坐下了，但似乎心中仍难消气，而作为一代宗师，他尚很有风度地向迟昭平和姬漠然解释道：“我这女儿被宠坏了，太任性。”

“我倒不觉得，只觉令千金很有主见和思想，说出的话确是合情合理，昭平很是佩服！”迟昭平坦然无忌地道。

白善麟顿感尴尬，扪心自问，白玉兰确实没有说错，但如果说白玉兰没有错，那便是他的错了，他自然不会承认。

王郎干笑一声打断这尴尬的场面，笑着道：“这事先放到一边，今日请姬先生来实是有事请教！”

“哦，所为何事？”姬漠然淡然问道。

王郎一挥手，令人上酒菜，这才吸了口气道：“相信先生昨夜定是见到了那彗星经天之事，先生乃赵地第一星相大家，我们都很想听先生为我们解惑。”

“是啊，整个邯郸关于彗星经天之事已闹得沸沸扬扬，只有姬先生能够告诉我们这是什么天兆！”说话者是邯郸米行商会的会长赵钱生。

“哦，彗星自南向东而逝，对北方并无大的影响，惟东方和南方百姓可能尚要多受一些苦难，北方偏安，宜抓住时机好好发展。彗星以妖邪之气横扫两方，自古邪不胜正，其兆涉及天机，不可轻泄，不过，可以得知，自南方和东方是不可能出现明君，即使有得天下者，也会为妖邪之气所惑，苦天下百姓。是以，主天下之明君很有可能来自北方和西方！这就是彗星之天兆！”姬漠然淡淡地道，其言论虽然并不深奥，却似乎有诸多隐晦，说得很是模糊。

王郎听到此话却是大喜，急问道：“先生看这明主是出现在北方的可能性大一些，还是出现在西方的可能性大一些呢？”

“西方紫微星暗，龙气被东南北面所吸，以我看来，北方出现明君的可能性要比西面大一些。不过，天命难测，谁又知道天意如何呢？天之兆只能是一时，抑或只代表其一刻，世间发生奇迹的可能性并不少，星象只能作为一种推断，而不能作为根本！”姬漠然淡淡地道。

“哈哈哈……为谢先生能给我们解惑，我们大家敬先生一杯！”王郎欢声笑道。那高兴劲，好像姬漠然所说的那个明君就是他一般，刚才因为白玉兰所闹的不快尽数而去。

众人也都举杯向姬漠然敬酒，林渺却心忖：“有那么神吗？我也能分析出天下由北方而定的可能性，还用得着看什么天象吗？这分明是胡诌！”不过，他也懒得去反驳，心中所想的却是如何将白玉兰自王郎的府中抢出，然后如何逃过王郎的追杀离开邯郸，这个问题才是最为实际的。

义军全面反击，刘寅和刘秀各领一路人马，破开东、南两面的官兵，再与城中的平林军里应外合，直杀得官兵丢盔弃甲，狼狈而逃。

尽管官兵已经想到对方可能会有援军赶来，但却没有料到援军竟来得这般快。

另一个原因却是因为追击刘寅的官兵被击溃，这些人狼狈逃入守在城外官兵的阵营之中，这些人却把官兵的阵脚自己给冲乱了，是以本来防范义军援军的防护墙根本就没有用，否则的话，刘秀和刘寅又岂能如此轻易地冲开官兵的防守？

当然，这一点刘寅早就已经算好了，是以，他们并不将那溃军射杀，而是在屁股后面狂追，却总是若即若离，直到把这些击溃的官兵赶入那小心防守的官兵阵营之中，这些溃军便成了他们的先锋一般，为他们开路，而使暗夜里的官兵根本就无法在一时之间分辨出这些溃军身后竟是那要命的义军。因此，等他们发现了这一切之后，已经无法挽回，义军如一柄巨剑般插入了他们的阵营之中，杀得他们措手不及。

甄阜也没料到义军会如此狡猾，但是兵败如山倒，他根本就无回天之力。所幸，他这支官兵的主力并无太大的损失，有蒋文龙领三千人马阻敌，这使他们能够安全地后撤十里扎营。

甄阜营盘还没有扎好，两侧却又杀出了两支义军，正是王凤和王匡所领的新市兵。

这招奇兵突出，再次杀得甄阜措手不及。他本来还在庆幸自己的主力尚保存着，此刻被王凤和王匡自两翼一阵冲杀，顿时再次溃败。

甄阜的兵力虽然比义军多，但是值此正在扎营、防御大松之际，哪能阻止义军的冲杀？

他确没料到王凤和王匡竟然伏兵于此，这支义军本来是被他们追杀的，可是这一刻却奇迹般出现在这里，那么追杀王凤的官兵不用说也是遭到梁丘赐同样的命运了。这一刻，他才真的明白中计了，可是已经无法挽回，这也并不全是他的错。

当甄阜领人退到湖阳城下之时，天已经大亮，早已是日上三竿了，可他们在城下所见的，却不是官兵的旗帜，在湖阳城头到处都立着下江兵的旌旗。这使他的心更是惊骇，知道王常自他的后方又夺下了湖阳城，他哪里还敢再在城下停留？于是领着近两万残兵绕过湖阳城，向新野集退去。

虽然他的兵力尚盛，但是两万战士根本就没有斗志，是梁丘赐和追击王凤义军的残兵会合之后的，他近五万大军死的死，逃的逃，降的降，尚有一些散在各地未能聚集，但至少已经损失了两万余，他哪里还敢有攻湖阳的念头？后面的追兵已经够他受的了。

湖阳城内并无义军大开城门来追，这让甄阜微感到奇怪，但却也暗自庆幸，只要他能与新野集的守军会合，那时便可凭水路坚守，重整旗鼓，待严尤的援军赶来再与王常大战。他有点不服气，但是他确实失策了。

甄阜不断地派大将断后，以保证大军能够不受追兵之扰，但是这近两万大军急行，速度也难以提高，这些留下断后的大将根本就只能挡义军一时。

“将军，我们这样走不是办法，前面是和合谷，不如我们扎营稳守，派人去搬救兵，再从长计议吧?”一名参军忧心忡忡地道。

甄阜本想赶到新野集，但是看到这大批战士已开始涣散，且行动迟缓，而此地距新野集尚有数十里之遥，只怕还没赶到那里便已被追兵追上，不由点头道：“好，在和合谷扎营!”

大军只行了三里之地便赶到了和合谷之外，和合谷是由两个平缓的山坡夹成的一个坡度极缓的山谷。谷中有条小河，倒可以御风挡寒，虽然并无天险可凭，却可以两边的山坡为屏障阻击敌军，至少也可以支持数日。

“将军，你看!”一名参将来到谷口，脸色极为难看地指着谷口的一块高大木牌道。

甄阜也神色大变，木牌之上竟以血写着六个大字——甄阜命丧此地。

“全军备战!”甄阜刚喊出这几个字，一阵箭雨飞洒而下，金鼓之声大作。

甄阜大惊，自马上倒射而出，再抬头之时，他的战马已经钉成了刺猬，那参将也已死于乱箭之下。首当其冲的官兵根本就没有反应过来，便已被射杀。

甄阜夺过一匹马疾速向后方的大军赶去，他目光过处，和合谷上迅速升起了数千面旌旗，显然这里已有敌人的伏兵。也便是说，他想扎军这山谷之中那已是不可能了，心中不由得大恨。

当他逃回大军之中时，身边已只剩下数十人，那探道的数百先锋几乎死光了。他本想亲自去探查一下和合谷，如此看来，他确实又犯了错，身为主帅，根本就不能亲身犯险的。

“传我号令，大军绕过和合谷，急赶新野集！姓子都听令!”甄阜高喝。

“末将在!”姓子都已经知道了甄阜要他做什么，到了这种时候，甄阜的手下已无多少可用之将了，而他将义不容辞地担起阻击追兵的重任。

“你领三千战士阻住和合谷的追兵，不得有误!”甄阜也有些急糊涂了，这一路的追杀，他身边的战将一个个地减少，战士也一队队地减少，可是义军似乎仍阴魂不散地出现在他最不想出现的地方。

“末将明白!”姓子都转身迅速点齐兵马，逼向和合谷。

甄阜则带着剩下的近一万余战士迅速向新野集急赶，尽管将士们都很疲倦，但这却是没有办法的事。不走，就唯有死路一条，不过，甄阜已派出了三路人马阻击追兵，所以这主力也变得有些单薄。

姓子都领三千兵马扎营于和合谷口不远处，紧张地戒备着谷中可能出现的任何攻击，望着那迎风招展的旌旗，姓子都心中却有一种极奇怪的感觉。刚才他在大军之中，甄阜逃回之时，很清楚地听到了谷中那震天的鼓响，可是此刻却静得让人感到意外，谷口地面之上的那一轮箭雨尚在，但是谷中却没有半点动静。

“将军，谷中似乎有些不对劲！”一名参将惑然提醒道。

“再等等！”姓子都吸了口气道，他也感觉有些不对，但他却不能让战士们犯险，是以，他要再看一会儿动静。

又过了半晌，谷中仍没有半点动静，他不由得有些不耐，向身边的那名参将吩咐道：“你带二十名兄弟前去探一探，以重盾护身，有敌人便立刻撤回！”

“小将明白！”那参将点齐人马，迅速向谷口靠去，他的心中也生出极大的疑惑，现在又有将令，他自然不敢相违。

参将小心地靠近谷口，但是在他们抵达谷口之时，才骇然发现，这个山谷之中竟无一人，只是一个空空的山谷。山坡上所插的旗帜竟是由一根根绳索控制，一根绳索可控制近百面旌旗。

这些旌旗本是倒放着的，只要有人用力一拉，这些大旗便立刻竖起，这数千面旌旗实际上只要数十人控制就行，但却像是数千人同时举旗。

姓子都赶来和合谷，也傻眼了，顿时背脊上感到一阵瑟瑟寒意，额上渗出了冷汗。

“快，快去报大将军小心埋伏！”姓子都向身边的参将急呼。

这些人也全都明白了，这里所摆的只是空谷之计，其目的便只是要吓得甄阜不敢扎营于此，而对方最终的目的究竟是什么，则难以猜测。

“王常一定会在新野集外设伏，他只是想让我们变成疲兵，再分散我们的兵力。如果我没有猜错的话，连湖阳城也只是一座空城！”姓子都说着仰天长叹，他不得不佩服王常。

“你快赶上大将军，将我的话转告他，让他就地扎营！”姓子都又吩咐道。

那参将听姓子都这样一分析，也傻眼了，哪还敢停留？迅速上马，向甄阜追去，而此刻甄阜的大军早在十余里之外了。

“听说近来迟帮主与朝廷水师交战，而荒废了黄河上游的水运，我今日来此，也是想与迟帮主商量一下，看我们有没有合作的可能。”白善麟不再掩饰，坦然道。

“哦，白老爷子也有意北方水运？”迟昭平神色一肃，淡然问道。

“以黄河帮那无敌的水上力量，我并不只是想合作北方的水运，包括南方长江、沔水等水系的水运，我们都可以合作，我是个生意人，只要有钱赚，我不在乎是哪里。”白善麟笑了笑，坦然道。

“是吗？长江和沔水不是由湖阳世家和刘家合营的吗？”迟昭平淡然反问道。

“那是往日，现在的湖阳世家已非昔日之湖阳世家，这之中涉及到许多问题，如果迟帮主愿意合作的话，我愿意告之详情。至于物力如何分配，我们可以共同再商议！”白善麟吸了口气道。

“哦？”迟昭平眉头微微一皱，淡淡一笑，反问道：“听说白老爷子与王员外快成亲家了，不知是什么时候呢？”

众人皆为之一愣，不明白何以迟昭平会突然问起这莫名其妙的事情。

“哈哈，真是不好意思，太忙了，差点连迟帮主的请帖也忘了送。我现在在这里发表邀请，请迟帮主明年元宵之时来喝杯喜酒！”王郎不由得打个“哈哈”道。

“哦，白老爷子如果想来北方发展的话，昭平很欢迎，如果白老爷子想与昭平合作的话，此地不是谈话场所，我们可择日相谈，不知白老爷子意下如何？”迟昭平淡然反问道。轻描淡写之中自透出一种大将之风，确有不让须眉之感。

“爽快，那我们便另择时日吧，不知迟帮主何时有空呢？”白善麟见迟昭平并未拒绝，便是有合作的可能，也为之心喜，道。

“如果白老爷子这几日在邯郸，我会让人与白老爷子联系！”迟昭平肯定地道。

“那就一言为定！”白善麟举杯道。

迟昭平丝毫不介意地与其对饮，这才放下酒杯，向王郎道："如果员外没事的话，昭平想先行告退！"

"哦?"王郎不由得也起身道了声。

"迟昭平，你杀了我兄弟，我要你血债血偿！"巩超因喝多了酒，此刻哪里还记得王郎的话？一拍桌子便立了起来。

"哼！他是罪有应得！"迟昭平也扭过目光，射过一丝冷冷的杀机，冷然道。

"巩超！"王郎见巩超浑身散出杀气，不由得怒叱道。

"老爷子！他昨晚杀了我兄弟……"

"哈哈哈……迟帮主别怪，他喝醉了！"坐在巩超身边的林渺悠然站起身来，左手以让人难以觉察的速度自一个极隐秘的角度点中巩超的腰腧穴，淡然一笑道。然后在巩超还未软倒之时，伸手半扶半压地把他按在椅上坐好道："巩兄喝多了，先坐下再说！"

众人见巩超居然乖乖地坐下了，不由得皆大惊，只有王郎和白善麟所在的位置隐约看见了林渺所做的手脚，见巩超坐下不再言语，表情古怪，顿时心知肚明，两人不由得暗赞林渺急智。

迟昭平望着林渺，意味深长地笑了笑道："本帮主没功夫与这种人计较，如果有空，倒想向公子讨教讨教那玄奇的掌法！"

林渺干笑一声道："迟帮主说笑了，你日理万机，哪有时间来理我这等小人物？不过，如果帮主真想来此做客，我代老爷子表示欢迎！"

"呵！你真会说话，王员外有你这样的人才，确可成就一番大事了。"迟昭平不无深意地笑道。

林渺脸色微变，也淡然笑道："蒙帮主看得起，帮主所说，正是我所愿，只可惜，我无此能耐，一切只有尽力而为了。"

"哈哈……"王郎见林渺回答丝毫不乱，言语之中颇为他挣了点面子，心中极喜道："阿木，你就代我送送迟帮主吧！"

"我也告辞了！"姬漠然也立身而起道。

“先生还请稍留，我有事想向先生请教，还请先生指点!”王郎忙出言道。

“哦?”姬漠然微讶，望了迟昭平一眼，淡然道：“那你先去吧!”

“就此别过!”迟昭平起身离席，王郎却并无相送之意，但林渺却已起身离席。

“我为帮主引路!”林渺极为客气地道。

甄阜急行十余里，并没见追兵，这才松了口气，他本以为义军会穷追不舍，那样的话，他这支伤疲不堪的大军只怕会惨不忍睹，现在未见追兵，料来应该是姓子都阻挡有力，使义军不会这么快追来。

“再有十余里便可赶到新野集了，半个时辰的路程!”一名参将也微微松了口气道。

甄阜点了点头，只要再有半个时辰，大军便可赶到新野集，而他乘马只需半炷香的时间就行了，这自然也让他松了口气，只要到了新野集，便可以据城守上十天半月的，到时严尤一定会派援军赶来。

“将军，要不要让将士们稍作休息？他们都已经疲惫不堪了。”

甄阜回头望望众将士，这些人确实都是垂头丧气，他们自昨夜便开始逃窜，一直到现在，粒米未进，一直都在急行军，还要拖带伤员，自然都是疲惫不堪了。

“不行，再赶半个时辰，到了新野就可以休息了，走不动，爬也要爬到新野!”甄阜沉声道，他可不想在这个尚不知是否安全的地方浪费时间。

“让快骑先去新野，通知让其准备接应!”甄阜向一旁的参将吩咐了一声，随也跟着大军前进。

“报——”一声长长的呼喊自大军队首迅速传来，一匹快马飞速而来，却是那探路的先锋军，此刻却是浑身浴血。

“吩咐队首，摆车结阵!”甄阜一见便知不好，不待探子禀报，便立刻吩咐道。

“报，前方伏有大批敌军!”

“知道!”甄阜心中并不太惊，他料想前面的伏兵不会有多少，义军只有王常的下江兵能够在前方截击他们，而平林、新市和春陵军根本就不能做到，最多也只能在身后追赶。便是下江兵一分再分，在这前方最多不过是一些欲占便宜的小股义军，因为湖阳城中需要把守，而且那和合谷之中少说也有数千伏兵，另外还要派出一部分人去解救刘秀和王凤两支义军。因此，这前方的义军最多也不过三四千人而已，此刻他的兵力尚占优势，只要战略运用得当，并不会损失多大。

军令迅速传下，但是在前方队伍还不曾反应过来时，金鼓之声大作，四面的敌军有如潮水般出现在甄阜的眼光之中，急涌而至。

甄阜心惊胆寒，这让他吃惊，义军之多远远地超出他的估计，兵力之盛比他这些残兵的数目还要多。

对方为首者正是下江兵的首领王常，而左侧翼却是下江兵大将军张卯，右侧翼却是大将成丹，三路大军以锐不可当的气势直接杀入官兵的阵营之中。

“甄阜，今日是你的死期!”王常脸上戴着一张血色鬼面具，一袭青色战甲，像魔神般自天而降，其声如巨雷在虚空中滚过。

官兵与义军一触即溃，根本就没有人敢作半刻抵挡，也没有人能够挡得住。

“不可能！不可能……”甄阜直到此刻尚不敢相信眼前这一切是事实，下江兵的所有主力都几乎在此，那在和合谷设伏的又是谁？在湖阳城中的又是谁把守呢？下江兵绝不可能拥有这许多兵力，但事实却让人不能不信，不能不承认。

“保护大将军!”甄阜身边的参将高呼，其亲兵也看出了眼前形势的不妙，是以护着甄阜欲突围而出。

“甄阜——你不会有机会的!”成丹一杆大枪，有如搅海蛟龙，根本就无人可挡。

王常、成丹、张卯这三大高手各领一支精骑如破竹般各杀出一条血路，直逼甄阜。

甄阜远远地便感觉到那三股越过虚空的杀气紧紧地缠锁着他，他明白，如果他不走的话，所面对的将是这三大不世高手的联手合击，仅只王常一人便不在他之下，再加上成丹和张卯这两大高手，他根本就没有任何活命的机会。他不想死，是以，他不能不退。

主帅一退，官兵的阵形更是大乱，四散而逃，几乎无心抵抗，被义军斩瓜切菜一般砍得一片狼藉，鲜血汇成了一条条小溪，场面之惨烈难以用言语形容。

兵败如山倒，战局完全呈一面倒之势，甄阜身边已经没有了足以独挡一面的大将，梁丘赐又受毒伤未醒，他身边的勇将都留下断后了，根本就没有人可以抵抗王常、张卯和成丹。这些官兵本身就已是疲军，但王常却是守株待兔，一直都在养精蓄锐，是生力军，兵力之上也占着优势，是以官兵一开始便注定了败局。

直到此刻，甄阜才隐隐猜到是怎么回事。如果湖阳城之中不是空城的话，和合谷不是容谷的话，王常根本就不可能有如此强大的兵力！也明白了为什么湖阳城中并没有追兵，和合谷中也没有追兵赶来，事实上只是因为里面本就无追兵，而他只是被几面旌旗给吓着了，如果刚才他们夺下湖阳那座空城，那只是轻而易举之事，可是他却怕城中守军多，来不及破城，追兵就来了。

这叫虚者实之，实者虚之，虚实之道变幻无穷，而王常正是用此空城计和空谷计把甄阜给吓住了，但此刻他后悔已是没用，机会失去了便不会再有，还亏他分出两支精兵去阻击那空城和空谷的追兵。甄阜不得不承认王常此计之绝，使他不自觉地坠入了陷阱之中，而最终结局却只是一场惨败。

甄阜后悔，后悔自己不该太冒进，后悔没有听严尤的话步步为营，可是，没有人给他后悔的机会，而这个世界也不会同情任何后悔的人。

甄阜刚退出包围，便听身后一阵蹄声响起。

“甄阜——这里便是你的葬身之地！”刘玄领着一队骑兵如风驰来。

刘玄身侧是大将朱鲔，甄阜几乎有些绝望，他被夹在王常、成丹、张卯、刘玄和朱鲔这五大高手之间，便是插翅也难逃。

“杀……”甄阜仰天一声悲啸，拔出长剑在手，对天高呼，他不再逃避，而是选择杀向义军的阵营之中。

甄阜身边的亲卫一个个地倒下，但甄阜的剑却杀开了一条血路，所过之处，义军战士纷纷而倒。他杀红了眼，在这最后的一刻，他要以一个将军的身份战死，他要让世人看看，他绝不是个懦夫！

甄阜避开那五大高手，边冲边杀，他也不知斩杀了多少敌人，但他身边的最后一位亲卫也倒下了，而他浑身浴血，战甲已破，见人就杀，像是一个疯子般。

“当……”甄阜的大枪被王常横击而至的镔铁大棒击飞，甄阜已经太累了，手臂都已杀得麻木了，是以他根本就没能抗拒王常这全力一击。

王常终于截住了这顽强的敌人，阻止他对义军战士的屠杀，但是便在甄阜大枪被磕飞的一刹，甄阜带马而开，仰天悲啸一声，在王常还没有回马之际，已横剑割断了自己的咽喉！巨大的身躯轰然倒下马背，一代名将就这样毙命沙场！

一旁的义军战士也傻了，他们没有料到甄阜竟然会选择自刎而亡，而不是选择投降。

一名义军战士立刻反应过来，正要上前割下甄阜的头颅，但却被王常喝止了。

王常下马，向甄阜施了一礼，这才再上战马奔向那些负隅顽抗的官兵。

战争便以这种惨烈仍在继续着，但一切都已经显得没落，一切也都已经接近尾声……

第四十六章　金蝉脱壳

“不知公子师承何门呢?”迟昭平淡然问道。

“无门无派，这个很重要吗?”林渺漫不经心地反问道。

“当然不重要，重要的却是公子何以甘于屈居人下?”迟昭平怪怪地笑了笑。

“迟帮主高估我了。”林渺也不置可否地应了声。

“昨夜公子可否看见那彗星经天?”迟昭平意外地问道。

“正值未曾熟睡时。”

“如果我没有猜错的话，公子近日必有麻烦，如果有用得着黄河帮的地方，昭平愿意尽力!”迟昭平意味深长地望了林渺一眼。

林渺一怔，随即淡淡一笑道：“帮主好意我心领了，如果真有那么一天，我也不会客气。”说完，顿了顿，接道：“就到府外了，恕我不远送!”

迟昭平笑了笑，头也不回地大步跨出府外，立刻有马车来接。

望着迟昭平乘马车而去的身影，林渺思忖了半晌，他不明白，为什么迟昭平知道他近日必有麻烦呢?

“贤应公子在何处?”林渺收摄心神，向一旁的府中家将淡然问道。他心中所记挂的，仍是白玉兰。

“在后花园!”那家将虽只见过林渺几面，却知道此人颇得王郎欣赏，被王郎视为上宾。是以，他回答得甚是客气。

林渺并不太熟悉王郎府中的情况，但大体位置还是能够把握住。

王郎府中的后花园，便像皇宫内殿一般，四季皆有花香，亭、池、榭、山、曲径……一切的一切，将整个后花园点缀得雅致而清幽，美好而别致。

此刻的王贤应是又急又恨，白玉兰对他不冷不热，心中根本就没有他，可是他却无法对白玉兰发脾气。他恨林渺，白玉兰所发生的一切，他都知道，也知道白玉兰心中只有林渺一人，但他心中积怨之下，更要得到白玉兰，即使是得不到她的心，也要得到她的身体！他要将所受的一切怨气积在婚后再在白玉兰身上发泄。不过，这一刻他仍要以笑脸相对，因为白善麟尚在，而白玉兰还未嫁入他王家。

后花园之中的梅花暗香浮动，气息极为清爽，并没有护卫，或许是王贤应不想有人打扰他与白玉兰两人的世界，或是怕别人看到他在白玉兰面前遭受冷遇的样子，是以，他喝退了花园之中所有的护卫。

“贤应公子！”王贤应说了一堆讨好白玉兰的话却没有效果，正在暗恼之时，林渺的声音便传入了他的耳鼓之中。

“叫你们不要进来打扰我，难道你们都是聋子不成？”王贤应终于找到了一个可以出气的人。

林渺不惊不恼，缓步行了过来，淡淡地道：“公子何用发这般火？老爷子想让姬先生给你推算一下命理，是以让我来请公子到会客厅去一趟。”

王贤应本来窝了一肚子火，但却见林渺那不惊不躁、沉稳如山岳的样子，心中的火又发不出来了。不知为什么，在他面对林渺的眼神之时，有一种心虚的感觉，是以，训斥的话到了嘴边又咽了回去，同时他也知道，林渺便是昨夜在宴会上大出风头的那个年轻人，自王昌口中得知这年轻人极得他父亲看重，无论武功还是才智胆量皆是一流。是以，他也不能不认真估量林渺。

“是你呀，你回去告诉我爹，说我马上就到！”王贤应冷着脸道。

“老爷子说，请公子和白小姐立刻就去！”林渺说着目光投向白玉兰。

白玉兰心神倏地一震，林渺那锐利的目光让她有种似曾相识之感，那种神态和气质也似乎很熟悉，只是她根本就不敢想，而只是避过林渺的目光，神情冰冷如寒霜。她并不想说话。

王贤应见林渺神情肃然，不由得扭头望了白玉兰一眼，他明白姬漠然乃赵地第一星相大师，能得其推算命理，这是极为难得的机会。而父亲王郎让他立刻去很可能还有深意，他很清楚自己父亲的野心。

“玉兰，我们一起去吧！”王贤应有些低声下气地道。

“你们去吧，我只想在这里静一静！”白玉兰漠然道。

“难道白小姐就不想知道自己将来可能会发生的事情吗？”林渺淡然问道。

“知道又如何？生命本空无，明天发生怎样的事情都是一样！”白玉兰不屑地蹙然一笑道。

“既然生命本空无，明天如何发展并不重要，那白小姐又何必如此蹙然不乐？生命本空无，世情岂不虚？恩恩怨怨，爱恨情仇，仅一念之间，白小姐如此蹙然不仅伤自己，也让贤应公子和家人担心，这又是何苦？”林渺悠然道。

王贤应眼睛一亮，林渺竟说出这样一堆话来，确实让人深思。

白玉兰也为之一震，目光再次投到林渺的脸上，她竟自林渺的眸子里捕捉到了一丝奇异的情感，那般熟悉而亲切，她心中顿时掀起了一阵狂澜。

“是啊，梁木说得对！”王贤应也附和道。他似乎感觉到白玉兰的口气松动了，是以，他想趁热打铁，同时，他也暗赞这个年轻人确实思想独特。

白玉兰意味深长地看了林渺一眼，吸了口气道：“好吧，我跟你们去。”

王贤应大喜，向林渺投以感激的一瞥，可是他却发现林渺的脸上升起一丝古怪的笑容，他还没明白是怎么回事之时，便觉腰际一麻，随即颓然倒下。

“你……”白玉兰吃了一惊。

“玉兰，我是阿渺，快换下他的衣服!”林渺的声音顿变，急促地道。

白玉兰大喜，刚才的感觉并没有错，这个神秘的年轻人竟正是她日思夜梦的情郎，她怎么也想不到林渺居然先一步混入了王郎的府中，此刻哪还犹豫?

林渺扒下王贤应的外衣和靴子，然后迅速将其躯体塞入一个假山洞中，再赶来，白玉兰也已脱下了外衣，换上了王贤应的靴子，头发盘起，以王贤应的方巾打了个英雄结，却无法掩饰其脱俗绝艳的容颜。

“阿渺，真的是你吗?”白玉兰望着林渺，却有些不敢相认。

“小傻瓜，当然是我了。我说过，就算抢，也要把你自王贤应的身边抢走，你是我的！任何人都别想夺走!”林渺一把将白玉兰拥入怀中，心中涌出了无限的豪气，尽管他并未占有白玉兰，但却已将其看成了自己的女人。他没有保护好梁心仪，而成了这一生的遗憾，此刻，他绝不想让任何人再伤害他的女人。

白玉兰泪水哗地一下子便流出来了，这些日子的委屈仿佛一下子迸发了出来。

“戴上面具!”林渺想起了什么似的，迅速自怀中掏出一张薄薄的面具道。

白玉兰展开一看，愕然道：“王贤应?”

“不错!”林渺点了点头。

“你早有准备?”白玉兰见到这张早就做好的面具，讶异问道。

“我昨晚动手做的!”林渺笑了。

白玉兰更喜，迅速戴上面具，林渺却抓起地上白玉兰的衣衫也塞入一个假山洞之中，这才拍了拍身上的尘土，再擦干白玉兰眼眶边的泪水，笑道：“贤应公子，我们到邯郸大街去逛逛吧。”

“正合我意!”白玉兰压低声音，却有点怪腔怪调。

“不行，你少说话为妙，我们快走!”林渺一听，皱了皱眉道。

有爱郎在身边，白玉兰心情大为放松，毫不介意地笑道：“那我就尽量不说话了!”

“这才是我的好玉兰，走吧!”林渺说完，率先跨出后花园。

林渺知道，此刻王郎定是在向姬漠然请教那彗星之兆，他很明白王郎的野心，而这样一个深具野心的人，必会在意天命，而姬漠然那番真主可能会出现北方的言论更是深深地触动了王郎的心，是以，他怎会错过这次姬漠然来他府中的机会?

当然，对林渺来说，这是一件好事。至少，少了王郎和白善麟的干涉，走出王府的可能性便大多了。他对自己的易容之术极自信，连秦复都夸他的天资。这数月来，他对易容之术已经基本上参透了。

今天是大年三十，府中人个个都为新年而忙，处在一片节日的喜庆之中，或者是说，这些人正在为下午的祭典而忙。

一年的最后一天，王郎府上都要举行一次祭典，是以，府中的人都很忙。

林渺两人一路走出几重大院，并没有遇上什么重要人物，但这些人皆向白玉兰这假王贤应躬身施礼，倒没人瞧出半点破绽。

“应儿!”一声娇喝自林渺身后传来，林渺只感到一阵头皮发紧，来者竟是王郎的夫人，王贤应的母亲曾素巧。

白玉兰停住脚步，转身，她的头皮也发紧，但她认识这位大夫人，忙施了一礼，压低声音道:“娘叫孩儿有何吩咐?”

林渺虽然心中发紧，但听白玉兰的音调倒有五分像王贤应，也暗自庆幸，忙跟着施礼道:“梁木见过大夫人。”

曾素巧望了“梁木”一眼，淡漠地问道:“你便是昨日入府的梁木?”

“正是晚辈!”林渺强作镇定地道。他真怕白玉兰露了馅，那时，他便不得不闯出重围了。他打量了一下曾素巧身边的几个俏丽小婢，一个个都以一种极怪的目光打量着他，似乎对林渺极感兴趣。

曾素巧也以同样的眼光打量着林渺，对林渺高大且略显雄伟的身材颇有感触。半晌，她才笑了笑道:“果然是一表人才!”

“谢谢大夫人夸奖！”林渺恭敬地道，心中却在暗骂，你这臭婆娘，什么时候不好出来，偏偏要在这种时候出来坏事，真是个扫帚星。

“应儿，兰儿呢？你一个人要去哪里？”曾素巧淡淡地问道。

“兰妹在宴会厅中。”白玉兰尽量让自己把声音压低。

“是啊，老爷子让我跟公子去姬先生府中取罗盘和卦坛，想让姬先生测算昨夜彗星天兆！”林渺忙抢过话头答道。

“孩儿正是欲去姬府一趟！”白玉兰忙附和道。

“原来如此，你的嗓音怎么了？怎么声音变得怪怪的？”曾素巧惑然问道。

白玉兰最担心的事终于还是发生了，不过她还没开口，林渺却笑了起来。

曾素巧的目光顿时转向了林渺，那几个俏婢也讶异地望向林渺，不知林渺怎在此时发笑。

“你笑什么？”曾素巧有些愠色地问道，她觉得这个梁木很是无礼，居然在她问正事之时发笑。

林渺脸色微变，望了白玉兰一眼，故作为难地道：“我不敢说！”

“有什么不敢说？快说！”曾素巧也有些讶异地望向其子“王贤应”，她不知道这之中有什么古怪，但直觉告诉她，这很可能与她的儿子有关。

林渺又望了白玉兰一眼，装作怯怯地道：“公子之所以嗓音发哑，是因为刚才吃了太多辣椒之故，晚辈想到白小姐逼公子吃辣椒的样子，就忍不住发笑了，还望夫人恕罪！”

“哦，辣椒辣成这样了？”曾素巧讶异地问道。

那几个俏婢也忍不住笑了起来。

白玉兰想到林渺居然想出这样的怪话，又是好笑又是好气，禁不住脸真的有些红了。

“光辣椒自然还没事，可是公子刚才立刻喝了热酒，这就火气冲喉，声音自然有些暗哑了。”林渺又道。

“是吗?”曾素巧释然问道。

“是的，娘，你不要怪兰妹!”白玉兰忙答道。

“看你，也是个男儿！兰儿也真是的，这样的法子也想得出来。”曾素巧又好气又好笑。

“孩儿……”

“好了，你不要说了，我不会怪兰儿的，我要去找她好好谈谈，你去办你的事吧!”曾素巧见爱子“王贤应”吞吞吐吐，并无怀疑，打断他的话淡然道。

“谢娘!”白玉兰心中大喜，忙道。

“那晚辈回来再向夫人请安了!”林渺也微松了口气道。

“好，你回来与应儿一起来见我，我有事找你!”曾素巧道，说完转身悠然而去。

“是!”林渺与白玉兰相视望了一眼，都长长地松了口气，见曾素巧转身离去，他们也立刻转身而行。

此刻，他们唯有以最快的速度赶出府门，然后开溜。如果曾素巧在客厅之中没有找到白玉兰的话，便立刻穿帮露馅了。那时，不只是王郎会来寻找，白善麟也绝不会甘休，整个邯郸城只怕会闹翻过来。不过，这一切，林渺并不管，他只要将白玉兰带出邯郸，带到安全之地，然后找个无人的地方安静地住一段时间再从长计议。他并不在乎得罪谁，更不惧白善麟，他当初对白善麟还有一丝尊敬，现在却只有鄙视。

“公子好!”

白玉兰正习惯性地漠视之时，林渺却对那上前问好的侏儒吩咐道：“快给公子备马，他要去姬府!”

白玉兰讶异之际，那侏儒忙应了声，快速退了开去。

林渺心中暗喜，在这快出府门之时居然遇上了鲁青，这确实是再好不过了。

白玉兰一脸疑惑，但见林渺一副胸有成竹的样子，也便放心，知道林渺绝不会无缘无故地吩咐这件事。

官兵大败，这一役，甄阜和梁丘赐几乎是全军覆灭，不仅数万官兵被杀，连甄阜和梁丘赐也都战死。这可以说是绿林军有史以来取得的最大胜利，不仅胜得轻松，而且缴获粮草军器马匹无数。

属正死守新野集而侥幸存活，但是义军势如中天，战意如虹，仅他守于新野集的数千人，根本就没有战的可能，在收到逃兵带回甄阜和梁丘赐皆战死的消息后，他也吓破了胆，哪里还有心情守新野集，仓皇收拾物资返回淯阳城外与严尤合兵。

与王常合兵的义军又有数万之众，加上一些收编的降卒，兵力也不少，更重要的却是这新胜的锐气，使义军一扫颓气，变得斗志昂扬。

这些日子来，义军一直都在挨打，一直都处于绝对的下风，自宛城大败之后，他们几乎没有尝到胜利的滋味，可是便在王常合兵的这一刻，他们却取得了让他们骄傲的战绩。

降敌近万，杀敌数万，还杀了对方两员不可一世的大将，这之中的感觉几乎有天壤之别。

所有人都在庆幸有王常合兵，每个人也都尝到了合兵的甜头，而这些人则对王常有着无比的感激，没有王常，他们便不可能取得胜利，甚至是无法见到明年的阳光，可是现在一切都改观了。

王常这一战所安排的策略和战术确实让人无法不信服，其军事才能发挥得淋漓尽致。可以说，这一战的胜利完全是王常所带来的。不过，每个人都清楚地知道，义军任重而道远，即使是杀了甄阜和梁丘赐，可仍有严尤、陈茂和属正这等名将，官兵的力量尚比他们强大，这是不争的事实。是以，胜利可以让人激动，但胜利之后，仍有许多俗务让人头大，而眼下义军所面对的，便是这些头大的俗务。

刘玄和王凤本想乘胜直捣淯阳，缓解淯阳的危机，但是王常却坚持要编制新军，定军规，正法纪之后才能起兵，否则他便会带下江兵战士回宜秋。

刘寅和刘秀也赞同王常的做法，刘玄和王凤也没办法，因为当初在联兵之前，他们便已经答应了王常的五个条件，现在自不能反悔，否则王常若真是领下江兵回了宜秋，他们仍逃不过散伙的命运。凭他们的残兵，绝难对付严尤，而刘寅很明显站在王常一方，是以，他们只好放弃乘胜追击这诱人的想法，而掉头整顿军规，正法纪，将所有的战士再重新编制，虽然仍以下江兵和春陵军的形式，但是每一旅、每一营的编制却更加齐全，其军阶层次分明，不会有半点马虎。

王常的军中早就是这般编制，一切从严，是以下江兵整体看上去绝没有半点松懈的风气，王常治军一向以严格著称，是以其战斗力也是绿林军几支义军中作战能力最强、内部协调最好的一支。

王凤并不是一个擅长治军的人，尽管带兵打仗对他来说并不难，但是要谈到治军，整顿军纪，他却有力用不上。

刘玄虽有治军之才，却没有治军的魄力，若是王凤反对，他一般不会坚持要治军，这便是他的弱点，但才能他是有的，眼下王常和刘寅重整军纪的决心已成不可逆改的事实，他倒也能帮上一些忙。

王常、刘寅和刘秀则是治军的绝对骨干，刘秀曾游学四方，熟读兵书战策，无论是历法还是军略，都有着过人之处。谈到治军，现在倒成了他发挥才能的舞台，而他提出的许多建议都被刘寅、王常和刘玄所欣赏。

刘玄对这位堂弟倒是极有好感，因为刘秀一直都极为尊敬他，而他比刘秀大上近十岁，是以对刘秀既有兄弟之情，又有子侄之义，对于刘秀的才学，他一向极为看好。

刘秀虽然娶回了曾莺莺，但因一直都在征战，很少照顾到曾莺莺，只是让她呆在春陵，现在终于松了口气，却又置身于义军改编之中，他很难抽出机会回去看曾莺莺，这让刘玄和刘寅比较佩服，如此娇妻，能够忍而不见，以大局为重，这使军中之人对刘秀大有好感。

林渺走出王府的大门，与白玉兰相视一笑，长长地松了口气之时，鲁青已赶出一辆大马车自后门绕了出来。

“请上车！”鲁青一挥马鞭，意味深长地道。

林渺想也不想，拉起白玉兰立刻上车，车子马上远驰。

“快，摘下面具！”林渺说话间先抹去自己脸上的易容膏，将外衣脱下，拿出易容工具，在摘下白玉兰脸上面具之时，迅速为其再度易容成一个中年书生。

“鲁青，你将马车驰出城外，然后自己设法与耿信和任泉联络，我们先下车了！”林渺隔着车厢沉声吩咐道。

“小的明白！”鲁青沉声应道。

“很好！”林渺露出欣然一笑，向白玉兰道：“我们下去！”

“吱……”马车在一胡同口停下，林渺和白玉兰以最快的速度掠下马车，没入胡同之中。鲁青却已驱车向城外急速赶去，而此刻自王府的方向却传来了一阵急促的马蹄之声。

“我们去哪里？他们追来了！”白玉兰担心地道。

林渺吸了口气，笑了笑道：“我们先去找几个朋友，然后去信都！”

白玉兰露出幸福的笑容，至少，她此刻是跟爱郎在一起，她不用担心其他的任何事情。她相信不会有任何事情能够难得了林渺，这是基于内心最真实的信任。

“你到哪里，我就跟到哪里，无论是天涯海角！”白玉兰认真而欢悦地道。

“当然，我怎能再弃你而不顾？也舍不得！”林渺也笑了，然后拉住白玉兰的手快速向耿信的宅中赶去。

王郎正与姬漠然谈得兴起，曾素巧却赶来了，而且问白玉兰在哪里，当曾素巧把林渺和白玉兰与之对话说了一遍之时，王郎和白善麟全都傻眼了。

他们根本就未曾让梁木与王贤应去姬府拿什么罗盘之类的东西，而白玉兰明明是与王贤应一起，且梁木是去送迟昭平，又是如何与王贤应走到一块的？而且说出这般谎话呢？

梁木到这一刻仍未归来，送迟昭平自不用这么长时间，而王郎因昨夜彗星之兆与姬漠然谈得兴致高昂，都几乎忘了梁木未回之事，经曾素巧这般一提醒，便立刻意识到事态的严重。

“不好！”白善麟倏然之间记起那梁木似曾相识的眼神，不由得惊起道。

“怎么了？”厅中之人全都吃了一惊，王郎神色也变了，急问道。

“那个梁木一定便是林渺，我们都上当了！”白善麟的神色变得很难看地道。

“不会吧？”曾素巧神色也变了。

“立刻去把公子找回来，还有梁木！”王郎也意识到事态之严重，立刻吩咐道。

鬼见愁诸人也都相视望了一眼，有些愕然，这才迅速起身而去。

巩超刚才被林渺点了穴道，手法并不重，只是半晌就自动解开，但却对林渺多了一丝恨意。

“那出去的定不是贤应，而是玉兰！”白善麟想到当初林渺与白玉兰在唐子乡来个金蝉脱壳，也是让白玉兰易容而去，却没料到今日却又重演了这场戏。

王郎虽然脸色极为难看，但却表现得极为沉稳，又向立于大门外的护卫道：“立刻在各院中寻找公子和白小姐的下落！”说完又向姬漠然略带歉意地道：“不好意思，小儿女弄出了一些事情，坏了先生兴致，望先生别介意，我们继续！”

姬漠然不由对王郎多了几分好感，只看王郎眼下这份镇定，可见此人的确有枭雄本色，他不由得笑道：“老夫也有些事，先走一步，他日有空，王员外可到我府中做客，老夫定当欢迎！”

“哦，那我送先生！”王郎向姬漠然客气地道。

白善麟知道事已至此，便是急也没用，毕竟他是一代宗师，什么大风大浪没见过？是以很快平静下来。

“我也送先生！”白善麟淡然道。

“请！”“请！”

与此同时，王府的家丁四处寻找王贤应的下落，而府中的高手，则以快骑向刚才马车消失的方向疾追。

府中家丁极多，人多也好办事，很快便在那个假山洞之中找到了王贤应。因为有人知道王贤应最初与白玉兰便是呆在这后花园之中，是以，大量的人力都放在这里寻找，果然有效。

王贤应并没有死，只是被林渺制住了穴道，但在被剥去衣服之后，又放在那假山洞之中，在寒气的侵袭之下，王贤应几乎都快冻僵了，脸色白得可怕，被救醒之后还不知发生了什么事，因为一切都是他在失去了知觉之后才发生的。

找出了王贤应，究竟发生了什么事情已是不问自明，剩下的任务便是追寻白玉兰的下落和那个所谓的梁木的下落。

王郎送走了姬漠然，他确实再没有必要留下对方，回过头来再看到王贤应那一副惨兮兮的样子，脸和唇都冻得青紫，又是心疼又是大恨，心中却又暗暗可惜。

他对那个虽有些神秘，却极为聪慧机智且有雄才大略的梁木极为看好，他本来还想着该如何去重用这个人，是以，他让王昌派人去调查梁木的底细，可是他却没有料到，这个被他看好的年轻人却是入室之狼，且是白善麟一直提防，而他却满不在乎的林渺。

王郎对林渺确实有些满不在乎的态度，因为他从来都没见过这个年轻人，只知其在湖阳世家为白善麟大闹了一通，为湖阳世家出过不少的力，而且自唐子乡救出白玉兰，甚至白玉兰一直因为这个年轻人而不肯嫁给其子王贤应。在他的思想中，林渺只是一个极为英俊的年轻人，靠脸蛋而已，却没料到这一刻却被林渺给耍了一回，使他大失颜面。

不过，王郎仍觉得林渺是个极好的人才，居然敢只身易容入虎穴，再找机会带走白玉兰，这要胆量，同时也要机智和灵活的脑子。单只看他与曾素巧的对话，便可看出他是如何机智，这样的人才，确实让王郎爱惜。但是，眼下最重要的问题乃是要把白玉兰找回来，否则他那些发出的请帖都变成了笑话的把柄了。他身为一方豪雄，这个面子确实丢不起。

王郎遣出府中所有的高手和家将，他必须要找到林渺和白玉兰！但是他却明白，以林渺那能混入府中一天多，且把白玉兰化装成其子王贤应而未被曾素巧看穿的易容之术，想找出这两人确实如大海捞针，但是王郎却查出了那个为林渺驾车的侏儒的来历。

他知道这侏儒也是新入府的，只是由府中之人介绍而来，来自洛阳，听说是杀了薛子仲的儿子避难北方，但他如今知道这个消息又有何用？那侏儒也只是孑然一身，根本就无从查起，不过“侏儒”却是最好的特征，任何易容之术都无法将这个先天的巨大缺陷给掩饰。是以，王郎的手下高手四处寻找侏儒，寻找那辆载走林渺和白玉兰的马车，城中则四处寻找可疑的人物。

城门在很短的时间内便加强了盘查，对出城的人寻问极为严格，甚至对有些人还要验脸，看看是不是易容而成。

后来，才知那辆马车早就已经在他们下令严查出城之人前便已自东门而出了。当时守城者认识这是王府的马车，并不敢盘问，而驾车者，便正是一个侏儒。

这个消息的证实，使王郎府中的高手大部分都追出了城外，林渺直接出城的可能性比较大，只要城外早有准备，如果他直接出城，完全可以以各种身份离去，若有人接应，到时候想找也没办法找到。

白善麟也恼，他本以为林渺收下了他二十万两银子后不会再来捣乱，谁知林渺居然仍胆大妄为地自王郎府中把白玉兰带走，这也是他始料未及的。他以为王郎府中极为安全，至少，白玉兰与王贤应在一起会比较安全稳妥，可是林渺仍棋高一着，先他一步入了王郎的府中。事实上在林渺出言与迟昭平对话之时的神态，他便有一种似曾相识的感觉，只是他与林渺相见仅数面，而且在湖阳之时，他根本就不曾在意这个年轻人，只是后来到了唐子乡，这个年轻人的锋芒才露了出来，但后来他们便再也不曾相遇过。是以，白善麟对林渺并不清楚，他也很难想象林渺的武功能够与迟昭平这等高手一较长短，而且让河东双雄的巩超轻易着了道儿，这确实让他有些意外。因此，他根本就没有将这个梁木与林渺联系起来。

事情既然发生了，任何多余的想法都是在浪费时间，不过白善麟唯一庆幸的是，这件事是在王郎府中发生的，虽然他有些责任，但他根本就不必向王郎解释和交代什么。在责任方面，王郎应该承担更多，这一切也只能怪王郎府内的戒备和防范措施不力。

王郎也感到脸上无光，不管白玉兰是不是心甘情愿与林渺一起走的，但他有着不可推卸的责任，因为白玉兰是在他府上失踪的。

林渺只觉一切顺利得让他有些意外，他本以为要救出白玉兰绝不是一件容易的事，至少不会这般顺利。

当然，这也跟今天特殊的日子有关，除夕日，王郎府中的人各忙各的，没有多少人有闲情来注意他，而他因昨夜那一闹，使得在王郎府中的身份有所不同了。王郎为了想套住他这个人才，而对他另眼相看，让他有机会送迟昭平，这便给了他难得的机会。

另一个原因却是白玉兰和王贤应在一起，又是自外而来，尽管白善麟也带来了许多高手，以保护和看住白玉兰，但是这些人却不敢打扰王贤应和白玉兰谈情说爱，这便给林渺创造了出手的机会。

王郎也不会想到，自己竟是引狼入室，当然，这一切要不是那神奇的易容之术，根本就不可能发生这样的情况，想在王郎府中救走白玉兰，那也是难如登天，除非是抢亲，但这在王郎的势力范围之中，那无异是飞蛾扑火，根本就没有机会。

铁头等人见林渺居然带着白玉兰奇迹般地回来了，他们几乎傻眼了，但却是极为高兴。他们也没有料到，林渺会在这么短的时间内便完成了这项任务。

“主公真有能耐，鲁大哥呢？”铁头兴奋地问道。

“他驾车独自出城了，转头让他在城外与我们会合！”林渺淡然道。

“那我们这就收拾东西立刻出城吧？”任泉见已经完成任务，并不想再呆在城中，有些迫不及待地道。

“不，我们还要在城中呆一些日子。”林渺悠然道。

“最危险的地方，才是最安全的地方！”猴七手诡笑着道。

林渺点头笑了。

“还是老偷儿有经验！”金田义也笑道。

“否则只怕他早被人抓数百上千次了！”铁头也附和道。

“不要把矛头全指向我好不好？”猴七手一脸无辜地道。

“那三爷准备怎么办？”任泉问道。

“把耿信先生找来，我想请他帮我联系上黄河帮的帮主迟昭平！”林渺吸了口气道。

“三爷要找迟昭平？”任泉奇问道。

“不错！”林渺肯定地点点头道。

“你要找迟昭平干什么？”白玉兰微微有些醋意地问道。她是见过迟昭平的，不可否认，迟昭平虽不比她美，但吸引力绝不逊色于她，她不明白，为何林渺刚与迟昭平分开，却又要去找她，是以她有些醋意。

林渺见白玉兰那一脸不高兴的样子，不由笑道：“我们既然不准备立刻离开，总不能一直闲着，找迟昭平，只是想与黄河帮做一笔互惠互利的生意而已。”说话间，轻拥白玉兰的小蛮腰。

猴七手诸人瞪着双眼，一个个都表情极为古怪，因为白玉兰此刻乃是中年儒生的打扮，林渺这样一抱，却极是不伦不类的。

“看什么?”林渺见众人如此表情，不由没好气地问道。

猴七手眨眨眼睛，指了指白玉兰的那张脸。

林渺顺其所指看去，不由得也哑然失笑。

王家的高手快马追出城外，却在东城外十里处的一条小河边发现了那辆马车。不仅如此，还发现河边芦苇和水草有被碾压的痕迹，显然是这里曾停有船只。

在各种可能性的推断下，认为林渺乘船而去的可能性较大，而且在城外还有人接应。这一点在走出府门之时，便有人推断过。王郎也曾想过，如果林渺以最快的速度出城，而在城外又有人接应的话，那时想要找到他们，绝不是一件容易的事，因为他们的易容之术完全可以以假乱真，让人无法分出真伪。

王家的高手在派人回城相报的同时，也兵分两路，一路向小河上游追赶，一路向小河下游赶去，他们不相信以快马赶不上那只小船。不过事情的发展很难让人猜断，谁也不敢保证就一定可以追得上那只小船。

王郎听到城外有人自水路为林渺接应的消息后，情绪更是低落，他在心中本有这个猜想，按白善麟的说法，林渺一定是有备而来，如果不是有备而来的话，那么那马车这般急匆匆地赶出城外，一定是城外有人接应，而最有可能的则是水路。

一来水路不易搜查，二来水路快捷便利，只要进入清漳河，在那宽广的水域之中，想要截住每一只船，那确实是一件让人头大的事情，而且入了清漳河，便很难知道林渺的目的地会是何处。这条大河一直通向黄河，乃是黄河五大支流之一，仅次于渭水，比之洛水和汾水绝不逊色。

清漳水系源于山西晋中和上党，而至河北河间国入黄河，水系长达千余里。

“王昌，你立刻领人去清漳河上拦截，不惜任何代价，查寻过往的船只，不许放过任何可疑之人!”王郎吸了口气，沉声吩咐道。

王昌皱了皱眉头，却没有说什么，只是领着人便去了。

白善麟对林渺所为极为恼怒，但是却也没有办法，倒是有些后悔不该将白玉兰自铁鸡寨中带来河北，他仍小看这个年轻人了。不过，他却暗暗决定，如果林渺真的带走了白玉兰的话，他一定不会放过林渺，跑得了和尚跑不了庙，至少，在铁鸡寨，在宛城尚有林渺的人，他找不到林渺，可以找这些人出气。

王家的家将和护卫目光也全都转移到城外，转移到河面上的拦截，而对城中的搜寻也显得松弛，毕竟，人手有限，而王郎更不能大张旗鼓地宣扬此事，毕竟这是一件极不光彩的事。

耿信在邯郸城中颇能吃得开，找到迟昭平落足之处并没有花多大的功夫，他与黄河帮本就有些交情。

林渺只与金田义两人易装而行，在耿信的引领下，根本就没有花什么力气就进了黄河帮的临时分坛。

“去告诉你们帮主，便说冀州耿信拜访！”耿信自报名号道。

听说是冀州耿家的人，自然有人迅速上报迟昭平了。冀州耿家不仅是黄河帮的老主顾，同时也是平原义军的支持者之一，因此，迟昭平与耿纯的交情非浅。

“帮主有请！”

耿信却是跟在林渺之后踏入迟昭平会客的小厅。

小厅自然无法与王郎府上的客厅相比，但又别具一番清雅和暖意，步入其中让人有回到家中之感。

见客人已至，迟昭平才放下手中的简牍，微颔首示意。

“在下耿信，乃是冀州耿家负责邯郸生意的代表，这位是我们三爷！”说话间耿信目光向林渺投去。

林渺则望了望迟昭平身边的两人，坦然道：“在下林渺，与帮主并不是第一次相见，也是帮主说如果我有麻烦便可来找你的，所以我来了！”

迟昭平的眸子里闪过一丝讶异，也有一丝疑惑，淡淡地反问道：“我们有相见过吗?”

林渺笑了笑，手掌轻翻，平空划了一道弧，再一切一收之间竟幻出九重掌影。

“啊，是你!”迟昭平一惊而起，脸上闪出一丝惊讶和意外，但立刻向身前的两名黄河帮弟子道：“你们先退下!”

林渺不由得笑了，向耿信道：“你们也先出去吧!”

耿信惑然望了林渺和迟昭平一眼，极为意外，尽管他看出了林渺那玄奥至极的一掌，似有着无穷的威力，但何以迟昭平要这般神秘兮兮地让其手下离开呢？不过林渺既然让他离开，他自不再说什么，也不敢乱猜林渺和迟昭平之间有什么关系。

望着几人行出小客厅，迟昭平望了林渺一眼，道：“随便坐，这里只有我们两人，你想我怎么帮你?”

林渺高深莫测地笑了笑，道：“暂时，我并不需任何人帮忙，我此来，只是想与帮主做笔小生意!”

“做笔小生意?”迟昭平大感愕然和意外，顿了顿，浅浅一笑道：“你可知道，整个邯郸城都在找你?”

“但我知道，他们在整个邯郸城都不会找到我!”林渺自信地笑了笑道。

迟昭平不置可否地笑了笑道：“你真实身份到底是什么人?”

“现在就是我的真实身份!”

“那你真实的面目呢?”迟昭平又问道。

“现在也是我的真实面目，如假包换!”林渺淡然笑了笑。

“你为什么要劫持白小姐?”迟昭平冷冷地对视了林渺良久，似乎是想自林渺的表情和眼神中找出一点说谎的迹象，但是林渺神色平静得像一池秋水，目光丝毫不作回避，倒让她根本看不出半丝破绽。

“因为我爱她，而她也爱我!”林渺神情微肃，坦然道。

“就为了一个女人，你才会潜入王郎府中，而不怕得罪这一南一北两大宗师？”迟昭平有些讶然，对林渺那直接而坦然的回答有些意外。

“就是得罪更多的人，我也会去做！”林渺肯定地答道。

“那你认为这值得吗？”迟昭平反倒对林渺的决定变得很感兴趣，又追问道。

“帮主认为值得是一个怎样的概念或是需要一个怎样的标准？”林渺反问道。

“我觉得男儿当以建功立业为目标，儿女私情只会成为绊脚之石……”

“帮主说得很片面，男儿建功立业不假，但所有功业的最后目的又是什么？那便是痛快，是快乐，若活在痛苦之中，功业何用？儿女私情不只是绊脚石，也可以成为功业的动力！至少，对于某些没有伟大情怀的人来说，拥有这样的动力不会是一件坏事！”林渺打断迟昭平的话，淡然道。

迟昭平先是愕然，随即却笑了起来，笑得有些憨憨的。

“林公子说得或许对，不过，这是昭平听过最有趣的论调！”迟昭平笑着道。

林渺也笑了笑道：“谢谢帮主的欣赏，不过，这只是一个开始！”

“但愿这只是一个开始，林公子此来是想做什么样的小生意呢？”迟昭平淡淡地问道。

“黄河帮乃水道第一大帮，却无精湛而优良的造船厂，总要自别处购回船只，这是一种悲哀，今天我来只是想改变这一切，要为黄河帮造出最好的船只！”林渺语出惊人地道。

“哦，林公子懂造船？”迟昭平眼睛一亮，惊喜地问道。

“不错，我曾在湖阳世家学过一些，但却不屑于那些老式之船，我可以让人设计出比湖阳世家所造之船更好的船只！”林渺自信地道。

“哦？”迟昭平漫不经心地应了一声，她并不看好林渺，她也很难相信，有人能造出比具有百余年造船历史的湖阳世家所造出的更好的船。

“我这里有一张图样，帮主看了就知我所言不虚！”说完林渺自袖间抽出一卷羊皮，递了过去。

迟昭平将信将疑地摊开仔细看了一下，神色顿变，讶异问道："如此之舟，为何人设计?"

"这个并不重要，只要帮主能满意就好!"林渺对视着迟昭平，淡淡地道。

迟昭平吸了口气，合上羊皮卷，望了林渺一眼，问道："你欲如何做这笔买卖?"

"合作!"林渺肯定地道。

"我们合作?"迟昭平讶异地问道。

"不错，我需要借黄河帮的水上实力来造船和售船，同时，我们可以共同出资制造并出售这些船只，然后共同赚钱!"林渺肯定地道。

"好！只要你愿意与本帮合作，我绝不反对!"迟昭平大喜，欣然道。

"具体的合作方式，我们先不谈，待出了邯郸之后再细商如何?"林渺反问道。

"一言为定!"迟昭平立身而起，大步行至林渺之前，伸出娇弱纤巧的右掌。

"那我们就击掌为约吧!"林渺笑了笑，伸手与之在空中相击了一下，然后两人脸上皆露出欢悦的笑容。

"三爷!"林渺笑容的笑容并未褪去，耿信急促的声音已自外传了进来。

"发生了什么事?"林渺听出了其语气之中的异样，不由得忙问道。

"刚才兄弟来报，王郎的人找到了我们的住处，我们要快点回去!"耿信急道。

"啊，怎会这么快?"林渺吃了一惊。

"林公子可把人带到我这里来，我们一起出城!"迟昭平肯定地道。

林渺不由得望了迟昭平一眼，吸了口气道："那我先告辞了!"林渺知道，他不是小看了王郎，这里毕竟是王郎的地盘，唯一可行的便是他立刻离开邯郸城，否则的话，在这个属于王郎的城中，他很难有藏身之处。

“废话，谁敢入内一步，老子让他血溅五步！”铁头杀气腾腾地道。

“铁头！”猴七手故意劝道。

“老子咽不下这口气，有什么了不起，就因为是邯郸的大善人，就可以耀武扬威来吓唬我们吗？你给我靠边去，否则连你也一起打！”铁头蛮横不讲理地道。

猴七手向那几名王郎府中的家将做出一个无可奈何的手势。

“你们不必在这里演戏了，便是你们在这里拖延再长的时间，他们也没有机会自后门走！”王郎府中的护卫副教头卫戚冷冷一笑道，他一直都只是以冷眼观望猴七手和铁头在这门口一唱一和，却没有出手的意思，但他此言一出，却让猴七手和铁头大惊。

猴七手知道对方已经看穿了他们在演戏，而且自卫戚的语气之中也可以听出，卫戚可能早就知道白玉兰便藏身于此地。

“铁头，不必跟他们啰唆了！”猴七手不想再在这里纠缠，不由得呼道。

铁头也早已压下了满肚子火，要不是林渺叮嘱他不可莽撞，他早就大打一场了，此刻猴七手一说此话，他哪里还犹豫？

“你们这些王八羔子，让你们知道老子的厉害！”铁头怒喝一声，身边竖着的大铁桨如大块门板般翻射而出，掩起一股强劲狂野的风暴，院门如豆腐般地散裂而开，化为虚影，凝于大铁桨周围。

“轰……”“呀呀……”首当其冲的三名王府护卫本欲抢攻而上，但是一触到那大铁桨，立刻剑折人飞，身上的骨头几乎全被这疯狂的一桨给击成了碎块。

鲜血狂洒而下，如雨一般，强大的气劲激得让口众王府护卫衣衫猎猎作响。

所有的王府护卫都脸色大变，铁头这疯狂一击的力度之强几乎让他们傻眼了，他们也没有估到这光头拥有如此神力。

“哈哈……老子从来都没将你们这群狗眼看人低的家伙放在眼里！”

说话间，铁头横铁桨，向前逼上一大步，那浑身被血点溅染的样子在杀气相冲之下，显得有些狰狞，整个人便像是一只来自地狱的异兽。

卫戚也禁不住心中一寒，小退一步，这才厉吼一声，幻成数道虚影自侧方斜袭向铁头。

铁头冷笑一声，他根本就懒得挡，举起铁桨以泰山压顶之势直截了当地向卫戚砸下，没有任何花巧，但却挟带惊人的破坏力。

卫戚虽剑法轻灵，却哪敢与铁头这超级神力相抗？那铁桨还没有压下来，那股强大至极的气劲已经如一个不透气的袋子般罩下，他只感到一阵沉闷和压抑，招未递完，便骇然而退。

“轰……”铁头铁桨击空，泥土四射之际，地面之上竟炸开了一个斗大的坑。

“再来！”铁头得势不饶人，大铁桨自地上一迸立刻弹起，化为风影再次横扫而出，速度快捷，力道沉猛至极。

王府护卫几乎无人敢轻撄其锋，纷纷避退，连卫戚也只能选择退却。

“不过如此，原来王郎府上尽是这等脓包！”铁头不灭狂傲，不屑地道。

“那你就试试这个！”一个冷冷的声音横里传来，一道人影如暗云般没入铁头的桨影之中。

“轰……”一声巨烈的爆响声中，尘土木屑如炸开的烟花般飞舞而起，迷住了所有人的目光。

铁头蹬蹬倒退两步，胸口一阵发闷，再看来人，也小退了一步，却是一个头发灰白、面目阴鸷的老头。

“顾先生！”卫戚像是遇上了救星般，欣喜地道。

“很好，居然能硬接老夫一掌！”来者正是鬼见愁顾愁。

“老头，你也不赖，居然可以硬受我一桨！”铁头对这老头能空手接下他这沉重的一桨也感到吃惊，刚才他那一桨与对方手掌相击，所有的力道仿佛是击在一片软泥之中，被卸去了大半。不过，他却知道，对方绝无法完全卸去自己的力道，因为顾愁也退了一步，这证明对方并不能全然接下。

顾愁心中的惊骇也不下于铁头，忖道："哪里来的这个愣头青，好霸道的气劲!"他居然感到手心有些发热，手臂发麻，若不是以巧劲先卸去了这一桨的七成力道，只怕他也难以接下这拥有无上杀伤力的一击了。

"你们去把白小姐找出来，这小子就交给我!"顾愁吸了口气，沉声道。

"哼，有老子在这里挡关，你们就休想进门!"铁头大铁桨一横，战意狂燃，冷哼道。

"毛头小子，也敢逞能!"顾愁被铁头那不可一世的样子给激恼了，身形暴闪而上。

铁头微退一步，背后四尺便是坚墙和大门，他可不想弄得背腹受敌，于是大桨有如泼浪鼓般狂扫而出。

顾愁的眸子里闪过一丝讶异，铁头的招式虽然简单直接，但是却如惊涛拍岸般无隙可寻，那有如门般巨大的铁桨就是不用挥也可以挡住一方路，而铁头这一挥动起来，几乎都把路给挡住了，每一寸进攻的空间都封得极为严密。

"轰……"两股气劲相交，再次爆出一阵气浪，扬起一片迷茫的尘土。

顾愁也是没办法，他不得不选择与铁头硬击，否则他根本就别想穿过铁头的桨网。

铁头又退了两步，但在卫戚诸人抢上来之时又快进两步，大桨再抡。

卫戚诸人骇然，他们哪敢硬接？连顾愁都讨不了好，他们唯有急退。

铁头并不追击，而是再次横桨怒对顾愁。

顾愁刚才又小退了一步，却没有取到半点好处，心中不由得又惊又怒，可是铁头似乎绝不离开身后大门半步，始终守在那个位置，不抢攻也不追击。

铁头自然明白，论身法，那是他的弱项，他不敢与顾愁比身法，但他有的是力气，又有这近丈长的大铁桨，完全可以发挥自己的优势，将这些人拒之门外。而他一旦离门太远，那时背腹受敌，可能会让顾愁依仗身法而捡了便宜，但眼下他却没有这样的忧虑，他完全可以只一面对敌，顾愁若想进入大门，便不得不与他硬拼！他不相信这个老头的耐力会比他强，这一点，铁头绝不傻。

“哼，别以为老子这一道关好过，就凭你们，老子还不放在心上！老鬼，有本事，你尽管使出来，老子接着就是！”铁头冷哼道。

顾愁却被气坏了，可是这个光头小子却绝不笨，一时之间他也不知该如何是好。

……

猴七手吃惊非小，卫戚果然没有说错，任泉诸人护着白玉兰刚走出后门便被王府的高手围住了。

这些人正是王府昨日新招来的好手，任泉诸人虽然武功极高，但是却在人数方面吃了亏，任家的好手一个个倒下，却仍拼死护着白玉兰，任泉更被太行五虎之一的季苛缠着，难以脱身。

猴七手吸了口气，执出天机弩，到了这一刻，他已经没有了选择。

那群王府好手正在围攻任泉和耿信手下的好手，猴七手只得大步向屋外行去，左手持折叠小弩，大喝道：“你爷爷我来了，王府的牛鬼蛇神全给我滚蛋！”

“好个大言不惭的老东西！”一名王府护卫挥刀扑上。

猴七手冷笑一声，脚下斜踏，一闪避过，手未动，脚尖微勾，正踢中那护卫的裆部。

“呀……”那名护卫惨号着跌出。

“好步法！让你虎爷来会会你！”一浑身横肉的汉子摆动着一对大锤，如飞袭来，人未至，气劲已如潮般涌至。

“那便让你尝尝它的滋味吧！”猴七手倒旋一步，左手折叠弩骤放，借袍袖的遮掩，小矢无声地自锤隙间射入。

那持锤而至的汉子才奔几步，便发出一声惨号，扑倒在地。

“好阴险！”顿时有人发现猴七手袖间的小弩，立刻有数道人影飞扑而至。

猴七手疾退，在几道身影快逼近之时，才大笑自长袍之下执出已装好弩矢的天机弩，笑道：“对付你们的是这个！”

“嗖嗖嗖……”天机弩十矢齐发，箭矢速度之快，力道之强，完全超出这几人的想象，他们还没有意会到闪身之际，利矢已以无可抗拒的穿透力深深地没入他们体内，有的甚至自其背后穿出，带着一蓬血雨坠落地上。

猴七手这一击立刻镇住了场中所有的人，这些人在被猴七手弩矢的威力一吓之时，任泉竟脱开季苛的纠缠，倒撞入一名王府家将的怀中。

那人惨哼一声，顿时骨折血喷，任泉一带白玉兰的手倒退几步，与仅剩的四名受了轻伤的任家战士退至猴七手的身旁。

猴七手以最快的速度再次为天机弩装上箭矢，在任泉诸人退来之际，十矢再发，此刻他已无所顾忌，刚才是怕误伤了任泉和白玉兰，这一刻却可以信手而动。

季苛骇然，身形疾纵，箭矢自他的脚下擦过，身形向猴七手疾扑，他可不想再给猴七手装弩矢的机会。

季苛虽然避开了弩矢，但并不是每个人都这么幸运，又有五人中矢受伤，一人毙命，在这近距离之中，天机弩的威力几乎是无可抗拒的，尽管这些人身手都不俗，但也不能完全避开这可怕的利矢。

任泉诸人心神大振，王府的好手十数人此刻也只剩下六人能战，在实力上，他们并不逊色多少，是以见季苛飞扑而至，任泉立刻迎上，向猴七手道：“带小姐走，这里交给我们！”

猴七手点头，知道此刻不是推托的时候，在邯郸城中，谁又真的能够逃脱王郎的手掌呢？所幸，王府大部分人手全都调出了城外，城内的人手并不多。

“跟我走！”猴七手一边上弩矢，一边大步向马棚方向奔去。

那几名王府好手欲阻止猴七手上弩矢，但是却被那四名任家战士所阻。

猴七手将小弩递给白玉兰，道：“我们去找主公！”

白玉兰也知道事情紧急，也顾不得任泉诸人，急速冲向马棚。

白玉兰的武功更胜猴七手，这一点猴七手很清楚，是以刚才白玉兰能撑着不被王府之人抓去，只是她有些狼狈。幸好这些人都不敢伤害她，否则她多多少少也要受些伤。

“希聿聿……”战马昂首长嘶，这里是耿信早已准备好的马匹。

耿信的这座宅院也不小，本来马棚之中还有人照看，可是此刻看马之人早已吓得躲开了。

猴七手翻身上马，心忖：“如果铁头也在马上，那大概可以将这些人杀个落花流水了。”只可惜此刻铁头的情况也不知如何，不经意地，猴七手便想到那日铁头一只大铁桨纵横于敌军之中，挡者披靡的场面，只是此刻他唯有孤身而去。

“驾……”猴七手拔出背上的刀，一手持弩，稍带马缰便向宅外的大道上冲去，身后白玉兰则紧随而动，那小弩也装好了箭矢，只要有机会，便给敌人以致命一击。

猴七手刚冲出宅门，便觉头顶一暗，一股强烈的劲风压顶而至，战马惊嘶。

“嗖……”天机弩蓦地爆发，十矢齐出，掠向那自头顶压下的暗云。

“呼……”天空倏地一亮，那片暗云似乎凭空消失，十支利矢竟然射空。

“小心！”白玉兰惊呼声中，猴七手只觉得脑后生风，不由得骇然，极速自马背上滚落。

“轰……”猴七手只感脑子一阵巨震，身下的马儿一阵惨嘶，他无法自控地跌出三丈开外，“哇”地喷出一口鲜血，险些昏死过去。

猴七手扭头，自己的战马已化成一堆血肉，而他却没死，他也有些佩服自己的反应速度快，只被那可怕掌风扫中，否则他也定成了一摊血肉。但他却骇然发现那出手之人竟是湖阳世家以前的主人白善麟！

“你连爹也要杀！”白善麟指间夹着白玉兰所射出的那一支弩矢，脸色青得可怕。

白玉兰也傻眼了，刚才她只是害怕这突然出现的神秘人物伤了猴七手，是以想也没想便发出了手中的弩矢，但这一切对白善麟来说，根本就没用，连那天机弩十矢连发也没能在那近距离中对空中的白善麟构成任何威胁，何况这一支小小的弩矢？但是这支弩矢确实是救了猴七手一命。

救猴七手并不是这弩矢的威力，而是这弩矢的意义。

白善麟怎也没有想到，白玉兰竟会向他放箭，这使他心痛得厉害。他曾经是多么关心和宠爱这个女儿，可是这个女儿此刻却因一个外人而向他放箭，这一箭未刺中他的肉体，却深深地射入了他的心中。

“我，我……”白玉兰也傻了，她没想到这个人竟会是父亲，可是这一刻也解释不清楚，另外，她可不想再跟父亲回去，是以一时之间，倒不知说什么好。

“跟我回去！他是不会给你带来幸福的！”白善麟双指一用力，利矢顿成两截坠落。他缓缓地向马背上的白玉兰伸出左手，语气沉重地道，目光之中有几分怜爱也有几分期盼。

白玉兰吃了一惊，健马也受惊地倒退了两步，“不，我不会跟你回去的，我绝不嫁给王贤应！你不要逼我！”白玉兰摇头蹙然道。

“别说傻话了，贤应是你的未婚夫，你们的婚事已经让天下豪杰都知道了，怎么能够反悔呢？”白善麟极力使自己的言语显得温和而沉缓，仍以一副慈父的口气道。

“我不傻，我知道什么是幸福，我为什么不可以选择自己喜欢的人？

就算全天下的人都知道了这婚事又怎样？我根本就不喜欢他，除了阿渺，这辈子我谁也不嫁！爹，我求你，你就依女儿这一次吧？”白玉兰泪水哗哗地泣然道。

白善麟脸上怒意一闪，见白玉兰如此坚持，有些恼怒地道：“那小子只不过是一个混混，一个根本就没有地位的市井小民，他根本就配不上我的女儿！”

“你眼中难道就只有权势和金钱吗？难道你一点也不为女儿的幸福着想？”白玉兰含泪质问道。

“我怎么没替你想？你往后就会明白爹的一片苦心了……”

“我不要听这些，只眼下我已经无法开心了，女儿已经长大成人，有自己的主见，也知道什么是真正的幸福，有选择幸福的权利，如果爹真的要带我回去，那我也不想活了！”白玉兰说话间拔出腰刀，便要抹向脖子。

“你太胡闹了！”白善麟又惊又怒，袍袖一拂，一缕紫色的气劲如一支弩箭般击在白玉兰的手上。

白玉兰一声惨哼，腰刀还没来得及移上脖子便已坠地。

白善麟如风般趋近，伸手便抓向白玉兰，但又忽感背后劲风暴起，不由得冷哼一声，反袖拂出，顿将那股劲风裹住，却是猴七手再一次射出的弩矢。

“真是找死！”白善麟大怒，一甩手，几支利矢倒射向猴七手。

第四十七章　为爱搏命

猴七手眼睛一闭，暗道："这次是死定了！"他也感到无奈，这样偷袭白善麟也无半点作用，那他根本就没有机会自白善麟手中救下白玉兰。就在他感到必死之时，忽觉身子暴动，再睁开眼时，却见耿信立在身边，不由得大喜。

白善麟惊讶之际，只觉身后风动，再转身，一股强大至极的劲气轰然而至，他微惊之际，信手拂出。

"轰……"白善麟只觉一股股炽热的气劲一波接一波地涌入他的体内，他一连小退九步，那股炽热的劲气这才消失。他不由得骇然望去，却发现林渺如一纸鸢般飘落白玉兰的马畔。

"你先跟耿先生一起走，我随后就来！"林渺向身边的白玉兰沉声道。

白玉兰见林渺一上来，便逼退了父亲，顿时稍感安心，点了点头道："你要小心了！"

"我会的！"林渺点头道。

"小姐，上马车！"金田义将猴七手的身子塞上马车，随即迅速坐上车辕道。

白玉兰又望了白善麟和林渺一眼，这才跃上马车，耿信也不再理会众人，跃上马车。

白善麟望着马车飞驰而去，却没有追赶。并不是他不想追赶，而是林渺那强大无比的战意紧紧逼住了他。

白善麟发现林渺变了，无论是气势还是武功，他没想到林渺居然能一掌击出九重劲气，险些让他着了道儿。只这一掌，便使他不敢对林渺生出轻视之心，是以，他没有去阻拦白玉兰。

“你确实与往日不同了！”白善麟轻轻地吸了口气，淡淡地道。

“这还多谢老爷子的栽培！”林渺也不愠不火地道。他只要拖到白玉兰诸人抵达黄河帮临时分坛就可以了，是以，并不介意与白善麟多说几句。

“如果你可以不插手兰儿与贤应的婚事，你要什么都可以商量！”白善麟望着林渺，想着这个年轻人曾只身在唐子乡救出白玉兰，且赶到信阳去向他报警，虽然途中并未与之相会，却帮他杀了魔门中的几位高手，另外还毁了魔门的青月坛，说起来对他和对湖阳世家都是功不可没，可是此刻却因为白玉兰的原因，使其与自己反目成仇，心中不免有些感叹，是以他才会有此一说。

“我只能向老爷子说声抱歉，看着玉兰嫁给王贤应而袖手旁观，我做不到！爱是自私的，我希望老爷子能体谅我的自私！”林渺深深地吸了一口气，如果不是迫不得已，他绝不想与白善麟为敌，这不仅仅只是因为白善麟的武功，更是因为他是白玉兰的父亲。无论他们之中谁伤了谁，对白玉兰都是一个沉重的打击。是以，他对白善麟仍很客气，至少到目前为止，白善麟没做过什么对不起他且过分的事。

当然，有些事情只是所处的立场不同，是以不能算是白善麟的错。

“我重你是个人才，如果你愿放下这些愚蠢的念头，我可以保你前途无量！”白善麟尚不想与林渺正式为敌，劝说道。

“我答应过玉兰，要好好爱她，一辈子照顾她，不让她受到任何委屈，虽然我不能真的不让她受一点点委屈，但我一定会尽我最大的力量让她幸福，我希望老爷子能成全我们！”林渺肯定地道。

白善麟神色顿冷，断然道：“你们是不可能的，我是不会让我的女儿嫁给一个一无所有的混混的！你也休想带走她！”

“老爷子所说太武断了，如果老爷子自小不是生长在湖阳世家，你能拥有富贵吗？我现在虽一无所有，但不代表以后也一无所有！我不相信湖阳世家的祖先一出生就是天生的有权有势之人！”林渺反驳道。

“但你别忘了，玉兰与贤应早有婚约在先，即使你也有权有势，可是，他们的命运是不会改变的，我重你是个人才，才会与你说这么多，如果你依然执迷不悟的话，就休怪我无情了！”

“对自己的女儿，你都可以不在乎她的幸福，即使是有情也不会好到哪里去！还亏玉兰为你的假死肝肠寸断，流干眼泪，你根本就不配做她的父亲！在你的眼里，除了金钱和地位之外，还有什么？我不相信一个连女儿幸福也不顾的薄情寡义之人能成什么长久的大事，到最后你只会是众叛亲离的结果……”

“你骂够了没有？”白善麟怒叱道。

林渺并未作声，只是冷冷地笑了笑，目光丝毫不回避地对视着白善麟，他感觉到了白善麟身上狂涨的杀机。他知道，白善麟真的是想杀了他，到这一刻，他反而有一种轻松的感觉，至少，不用与白善麟再讲什么道理，那是一件很烦心的事情，对于这样一个老顽固，似乎任何解释都是白废，只是他有些奇怪，这些人是怎会找到耿信宅中来的？

“如果你觉得够了，那就够了，如果你认为不够，我们可以继续骂！”林渺并不为之所动，淡淡地道。

“很好，你确实长进了很多，我倒要看看，你究竟长进了些什么？”白善麟掌势内旋，轻搭于腰间的剑柄上。

林渺顿感白善麟已经不再是一个人，而成了一柄朴拙无华的古剑，但却暴散着凛冽无伦的剑气，就像是一团燃烧的火焰，但那四散辐射的却不是热力，而是剑气，整个虚空之中，充盈着一股奇异的力量，以无形的形式回旋流动，无法看清，却可以捕捉。

林渺心中暗惊，白善麟尚未出手，便拥有如此强大的剑气，如果一旦出手，那会产生怎样的后果？实难预料。

他从未见白善麟出过手，只知传闻之中此人的武功高绝，而他却一直都没怎么看好白家之人，但此刻却知道自己错了。

“我可以再给你一次机会，只要你愿意退出这场事端，我可以给你想要的许多东西！”白善麟声音之中不带半丝感情地道。

“我不在乎其他的任何东西，我只要玉兰，便是你杀了我，也不可能改变我的念头！”林渺坚决地道。

“那你就受死吧！”白善麟低喝，声音仿佛一下子便窜入了林渺的心底，而他的身影随即也消失在虚空之中。

天地顿时如陷去其一，虚空之中出现了一个巨大而狂野的漩涡，充斥着奇异的张力和引力，将四周的一切以无可抗拒的方式吸入其中，再绞碎、回旋……

林渺只感到身形似乎飘于空中，足下的实地仿佛也在刹那间消失，奇异的气劲自四面八方向他涌来，将他裹入那莫名的气流之中身不由主地移动，肺部的空气也似被抽走，一种难受的郁闷使林渺生出要爆裂的感觉，像是置身一个无法醒转的噩梦之中。

“山海裂——”林渺以丹田之气逼出最后的吼声，身子狂射而出，背上的龙腾刀化成一道虚虹，拖起连天接地的刀芒，生生地切入那巨大而奇诡的漩涡之中。

“当……”一声清悠而悠远的金铁交鸣之声如龙吟凤鸣般升空破云而去，方圆数里清晰可闻。

漩涡一分为二，如裂开的两片铜锣，但在漩涡裂开的那一刹那，一柄巨若大闸的光华自中射出。

白善麟的身子再现，但却被那化为白华的剑影映得扭曲，狰狞成无可形容的怪相。所有暴散的杀机和剑气在刹那之间凝成龙卷风，以毁灭的形式袭向鸢鸟般飞退的林渺。

林渺骇然，他的刀虽劈开了白善麟可怕的一记剑招，但却感到所有的力量全被漩涡吸纳，而另一股奇异的力量又自漩涡之内生出，他知道，白善麟将再继续其未完的杀招，而他的招式根本就无以为继。他根本就来不及施出第二招的时候，白善麟的剑已经切开虚空抵至他的面门。

林渺唯有退，不断地变换步法身法，可是一切都是白废。

“当……”一股强大无比的冲击力震得林渺飞跌而出，在最要命的那一刻，林渺居然以刀挡住了那几乎无坚不摧的杀招，但是却无法抗拒那剑招之中的剑气和力道。

“哇……”林渺狂喷出一口鲜血，胸口一阵舒畅，但手臂却几乎麻木，不过，他没有半点喜色，因为白善麟的剑再次以一道美丽且玄奇至极的光弧自天空中滑过，带着让人惊悚的锐啸，横过数丈虚空，斩向林渺。

“天地怒——”林渺一声怒号，双手举刀，直插向虚空，仿佛有一道强烈的光华自林渺的体内冲出，融入刀身，龙腾刀发出一声轻脆的惊鸣，刀尖与刀锋之处竟亮起一缕华光，破空、裂云！

“霹……哗……”一声惊天的雷鸣中，明朗的天空竟裂下一道接天连地的闪电，直击龙腾刀锋之上。

刹那间，林渺与刀一起化成一团强光，然后爆散、激射……

方圆数十丈内每一寸空间都充斥着让人睁不开眼的亮彩，每一寸空间之内都涌动回旋着足以裂肉刮骨的刀气。

强光似带着爆炸性的冲击力，所过之处，地裂、屋陷、马死、人亡，耿宅的院墙也如摧枯拉朽般炸成碎末飞灰，射向虚空。

宅内任泉和季苛诸人骇然散开，他们只感到一股炽热的气浪以无与伦比的强势破开宅墙向他们涌来，仿佛要吸纳他们体内所有的生机。

那道闪电依然悸动于虚空，仿佛向这爆开的光团注入了无限的能量。

“轰……”任泉、季苛诸人迅速掠入屋内，这房子的外墙竟然在瞬间裂开数道缺口，仿佛在刹那间又多出了几道门一般，强光自缺口之中落入屋中，所过之处，桌椅散裂。

“快退！”任泉骇然，他发现头顶的大梁竟然断开，尘土飞扬而下。

季苛也骇然有所见，不用提醒也知道向内屋冲去。

“哗……”屋顶狂塌而下，碎瓦断木和飞扬着的尘土使所有人的视线都变得模糊。

所有人都为之骇然，这是什么招？这是什么力量？这是怎么回事？

不仅任泉诸人呆住了，便是季苛诸人也全都傻眼了，浑然忘了眼前的敌人，忘了自己的任务，甚至是忘了自己置身何处，一切便像是做了一场梦一般，他们望着那团骤然亮起、瞬间又灭的强光，心神禁不住一阵颤抖。

林渺浑身焦黑，衣衫寸寸而裂，化为灰烬，但他仍然立着，如一截朽蚀的枯木。

白善麟也立着，斜斜地举着剑，身上的衣衫破破烂烂，头发竟全卷了起来，整个人好像刚自沙尘之中爬出来，神情怪异。

两个人便这样静立着，谁也没有先动一下，方圆数十丈的地面如火灼一般焦黑，附近的房舍全都化成了废墟，远处有狼狈爬起的行人，然后鬼哭狼嚎般四处奔散。

也有刚在不远处观望的行人，但这却成了他们的悲哀，一个个被刀气切割成碎肉，侥幸未死之人，也变得疯癫，他们四处逸散、狂号，没有人知道刚才究竟发生了什么事，没有人能告诉他们距死亡有多远。

风吹起一阵焦灼的味道，也让林渺的身形晃了一晃，随即颓然跪倒在地，手中的刀无力地拄在地上。

白善麟也晃了一晃，欲倒未倒，手中的剑依然斜指着林渺，眸子里闪过一丝难以言述的神彩，有骇异，有茫然，也有怆然伤感的情绪，他的心仿佛仍是处于一场虚幻的梦中，未曾醒来，口中却喃喃念叨着：“《霸王诀》，《霸王诀》……”

林渺的身子再晃了晃，却拄刀艰难地立了起来，整个人像是一个垂危的魔神，赤裸地立在凛冽的寒风中，眸子里闪过坚决而冷静的神采，默默地对视着白善麟。

良久，两人像是都沉浸于梦中，白善麟突然趋前数步，长剑悠然落到林渺的脖子之上，眼中闪过一丝凶狠的杀机。

林渺却笑了，坦然而平静。

“我再给你最后一次机会，只要你愿意放弃带走兰儿的念头，我依然可以放你安全离开!”白善麟的语气有些急促地道。不可否认，他也受了伤，而且绝对不轻，但却比林渺要轻得多。

“我不会放弃这个念头的，就算是死！事实上你根本就没有跟我谈这个条件的权利，刚才你已经死过一次了!”林渺惨然一笑，虽然语气虚弱，但口气却依然傲意凛然，坚决得让白善麟心痛。

白善麟的脸色一阵青一阵红，林渺没有说错，他刚才已经死过了一次，但林渺却没有杀他。这一切，也都是因为白玉兰，否则，林渺根本就没有必要手下留情。

林渺不想成为白玉兰的杀父仇人，但他却向白善麟证实了一件事情，那便是：他绝不会怕白善麟，并拥有击杀白善麟的能力。

白善麟深深地望着林渺的眸子，似乎是想自其倔犟的眼神之中找出一丝恐惧，但是他失望了，林渺的眸子之中只有傲然不屈的神采和坦然平静得让人怀疑的情绪。

几道人影迅速自远方赶来，却是白善麟手下的高手。他们虽然来迟了，但他们却是循着这道闪电而至的，远远见到白善麟和林渺的怪异模样，他们不由得也傻了，更被眼前的景象给镇住了。

白善麟缓缓垂下长剑，竟长长地叹了口气，有些沮丧地道：“你走吧，如果你能活着离开邯郸，我希望你能好好地对兰儿，有多远便走多远，不要让我再见到你!”

林渺一呆，淡漠地道：“谢谢成全，我知道该怎么做!”说完，他竟真的转身而去。

白善麟的目光落在林渺的背上，却发现一道龙纹胎记。

“三爷!”任泉惊呼着自屋内赶了出来，季苛也回过神来，忙四下寻找白玉兰的下落，当他见到白善麟尚在时，也松微了口气，想截住任泉，却被那几名任家战士挡住了。

“老爷子!”白家高手望着林渺走去，不由得惑然地喊了一声，忙扶住摇晃的白善麟。

“我们走!”白善麟吸了口气，淡淡地道。

季苛见白善麟居然带人走了，不由得又惑然又着急，正要对任家战士痛下杀手时，忽闻一声暴喝自屋中传出，一股强劲至极的气流狂袭而至，不由吃了一惊，忙横剑疾挡!

“当……”季苛只感身子一震，一股如潮水般的气劲涌入他的身体，竟不由自主地跌退五步，手中长剑应声而裂。

“砰砰……呀……”同时，季苛身边发出一声惨号，一名王府好手竟连兵刃和手臂一齐被一柄巨大的铁浆砸成碎肉。

“走!”铁头大步冲出废墟般的宅院。

“上马!”任泉已自马棚之中带出了两匹战马。

铁头哪还犹豫?跃上马背，鬼见愁已自院子另一端怒极追来。

“任大哥，你们快走!”任家战士在门口一横，向任泉喝道。

任泉见追兵来了，知道想要大家同走那是不可能的，只好一咬牙，道：“我们走!”说完打马极速冲到林渺的身边，一把抄起虚弱不堪的林渺。

“主公!”铁头这才发现，这如黑炭般赤裸的人竟是林渺。

“走!”林渺虚弱地唤了声，竟在任泉的怀中昏了过去。

任泉迅速脱下自己的衣服裹住林渺的身子，再不多说，策马便向最近的西城外冲去。

“抓住他们……”季苛大恼，等他解决了那几名任家战士时，任泉诸人已经转了街角，通往了另一条街道。

迟昭平遥望着天空那道神迹般的闪电之时，一辆马车便已停在堂外。

“迟帮主!”耿信匆匆行入向迟昭平行了一礼，道：“我们三爷请帮主相助一臂之力，将白小姐先送到安全所在!”说完自袖中抽出一卷羊皮，双手递给迟昭平，又道：“三爷说这个先交给帮主保管，若他能回来，再向帮主索要！”

迟昭平一怔，立刻知道这正是刚才还在与林渺研究的鲁公船的图样，微喜的同时也有点担忧地问道：“你们三爷没有一起来吗？”

“他阻住了白老爷子！”耿信道。

迟昭平心中升起一丝阴影，道：“快把白小姐带进来，我们立刻出城！”

“我不走，我要等阿渺一起来！”白玉兰神情坚决地道。

迟昭平不由得望了耿信一眼，又望了望那神色惨然的白玉兰，淡淡地道：“林公子既然将你托给我，我便必须保证你的安全，我们可以到城外再等他来会合也是一样的。”

“不，如果他不能安全回来，我一人独活于世又有什么意思？你们不要劝我！”白玉兰一句话还未说完，便已软倒，耿信轻易地制住了她的穴道。

“对不起了，我必须完成三爷交给我的任务！”耿信向白玉兰歉然道。

“一切就有劳帮主了！”耿信向迟昭平一拱手道。

“耿先生请放心！昭平一定会将她安全送出去。”迟昭平望了望那闪电刚才击过的地方，吸了口气，肯定地道。

“金先生，你便带猴子和白小姐与迟帮主一起走，如果一路上我们没赶来，那我们就去平原找你，或是你到信都去报个信，路上一定要好好照顾白小姐！”耿信沉声道。

金田义吃了一惊，问道：“那你呢？”

“邯郸尚有些事要我去办，就不能够与你们同行了！”耿信吸了口气道。

“你要回去接应主公？我们一起去！”金田义道。

“不，这里两人还要你照顾！”耿信说完又向迟昭平施了一礼，道：“耿信先告辞了，他日若有重逢之时，再行相谢！”说完头也不回地大步而去。

“耿兄！”金田义呼了一声，但耿信却像没听见一般，悠然而去。

“金先生请跟我来！”迟昭平向大门口的两名黄河帮弟子一挥手，挟起昏过去的白玉兰道。

“吱呀……”院子的大门立刻关上，并以木柱撑紧，金田义微讶，但却立刻扶着猴七手跟着迟昭平向内间走去，却不明白迟昭平这是何意，关门之后，又自哪儿出去呢？

晴空霹雳，那道破空的电火及那惊天动地的暴响几乎惊动了城中的每一寸地方。

昨夜彗星经空，今日却又晴空霹雳，如此异象确让邯郸城中的百姓惴惴不安，猜测纷纭，而被雷火击中的地方方圆数十丈化为废墟，地面焦黑，这也不能不使人惊骇。

城中的官兵迅速赶至，但入目却是一片狼藉的景象，地上被烧焦的尸体根本就无法辨清，那地面之上的泥土都蓬松成一层灰烬，他们根本就想不到这是什么力量造成的，最后只好归罪于那道闪电。

于是有人谣传这被雷电击中之处乃是大凶之处，七煞至阴的邪魅所聚之地，是以才引至天雷击顶，让这一块地方化为焦土。也有人说，这天雷下击是因为此地龙气过盛，气冲了昨夜的彗星，于是意外地触发天雷，而被天雷击中之处，正是气眼所在。

当然，百姓的传谣多是以讹传讹，最后便越说越玄，最后连亲眼见到这一切的观望者也相信别人说的是真的，而自己所看到的是假的。

“别让他们走了，挡住他们！”顾愁徒步狂追，而季苛诸人则也抢了几匹战马在铁头身后急追，边追边喊。

任泉便是在大街之上也同样是以极速奔驰，口中大喝：“让开，行人让开！”对于挡住马蹄的无论是谁，都照踏而过。在他的眼里，林渺的生命是最重要的。

王府的大部分力量和高手都调出城外，而且是自东门而出，是以，任泉便选择了与之相反的城西，他也庆幸王府调出了那么多高手和人力，否则的话，只怕在这大街之上已经有数不清的王府家将来阻截了。

现在虽有那么一两组小喽啰过来，但哪顶事？被铁头的大铁桨一桨一个，根本就不能阻止两人两骑。

眼看便到西城门口了，顾愁也急了，如果让任泉诸人出了城，情况就会更麻烦了，抓起几人来便更难。

“站住！”城门口的官兵见两匹快骑飞驰而至，并没有停下接受检查的意思，不由得呼道。

“滚开！”铁头大喝。

城门内接受检查的百姓也被来势汹汹的气势吓着了，都骇然闪开，只有十余名官兵尚立在城门洞内，试图阻拦两骑快马。

“找死还不容易？”铁头暴喝一声，大铁桨如门一般扫出，其势无坚不摧。

“呀……”那首当其中的几名官兵顿时被击得血肉模糊，像几堆烂泥般飞跌出老远，其状惨不忍睹。

剩余的官兵皆骇然而避，哪敢轻撄其锋？想关闭城门也是不及，拉起吊桥也已迟了，回过神来之时，铁头与任泉已经冲出了城门。

“快放箭，放箭！”城门洞中的官兵大吼道。

城头的官兵立刻知道不好，他们自然听到了惨叫，但等他们意识过来时，已稍迟，不过，见这两骑之后又有数骑而来，他们并不识得这些新入王府的人物，还以为是同伙，也对其兜头一阵乱箭，甚至拉起吊桥。

季苛和顾愁诸人被射得一头鬼火，险些中矢，而两个护卫躲闪不及，被射中摔落在地。

“是王府的人，还不住手？”季苛怒吼道。

城头上的官兵一听，吃了一惊，但却不敢相信，喝道：“拿出你们的证明！”

顾愁心中对这些只会误事的官兵恨得咬牙，挡住逃兵没用，挡住追兵倒还有一手，那吊桥被拉了起来，他想追也追不成了。

季苛扬手抛出王府特制的腰牌，怒叱道：“快放吊桥，逃了要犯唯你们是问!”

那守城的官兵愤愤地接过腰牌，神色顿变，忙道：“放吊桥!”

城楼上之人顿时知道这些人确实是王府之人，待他们放下吊桥之时，铁头和任泉早已不见了踪影。

“他们向西面的小道上拐了!”城头上一名稍机灵的官兵忙呼道，他站得高，自然看得比较清楚。

顾愁诸人心中自是怒火难熄，但是一时却没时间发作。

“借马一用!”顾愁这一路狂奔，虽功力高，但追赶快马，也显得有点后力不继，忙在一旁夺下一马，跟在季苛诸人之后奔出城外，而王府已有人收到消息，大批高手正向这边调来。

“姬先生的坐驾到，城门边的人闪开啦!”一八抬大轿悠然而至，几名姬府的家将则乘于马上，护于轿旁，前方是两名姬府家将为其开道。

大街两旁的行人纷纷让道，整个邯郸也就只有一个姬先生，赵地敢称姬先生的也只有一人，那便是姬漠然。

这些人并不是害怕姬漠然，而是尊敬，在邯郸城百姓的眼中，姬漠然神秘得像神，无人不敬，无人不在其轿前让道，便是邯郸城昔日的太守也一样。

城门口布满了王府的家将和官兵，这些人对出城的每一个人都要严查，他们绝不想让人把白玉兰带出城外。

在王郎知道白玉兰尚在城中的时候，便立刻下了这道严令。

白善麟受了重伤，这让王郎有些意外，也让王郎有些骇然，那林渺居然有如此可怕的功力，引动天雷，使出惊天动地的一招，这也使王郎急欲除掉这个可怕的年轻人。同时，他寻回白玉兰的念头尚未改，他可丢不起这个脸！如果到了正月十五，没能如期举行婚事，他又如何能够向远道而来的宾客交代？是以，他立刻倾出王府所有的人力，封锁四方七大城门。

“请姬先生稍止步！”出面的是王府总管王成，余者根本就没有人敢拦姬漠然的轿。

“王总管有何事呀？还请快说，不要误了先生的时辰！”姬府开道的两名家将神情冷漠地道。

“不知姬先生此时出城，欲往何处呢？”王成想了想问道。

“何时轮到总管来管姬先生的事了？”轿旁一骑缓驰了过来，向王成望了一眼，有些不耐地问道。

“哦，不敢，只是我奉老爷子之命，在这里查询可疑之人……”

“笑话，姬先生是可疑之人吗？”那人怒笑道。

王成脸色一变，道：“祥管家误会了，我不是这个意思，只是担心我们要找的人会趁姬先生出城之机混出城外！”

“那你是说姬先生会是这样喽？”姬祥冷哼一声，愤然道：“王总管，你听着，要是你误了姬先生为彗星经天占卦的时辰，你绝对担当不起！”

“先生为彗星占卦何用出城？”王成也有些气恼。

“什么事这么吵啊？”姬漠然悠然拉开轿帘，探出头来淡淡地问道。

“老爷，王总管挡道，不让我们出城！”姬祥在马上躬身道。

“哦，王总管为何挡老夫出城呀？”姬漠然淡漠地望着王成，微皱了皱眉问道。

“老爷子误会了，王成哪敢挡老爷子的坐驾？只是……只是因此刻城中出了许多乱子，随便问候一下你老人家！”王成心中凛然，尽管姬漠然的眼神平淡，但落在他身上时，让他有如赤裸着身子暴露在风里的感觉。那淡淡的目光仿佛可以穿透他的眼神直渗入心底。

“哦，城中发生的事，老夫知道，让王总管费心了！”姬漠然依然不愠不火地道。

王成见姬漠然正悬挂帘子，忙又道：“听说老爷子是要出城为彗星经天占卦，为何老爷子不在城中进行呢？”

“你知道什么？城中初经天雷，煞气太重，又人烟太密，俗气太烈，老夫只想到城外找一清静之地！要不是因为你们员外相求，老夫根本就不用如此费尽周折，如果王总管有什么疑问，老夫便回府也罢！”姬漠然也听出了王成语气中的问题，不由微恼道。

王成一听，是王郎求其占此卦的，顿时心头一紧，他知道王郎对彗星经天之事很在意，而且今天一早便请姬漠然入府，还长谈了许久，求姬漠然占卦之事他也听说过，此刻见姬漠然要退回府中，也吓了一跳，要是因此不再占此卦，他可就要吃不了兜着走了，忙赔笑道：“先生勿怪，我只是随便问问！”说完又转头向身后的王府家将喝道：“还不快给先生让道？”

王成并未在姬漠然队伍之中找到可疑的人物，连一个女眷都没有，这使他放心了不少，按理说，白玉兰不可能夹在其队伍之中。不过，他仍差人把这事情告之了王郎。

而此刻王郎关注的却是另外一件事：黄河帮的人秘密而去！他在白玉兰被林渺带走之后，有些忽略了黄河帮，可是黄河帮的人却在这个时候秘密而去。

这些人究竟去了哪里？又自哪里而去呢？城门口没有传来黄河帮的消息，但即使是这些人去了，也不会光明正大，因为这里尚有朝廷的实力，黄河帮乃是一股反叛势力。

当然，迟昭平的离开，很可能是他将大量人力调出城外后，又在第二次严查城门之前而去的，选择的是这之间的空当，也便是说，迟昭平的离开很有可能与林渺自西门冲出的时间相差无几。

王郎并不想对黄河帮怎样，尽管迟昭平在他府中杀了童欢，也尽管林渺做出了让他愤怒的事，但是林渺的话却很对，小不忍则乱大谋，黄河帮是一支完全可以利用的力量，这对于他往后的发展，绝对利多于害。所以，他并没有打算对付迟昭平，何况这个女人也不易对付。

不过，为什么迟昭平这么急匆匆地离开邯郸呢？她的离开会不会与白玉兰和林渺有关？林渺出城之时，并没有带着白玉兰，由此可见白玉兰要么便在城中，要么便是由别人带出城外。

自各方面的消息来看，林渺与迟昭平并没有什么交情，因为林渺是来自南阳，但迟昭平却在北方，而且林渺只是近日才崛起江湖，稍有点名气，可这是他第一次前来北方，往日只不过是南阳的一个混混而已，根本就不足道哉。是以，能与迟昭平相交的可能微乎其微，因此迟昭平应该不会出手相助林渺。

但又有消息称，相助林渺的人当中，有信都任家的死士，还有在邯郸颇有名望的耿信。

耿信乃冀州大豪耿纯的人，对于耿纯，王郎自不会陌生，但是王郎却很奇怪，任家怎会派出死士相助林渺？耿纯怎会让耿信相助林渺？任雄新丧，任家却如此相助林渺，这不能不让人疑惑。

如果说林渺从未到过北方，只是一个普通的混混，又是如何能让任家相助，能让耿纯为之出力？信都任家、耿家，没有一个是好惹的，在河北更是名动一时，这不得不让王郎对林渺重新估计，因为林渺所做之事确实让他意外。

王郎怀疑白家的情报，他怎么也无法将林渺与宛城的一个混混联系在一起。林渺的见地、谈吐，绝不是一般人所能拥有的，即使是许多大家子弟，也没有几人能与林渺相比，而最让王郎怀疑的，却是林渺的武功。

天下间能够胜过白善麟的人不是太多，他几乎可以数出一大半，便是他自己也没有把握可以稳胜白善麟，但林渺却让白善麟受了那么重的伤，可见这小子的武功是如何可怕。因此，这个对手绝不可以小觑，如此说来，林渺与迟昭平有交情这也并不是没有可能的事。而那耿信也在邯郸城中消失不见，这不能不让王郎怀疑与迟昭平有关，反倒是姬漠然的事情并未放在心上。

他确实希望姬漠然为他占上这一卦，自姬漠然的语气之中，好像是明君可能出自河北，这让他萌动的心更是蠢蠢欲动。他之所以不断扩大自己的声势，便是要为他日准备，而有姬漠然这样一个名动赵地的人物为他造势，只会让他更易得民心。

当年陈胜起义便让人在山林中扮狐狸叫喊“陈胜王”，又在鱼腹中取帛书，而刘邦也有斩白蛇等事件来渲染自己，从而骗得那些百姓们相信其是真命天子。是以，王郎也想借这彗星经天的机会来为自己制造声势，而姬漠然则是其最好的利用对象。因此，他对姬漠然特别客气，还吩咐王成，不要去招惹姬漠然，对其行事绝不可阻拦。

而此时有家将来报，耿信的家小全都不见了，耿宅中没有一个活人，但却有人看到耿信在城南出现，也便是说，此刻的耿信很可能还在城内。

耿信尚在城中，这让王郎松了口气，耿信带走了白玉兰，既然耿信尚在城中，那白玉兰也很可能还在城中，他正想对迟昭平追查，那也便可以不用太专注了。

“立刻让城中所有人给我打探耿信及其家人的下落，绝对不容疏忽！”王郎沉声吩咐道。

“是宁家村！”任泉带住马缰，停在一块路牌边。

“主公怎样了？”铁头喘着粗气赶了上来。

任泉回头望了望，追兵尚未赶至，伸手摸了一下林渺，不由得微微惊呼道：“好烫！”

铁头也伸手摸了一下林渺的手臂，眉头一皱，忙收回手。林渺的身体便像是一块火炭，烫得让他有些骇然。

任泉座下的战马似乎也耐不住林渺身上的热力，极为不安地低嘶。

“怎么会这样？刚才究竟发生了什么事？”铁头望着林渺那焦黑的皮肤，吸了口气，问道。

“刚才三爷与白善麟交手之时，引动了天雷，所以就成了这样！”任泉无可奈何地苦笑道。

“我们快进村吧，如果这样下去，主公哪还有命在？”铁头脸色变了变道。

“水……”林渺有些虚弱地翕动了一下嘴唇，艰难地吐出一个字。

“主公，我这就去给你找水！”铁头见林渺醒了过来，不由得大喜，打马便向村里闯去。

任泉看了看已渐暗的天色，心道：“只好先到村里看看，找点吃的再说了。”是以，也打马跟着铁头进了村。

“村里有人吗？”铁头在村中转了一圈，但见家家户户紧闭着大门，即使有开着门的，也是门院一片狼藉，没有丝毫的人气。

“怎么会这样？”铁头喊了两声，却没有一人回应，不禁愕然不解。

“这里刚有山贼劫掠过，村民们定是都躲到山里去了。”任泉吸了口气道。

“妈的，怎么山贼这么猖獗?!”铁头没好气地骂了一声。

“河北就是这样，这么多贼军，光这赵地便有三支大贼军，尤来、高湖、重连，还有太行山上的一些寨和洞的贼人，自然没你洛阳平安。”任泉解释道。

铁头翻身下马，拉着马儿便走进了一家破损的院子，找了半天，终于找到了一个被打破了一半的水缸，缸中还有半缸水，却没有东西盛，他恼火之下，便连水缸一起抱来。

“快，快把主公抱下来！”铁头道。

任泉抱下林渺，林渺依然显得极为虚弱，铁头捧了一捧水喂入林渺口中，冰凉的清水，使林渺的精神一振，道：“我自己来！”说完林渺扶着水缸，定了一会神，竟将整个头埋入水缸之中。

铁头与任泉为之骇然，他发现头埋入水缸之后，缸中之水竟升起一股白气，像是烟雾，又像是水气，他们完全可以感受到林渺身上的热量是如何浓烈。

“把水泼到我身上！”林渺吸了口气，抬起头来，精神仿佛好了一些道。

“好！”铁头也不犹豫，伸手抓起破缸，却惊觉本来冰寒的水缸竟变得热乎乎的。

“哗……”半缸水便从林渺的头淋到脚，然后林渺的身上冒出一阵清淡的白气。

林渺长长地吁了一口气，神情显得平静多了，道：“我要找个有水的地方调息！我们快离开这里！”

“那我们快走吧！”任泉见林渺精神好多了，松了口气，欣喜道。

“我看，我们也往山里走，否则追兵来了，我们如何能够甩得开？”铁头提议道。

任泉点了点头，觉得铁头所说甚是，“那我们就先入山好了，明天再想办法！”

宁家村西面便是几座大山深林，这里属于太行山境内的一部分，有一条小径深入山中。

当林渺几人抵达山脚之下时，天已经微黑了，这冬日白天似乎极短，不过，对于山林里的一切，任泉和铁头并无丝毫惧意，便是面对豺狼虎豹，也要比面对王府的高手好得多。

“有山就有水，我们找个僻静的地方！”铁头望了望那盘绕而上的山径，又道：“我们不能上山，高处只怕很难找到水，我们就在山脚下转转！”

“嗯。”任泉点了点头，带马别开小路，向山脚下那无路可寻的荒草中走去。

“不行，不要留下太多的痕迹！”任泉提醒以铁桨开道的铁头道。

铁头顿时明白，跳下马背，牵马缓行，几人绕过一个山坳，便听得有流水之声，不由大喜。

“三爷，我们今晚便住在这里好了。”任泉扭头向林渺道。

“嗯，好热！”林渺精神似乎又有些不振，身上的皮肤如有一层暗火在跃动，散发出炽热的气焰。

再转过一道山坳，却是一条小河，水是由山上流淌而下，宽不过两丈，深不及腰际，水中还游动着许多鱼虾。河床之中遍布着卵石，河边草木枯黄，却无大树，显然这里在夏日或春季常会出现山洪，是以，河边长不出大树，只生杂草。

林渺只感到体内有股无法名状的火焰在燃烧，整个人便像是置身熔炉之中，受着无法承受的煎熬，他一来到河边，便迫不及待地跃入冰寒刺骨的河水之中。

河水却冒出一串串气泡，像是有沼气自中冒出一般，林渺静坐于水中，只留鼻子在水面之上，连与任泉、铁头说话的兴致也没有，他热得实在受不了。

事实上任泉也极为惊骇，刚才林渺在马背之上的位置，马鞍像是被火烫了一般，都烫缩了，泛出焦黄之色。

铁头把马放下，与任泉对视了一眼，蹲在河边望着沉入水中的林渺半晌，才站起身来对着任泉苦笑。

任泉也明白铁头的意思，可是他也只能表示无奈，他从来都没有见过，一个人能够热成这般。

“你在这里照看主公，我去弄点野味回来！”铁头望了望那深深的山林，吸了口气道。

“好的，早去早回，小心一些！”任泉叮嘱了一声，他便坐在河边的石头之上，傻傻地望着林渺及那水中翻起的热气泡。他真难以置信林渺尚活着，在这般热力的冲击之下，若是一般的人，只怕早已烤熟了，但是林渺却奇迹般地活着。

任泉知道，这与那自天空中劈下的天雷有关，但天雷究竟在林渺身上发挥了怎样的作用，却不是他所能知道的。望着林渺，他仿佛又看到了那将耿宅化为废墟的强光。那种力量之强大，完完全全超出了他的想象。这一切，便像是做了一场可怕的梦。

上了山林，铁头才想起自己无弓无箭，想要弄些猎物又岂会容易？除非遇上那些送上门来的豺狼虎豹，或是上去掏鸟窝，但这岂不是叫白搭？

他也笑自己糊涂。

想到这里铁头也觉肚子有些饿了，都逃了一个下午，中午本就没来得及好好地吃一顿，此刻感觉就是不好，不由望望山下，心中顿有了主意：自己舍近求远，那小河之中有鱼，为何不抓鱼来充饥而非要上山抓什么野味？但顺着暮色向山下望时，顿时吃了一惊，却见一队人马正极速向山上赶来。

铁头心道："不好！"也顾不了许多，急忙向一旁避去，不过他很快便看清了来人并不是邯郸王家的人，而是一群打劫归来的山贼。

一群喽罗们扛着抢来的猪、羊之类的，身后还有一大串鸡鸭，显然是刚刚洗劫宁家村的一伙人。

铁头心中极为恼怒，这除夕之日仍不让百姓过点安稳的日子，想到自己也饥肠辘辘，顿时恶自胆边生，三下两下便蹿到路中间。

"吁……"为首的山贼带住马缰，极为惊讶地打量着眼前这光头大汉。

"什么人竟敢挡本大王的路？"那山贼头领显然感到来者不善，叱问道。

"你们便是打劫宁家村的山贼？"铁头反问道。

"是又怎样？"一名喽啰不屑地道。

"英雄，救救我……"山贼群中竟响起了一个女人清脆而凄惶的呼声。

"那好！老子只向你们借一只羊吃吃，另外，把那个女人放了，咱们就各走各的路！"铁头打量了一下那个被绑在马背上的女人，淡淡地道。

"哈哈……"那山贼头领放肆地大笑起来，道："你以为你是谁呀，是王郎吗？是尤来吗？你叫老子放人就放人，那老子还能在太行山上混吗？"

"不要敬酒不吃吃罚酒，老子不想一个个地敲碎你们的脑袋！"铁头眉头一皱，杀气森然地道。

"好大的口气！儿郎们，把他给我剁了！"山贼头领不屑地哼了声，向众喽啰喝道。

铁头冷哼一声，大铁桨反手向地上一插，桨柄入地尺许，他空手在桨前一站，不屑地道："就凭你们这些小毛贼，根本就不配老子动兵刃！"

“呀……”几名喽啰挥刀迅速扑上，他们哪在乎这么一个人，自己近百人，还会惧这一个光头那才怪。

“砰……砰……”铁头身子不动，手臂一挥，竟抓住双刀，握刀的两名小贼身形无法自制地撞到一起，两颗脑袋如球一般撞出一声闷响，然后两人的身子再倒撞向他们身后攻来的两人。

“呀……呀……”上前的六名喽罗已倒下了四人，另外两人一怔，刀全都砍在铁头的身上，但却如砍在铁石之上一般，发出闷响，反震得他们手臂发麻。

“去吧!”那两人还没意识到怎么回事，已被铁头抓了起来，“呼啦”便甩了出去。

那两人发出一阵长长地尖叫，身子横掠过四五丈之远，一人撞到树杆上，一人侥幸地抱住了一根树杈，被挂在树梢之上，只差没被吓死。

所有的山贼都吓傻眼了，铁头这随手一甩，便把两个一百多斤重的大活人给送出四五丈外，其力气之惊人，实让人难以想象，而那砍在铁头身上的两刀，似乎连对方皮毛都不曾损伤。

那被捆于马背上的女人也不哭不闹了，似乎也惊于铁头的力气。

“人是放还是不放？老子没太多的耐心，不要逼我大开杀戒!”铁头逼视着那山贼的头领，冷冷道。

“让我托天叉来会会你这有一身蛮力的秃头吧!”山贼头领之后立刻冲出一匹战马，一个手持三尖叉的瘦子叫号着直冲向铁头。

“这一把骨头，有个屁用!”铁头旋步，反手一拖，地上的大铁桨呼地崩起，在空中划过一道暗弧。

“当……砰……呀……”只一桨下去，那钢叉应声而折，战马的马头被击成血肉，托天叉的手臂竟被震断，自马上跌下，发出一声长长的惨叫。

铁头踏上一步，大桨斜落，便压在托天叉的脑袋上，向众山贼冷冷地道：“谁要是不服，他便是你们的下场!”正要用力压爆托天叉的脑袋，那山贼头领骇然呼道："英雄，手下留情！"

"怎么，肯放人了？"铁头一扬脑袋，不带任何感情地问道。

"放人！"山贼头领忙向身后的喽啰吩咐道。

那群山贼喽啰都吓傻了，铁头那一桨之威，使他们恍如置身梦中，简简单单一桨，竟伤人断叉杀马，他们已心胆俱寒了，哪还敢不放人？

"这还差不多，再给老子准备一只羊，肥点的！"铁头收回大铁桨，稍显出一丝笑意，不无得意地道。

"快，给英雄留一只肥羊！"山贼头领显得极谦恭，也很听话，听话得让铁头觉得有点不对劲。

"不知英雄尊姓大名？"山贼头领赔笑道。

"老子没名没姓，少给我啰唆，留下这女人和肥羊，你走你的路就是！"铁头没好气地道。他此刻并不想多惹事，若是以他往日的脾气，面对这群山贼，肯定要打他们个落花流水。但是这一刻若是要战这一百余人，虽然不怕，却会惊动王郎的追兵，他也不好受，是以，他不想逼人太甚！而且，若是任泉在山下等的太急了，说不定会以为他出了什么事，所以，他并没对这些人痛下杀手。

那女人自马上被解下来，便急忙赶到铁头身边，躲在其后。铁头则接过一只被宰杀的肥羊闪身让开道，道："你们还不走，留在这里干什么？不服气吗？"

"走！"山贼头领一挥手，立刻有人扶起托天叉，皆胆战心惊地自铁头身边小心地走过。

望着群贼上了山，那女子才跪下谢恩。

"你是哪里的？敢不敢一个人下山？"铁头有些皱眉问道，他可有些为难，让他处理这个女人，比让他去打一场仗还要难。

"小女子是住在宁家村的。"说完那女子有些怯怯地望着铁头摇了摇头。

铁头头都大了，为难地道："我可没时间送你回宁家村，这可怎么办?”旋又想起什么似地，自地上拾起一把刀递给那女子，喜道：“你会用这个吗?”

女子又摇了摇头，铁头不由得大感泄气，一时竟也没办法了。

“那英雄住在哪里？我可以先跟着你，等明天天亮了，我……我……”那女子有些怯怯地道。

“那可不行，跟着我可是很危险的。”铁头想了想，不由得摇头道。随即又突然有所悟道：“这样吧，我送你下山，然后你自己回去吧。”

女子还是摇了摇头道：“村里的人都躲到山里去了，回去我也只有一个人。”

“这可就有些麻烦了。”铁头禁不住搔起光光的头皮来，对于女人，他所有的能耐都没了，似乎什么都不好使。

“我可想不到办法，那你还是跟我一起去吧，也许他有办法。”铁头顿时想到任泉，似有所悟地道。

任泉见铁头不仅带回了一头肥羊，还带来了一个女人，不由感到讶异不已。

铁头只好苦笑着向任泉解释，任泉也觉得头大，不过却知道不能将这个女人赶走。

“带回来了就带回来了，铁头你把这只羊剖了，让这位姑娘去洗洗，咱们烤来吃了。”任泉道。

铁头望了望那女子，心道：“这倒也物尽其用。”那女子倒也乖巧，闻言立刻走了过来，但她的目光却极好奇地盯着水中的林渺，她实在想不到这寒意逼人的腊月，居然有人会将自己泡在这刺骨的寒水之中，不过，她却不敢乱问。

“哇，这水是热的!”女子向下游走了走，伸手摸了摸河水，吃惊地道。

任泉也暗暗惊讶，林渺身上的热力竟可使这条小河的河水变烫，这确实是惊人，他也无法明白林渺究竟是受了什么伤，心中不由更是担心。

“三爷，你不要吃一些吗？”任泉向水中的林渺问道。

林渺探头出水面深深地吸了口气道：“我们要离开此地，有大批人马正向这边赶来。”

“啊……”任泉吃了一惊，忙附耳贴在地上，轻呼了声：“铁头，准备沿河而下。”

“她是谁？”林渺的目光突然落在那女子的身上，冷冷问道。

“她是宁家村的人，被山贼给抓了，我凑巧救了她，天黑了，村里没人，就让她天亮再回去了。”铁头有些不好意思地解释道。

“你真是宁家村的人？”林渺冷冷地问道。

“小女子正是宁家村的人。”那女子只觉得林渺的目光锐利得欲刺透她的心，竟不敢与之相对视。

“三爷，她叫宁荷。”任泉解释了声，也将目光冷冷地对着那女子。

“这条小河通向什么地方？”林渺吸了口气，并不再逼视那女子，淡淡地问道。

“这条河行十多里便可到宁家河，宁家河是可以行船的，坐船再过两个多时辰便能抵清漳河，河水是在峰峰侧汇入宁家河的。”宁荷忙道。

“很好！那我们便顺这条河前行。”林渺说完也不穿衣，便自河水之中向下游趟走。

任泉与铁头大喜，看样子林渺的伤势似乎无甚大碍了。那本来焦黑的肌肤，似乎也褪去了不少颜色，显出通红的颜色。

“三爷，要不要衣服？”任泉问道，林渺此刻只穿着一条自宁家村找来的短裤，显得不伦不类，而这天寒地冻的，是以，他才有此一问。

林渺摇了摇头，突然止步，挥手叫停岸上的任泉和铁头，轻声道：“上山！”

“上山？”任泉和铁头不由得相视望了一眼，都似乎意识到了什么，目光向小河的下游望去，此刻天已经大黑，无月之夜，四处都漆黑一片，尽管他们的眼力过人，也只能借微弱的星光看清两三丈远的距离，根本就感觉不到前方有何奇异之处。但他们却相信林渺的话，至少林渺不会无的放矢。

林渺也不再犹豫，疾速向小河的上游返回。

“弃马！”林渺见铁头仍牵着马缰，不由得淡喝道。

铁头一愣，有些不舍地望了望这匹驮着他闯出邯郸城的伙伴，一咬牙，摘下马背之上的行囊时，身边却传来宁荷的一声痛呼，在这个时候，这个女人却跌倒在地了。

任泉眉头一皱，不远处立刻传来呼声：“他们就在前方，谁要是抓住了林渺或是将之击杀，老爷子重赏黄金一千两！”

“果然是王郎的人！”林渺吸了一口气道：“铁头，不要管这个女人，王郎的人是不会伤害无辜的。”

铁头一怔，本来想伸手相扶，立刻又住手，望了宁荷一眼道：“宁姑娘，你跟王郎的人说明白就行了，不必怕！”

“你们不可以丢下我的……”

“走，不要理她！”林渺突然声音变得冷厉而绝情。

任泉想说什么，却又咽下去了，而且王家的追兵又在眼前，他已经没有多少时间考虑。

铁头对林渺的话一向不反对，提起大桨转身就走，刚转身，便觉得身后劲风暴起。

“我早料到你不简单！”林渺突然自水中转身，双手轰地拍入水中。

黑暗之中，顿时如有千万支暗箭在穿梭，林渺的身上竟亮起一层暗红的幽光，幽光映照之下，河面上仿佛有一层水帘掀起，在虚空中化成千万支箭形水簇，疾射向铁头身后的宁荷。

“叮叮……”一串金属坠地之声响过，宁荷发出一声惊叫，身子就如乘风而起，掠向虚空，双袖飘洒，无数点幽光再次闪射而出。

“好个暗夜流星！”林渺眸子里闪过一丝亮彩，身边的河水骤地若翻江倒海一般狂冲而起，化成一股劲暴的罡风直撞空中的宁荷。

"哧哧……"水幕似有无尽的吸力，将所有的暗器尽吸其中。

宁荷大惊，眼前被水雾一冲，顿时灰白色的水幕几乎将她完全裹于其中。正当她骇然欲退之时，突觉胸前一痛，真气一滞，自空中飞坠而下，却是夹于水幕之中的一块卵石。

铁头骇然，几枚暗器被水幕狂冲之下，歪歪斜斜地击在他身上，并没有对他产生什么伤害，但却让他大大吃了一惊，他太小看这个女子了！此刻睹见那漫天花雨一般的暗器，才知道，这个女子竟是一个极度可怕的高手，而且是王郎的人，难怪这些人能够这么快便找到这里了。

"好哇，竟是奸细！"铁头知道其身份后，顿时怒火狂烧，大铁桨一挥，便向坠地的宁荷狂砸而去，他可不管对方是男是女，或是有无还手之力。

"住手！"林渺蓦地喝住铁头。

"主公，她是奸细！"铁头一怔，铁桨架在空中不解地道。

"上山！"林渺沉声道。

铁头无奈，只好撤桨疾速向山林中奔去。

"我不杀你，是因为看在邓禹兄的面子上，如果你是他同门，便代我向他问声好！"林渺冷哼了一声，随即纵身便向小河上游奔去，如一只掠过河面的水鸟，速度快极。

此刻河的两岸亮起了许多火把，宁荷已完全可以看清林渺那强健泛红的躯体如风般一飘而去，她竟感到一丝冷意。

林渺的武功确实超出了宁荷的意料之外，功力之强也是她所没有估计到的，但让她感到一丝冷意的并不是那将她淋湿的河水，而是林渺最后那句莫名的话，因为林渺竟是邓禹的朋友！

想到邓禹，宁荷不由得涌起一阵酸楚。

第四十八章　邺城故人

官兵大败的消息顿时又在南阳各地掀起了一片狂热的浪潮，有人担心，有人欢喜，义军似乎并不对所占之城的百姓作任何骚扰。

刘寅、刘秀让人写了近万份安民的榜文，称之与民约法三章，互不侵犯，而且对任何扰民者都处以重刑。

百姓先是将信将疑，到后来，真的对几名违纪的军校斩首示众后，全军上下果然都不敢再稍有越轨之举动，百姓对义军也深信了几分。

是以，在这个除夕之夜，战后的各地并没有大的骚乱。对于那些欲趁机制造乱子的刁民，义军也绝不会轻饶，法纪，便是义军，而权力也在于义军。

王常和刘秀所订的新法之中，其中一条便是夺城而不扰民，还要对各城之中的子民多加保护，保证每一个辖下的百姓都能够安定，这是他们最重要的宗旨。

整个义军都必须改变往日的作风，昔日形同流寇，与赤眉军并无多大差别，是以，虽然能胜，却也不得民心。但现在却绝不可那般，一切都依法依纪，违者重罚，从整个义军的基本行为抓起，他们要彻头彻尾地改造这支新胜的义军。

箭雨横飞，不过，却为密林所阻，并未能伤到林渺诸人。

王郎显然对林渺动了真杀机，他似乎明白，林渺不死，即使是抢回了白玉兰也是没用，白玉兰绝不会与王贤应成亲。而即使白玉兰与王贤应成亲了，如果林渺没死的话，以此人的武功和聪明，又有信都的任光和耿纯支持，其后果只会让他有无穷隐患，虽然他爱才惜才，但是却也不得不咬牙要除掉此人，是以，在这除夕之夜仍然派出大批高手追杀。

“林渺，你无路可走，束手就擒吧！”

林渺几人刚奔入山林，山上便火光大亮，无数火把似乎已将整个山林都燃烧了起来。

任泉和铁头诸人大为惊愕，铁头顿时明白，他上山带回了一只肥羊，却也招来了敌人，那些山贼本身就是王郎的人。要知道，这里距邯郸只不过数十里距离，若说这附近山上的山贼与拥有极大野心的王郎没有关系，那是不可能的。但遗憾的是，铁头那时候并没有意识到这一点，而任泉也忽略了，倒是林渺显得高深莫测。

任泉和铁头不明白，何以林渺能够识破宁荷会是奸细，而这一刻他们甚至连问的时间都没有。

林渺止步，山头上正是铁头所见的那群山贼，数十支火把将山间照得通亮，而林渺与铁头诸人的身形则全都暴露在强弓利矢之下，似乎只要他们稍一动弹，便立刻会被射成刺猬。

“哈哈……光头，我们又见面了！”那山贼头领依然是高踞马上，但神气却已与先前铁头所遇时完全两样，浑身散发出浓烈的杀机，显然是位高手。

铁头大怒，这个黄昏时卑颜屈膝的贼头，现在居然如此无礼地称呼他，怎叫他不怒？

林渺只感到四周的冷风吹来，使他的皮肤紧皱，但体内仍然有一团火在燃烧，刚才破宁荷的暗夜流星之时，似乎又触动了本已积压于丹田之内的心火，这让林渺有些骇然和担心。如果自己一直处于这种状态的话，那实在是很难对付这群敌人，因为他根本就不能强提真气，那只会引起心火焚身。这一切都是因为他强使那式根本就不能轻出的天地怒所致。

天地怒乃是载于《霸王诀》上篇之中最具威力的杀招，而出此招必须习过《霸王诀》下卷中的一种奇异内功才能完全驾驭，否则雷火只会自焚其身。

林渺虽知这种结果，可是他却不能不赌，白善麟的武功之高确超出他的意外，如果他不出那招依然只会死于白善麟手中。是以，他不如搏一搏，因为他体内拥有别人梦寐以求的神奇真气，也许这些可以代替那未曾修习的禅功。

林渺并没有想错，只是天雷的威力实超出他的想象之外，他虽承受了下来，但在天雷狂侵之下，本来潜于丹田的那奇异的功力全激活了，他根本就无法控制，唯有借冰水来散出那火热的真气，再慢慢纳入丹田。

在邯郸，并不是他不想杀白善麟，而是无能为力，天雷噬，第一个受害之人就是他，但别人却不知情，便连白善麟也以为是林渺手下留情了。

事实上，在那种情况下，林渺根本就不可能控制得了自己的刀招。

王郎确实花了很多的人力，竟自四面相围，说明王郎对林渺也确实重视。

“林渺，你束手就擒吧，老爷子是爱才惜才之人，只要你愿意臣服，老爷子是不会为难你的，否则即使你能逃过今日，也逃不过三山九洞之人的追杀!”那山贼头领语气一变，显得很是温和地道。

林渺涩然一笑，冷冷地道：“这话应该由王郎亲自来说才对。”

“林渺，你别不识抬举，你究竟把白小姐劫到哪儿去了?”那山贼头领显然对林渺的摆谱很是不满。

山贼头领话音未落，林间的火把竟在刹那间尽数熄灭，持火把之人更是发出一声惨叫。

“放箭!”山贼头领见火把一灭，立知不好，忙开口下令。

“嗖嗖……哚……”一阵急弦响过之后，却没有一声惨叫发出。

山贼头领正惊疑之际，陡觉身后涌出一股强绝的锐锋，不由得一惊，冷哼一声倒转剑锋。

“叮……”一声清脆至极的金铁交鸣之声响起，山贼头领只觉得剑身如惊涛拍岸一般，传来一连九道强劲的真气，差点将他手中的剑震得脱手而飞，但在这种出乎意料之外的气劲相袭之下，他一时的大意，竟被冲得气息窒乱，几欲呕血，更让其难看的是竟自马背上掀落。

“呀……”又是一阵惨叫传来，那些喽啰们绝望的惨呼几让山贼头领心胆俱寒，待他的视线适应黑暗之时，那些惨叫声已经没有了，只有地上零星地传来一些呻吟之声。

“给我追！”山贼头领哪里还会不明白？林渺诸人此刻已经逃去了，火光再亮起之时，地上除了一些死状各异的尸体外，便是那些痛苦呻吟的残卒，已经没有了林渺诸人的影子。

是什么人救走了林渺三人呢？那些火把乃是被飞刃所切，能够同时以飞刃切断这些火把，若非此人武功高绝，便不止一人。想到刚才那一剑九重真气的神秘偷袭者，山贼头领心中暗惊。

“洪寨主，人呢？”自山下追上来的太行五虎之一季苛望着满地的狼藉，吃惊问道。

“向山上逃去了，洪澄无用！”那山贼头领自责道。

季苛与身后赶来的王家高手不由得全都愣了半晌，才道：“追，绝不能让这小子逃了！”

刘秀依然未曾休歇，这两日为制定法纪都是彻夜未眠，今日除夕，虽然军中在欢庆，但他却没有半点开心欢喜的心情。

“将军，你又在想何事呢？难得有时间，我看你还是早些休歇吧。”一个极轻柔而又如带着梦幻色彩的声音飘了过来。

刘秀没有回头，便已知道是曾莺莺来找他了。

军中众将见他太过操劳，而与曾莺莺总是聚少离多，所以才特意把曾莺莺接到军中。

刘秀对众将之心甚是感激，不过，他绝不是一个沉迷女色的人，并不希望曾莺莺到军中来，这里并不适合女人，而且他不想开先例带女人随军，只是对曾莺莺有一份歉意，这么长时间只忙于战事，而没有时间陪她，这使他有点自责。

刘秀微微扭头，伸手拉曾莺莺坐在自己的身边，目光却投向不远处营地中的营火之处。

“莺莺何以也不休息呢？”刘秀柔声反问道。

“夫君不休息，我何以能眠？”曾莺莺淡淡地反问道。

刘秀苦苦地笑了笑，道：“我只是想静静地想一些问题，待会儿就休息。天气这么冷，你就不要出营了。”说话间，将曾莺莺的披风拉了拉。

“你我已是夫妻，有何话，夫君不可以对我说吗？”曾莺莺幽幽地道。

刘秀吸了口气，将曾莺莺往怀中带了带，道：“不是为夫不告诉你，而是此事关系太大，我不想你也卷入其中。”

“夫君此话怎讲？你我此生与共，如果你已经卷入了其中，我又岂能脱开干系？”曾莺莺微责道。

“你们先退下吧。”刘秀向身边的一干护卫及几名小婢吩咐道。

“秘密本身就是一种负担，有我一个人承担就可以了，莺莺何用执著于此？”刘秀淡淡地笑了笑道。

“可是莺莺却想能为夫君分担一些，否则我总会觉得心中难以坦然，或许，我可以为你分担一些呀！”曾莺莺不依地道。

“你真的想知道？”刘秀反问。

曾莺莺望着刘秀，肯定地点了点头。

刘秀长长地吁了口气道：“你已是我刘家的人，也应该知道这些了。”

曾莺莺见刘秀神情肃然，知道此事必是关系重大。

“莺莺可有见到昨夜彗星经天？”刘秀淡淡地反问道。

曾莺莺摇了摇头，道：“我听他们说过。”随即又讶异地问道：“难道这与我们家族又有什么关系？”

“不错，你可知道为何刘家三兄弟，只有我大哥和我出现吗？”刘秀突地问道。

“二哥不是在汝南吗?”曾莺莺讶异地问道。

刘秀不由高深莫测地笑了笑，道：“你错了，在汝南的并不是我二哥，因为我才是真正的刘家老二!”

“你是……”曾莺莺惊讶地瞪圆凤眼，难以置信地反问道。

“不错，世人都以为我是刘家三兄弟中的老三刘秀，事实上我却是真正的刘家老二，我也不是文叔，而是刘仲……!”

“三弟!”刘寅冷峻而威严的声音却在此时飘来，打断了刘秀的话。

曾莺莺的神情极怪，好像是第一次认识身边之人一般，但刘寅的声音却把她拉回到现实之中，慌忙起身行礼道：“莺莺见过大哥!”

“免礼!”刘寅神色间看不出喜怒，只是淡淡地挥手道。目光却转向刘秀，略有责备之意，但很快目光又转向曾莺莺，淡淡地道：“贤妹先去休息吧，我与文叔有点事要商量。”

刘秀脸色微变，曾莺莺知趣地再施一礼，在护卫和婢女的相护之下，有如众星捧月般向营帐行去。

冷风之中，便只剩刘寅与刘秀相对而立，犹如两座对峙的山峰。

“大哥怪我向莺莺提及此事?”刘秀终于开口问道。

“也许你是对的，但我不希望有太多的人知道这个秘密!”刘寅淡然而认真地道。

“她已经是我刘家的媳妇! 她是我的妻子，她有权知道我的真实身份!”刘秀心中有些不满。

“是的，她有权知道你的身份，但不是现在! 你要知道，对她来说，迟知道与早知道并没有什么分别，我们眼下所要做的事，只是找回三弟!”刘寅沉沉地吸了口气道。

“人海茫茫，如果三叔仍不能出关的话，我们根本就不知道三弟是谁，当年是三叔将三弟交给人带走的。”刘秀皱眉吸了口气道。

“三叔一定能准时出关! 他说过彗星经天之日，便是他出关之时!”刘寅肯定地道。

“这么多年了，许多事情都是很难预料的。”刘秀吸了口气道。

“但天命是不可逆转的，当年仙长辕阳侯便说过，彗星经天之日，便是王莽龙气外泄之时，也距王莽绝命之日不远，而正在当晚，梁丘赐与甄阜全军覆灭，这一切不只是巧合，而是天命！”刘寅肃然道。

“辕阳侯仙长也说过，彗星经天之日，也是三弟红尘劫满，不必再隐其锋芒之时，也是其天命渐归的日子。可是纵观天下，又有谁合乎此条件呢？方士之言岂可尽信？要不是辕阳侯，三弟岂会自小流落江湖受尽苦难？只怕此刻他连自己的身份都不知道！”刘秀怒道。

“休要胡说！三叔之所以送走三弟，乃是因为司马计察觉紫微星亮于我刘家，三叔担心王莽派人暗杀三弟，才会让辕阳侯以尘俗之气掩其帝气，再送于尘世之中，否则我们南阳刘家早就已是灭门大祸了。当时你还小，父亲便让你用三弟之名以你的生辰八字骗过朝中之人，并不是父亲不留三弟，要是江湖人士真如你所说，皆是无能之辈，我们根本就不用这样！”刘寅责道。

刘秀不语，他知道大哥刘寅有些生气了。他向来敬畏兄长，是以，他选择不语。

“你依然是刘秀，至少在三叔没有找到三弟之前，一切都是这样继续下去！”刘寅顿了顿又道。

“文叔明白，请大哥放心！”刘秀吸了口气道。

“另外，我不希望再有任何人知道三叔的事，包括最亲近的人！眼下魔门没有一丝异动，一切都只是假象，这平静的背后正在酝酿着风暴，也许会因为三叔的重出江湖而引发种种变数。当年魔门助王莽趁乱夺我刘室江山，这些年却没什么动静，相信这些人定是在暗中策变一场更大的阴谋，我们不能不防！”刘寅吸了口气道。

“难道魔门还会帮王莽来对付我们？”刘秀吃了一惊，反问道。

“这种可能性虽然有，但是很小！我只是担心，魔门中人存在于我们的身边！”刘寅淡淡地吸了口气道。

刘秀并没有太多的惊讶，只是吸了口气望了刘寅一眼，随即又将目光悠然地投向那仍然传来欢呼声的营地，竟毫无来由地感到心情一阵沉重。

“顺着这条路向前再走十里，便是峰顶，到了那里你们可以取道尤来，或者去山西，王郎就不可能找到你们！”神秘人突然止步，指着一条小径道。

“你为什么要背叛王郎？”透过暮色，林渺发现眼前这个神秘人竟是那日王郎府中那个似乎对女人毫无兴致的冷面书生，是以他在脱险之余，仍然心存疑惑。

冷面书生淡淡地笑了笑道：“因为我们是兄弟！”说话间冷面书生伸手在脸上抹下一团东西。

“秦复！”林渺讶异大喜道，那冷面之下竟是秦复。

“不错，你昨日一入大厅，我便已认出了你，只是没想到你小子居然胆子大到敢在王郎的府中抢白玉兰！”秦复笑了笑道。

知对方是秦复，林渺心情大畅，他已经好久都没见到这位兄弟了，那日在棘阳不辞而别后，便不知其下落，却没料到会在这里相遇，而且还混到了王郎的府中。

当然，秦复能够识破他的易容，林渺半点也不奇怪，他的易容之术乃是秦复所授，自然难瞒秦复之法眼，而天下间，在易容方面，能与秦复相提并论的，寥寥无几，这一点林渺绝对心服。

“你的易容之术确实长进多了，居然连王郎也被你耍了，只怕假以时日便可胜过我了。”秦复拍拍林渺的肩头，欣然笑道。

“你的武功也长进得很快呀！”林渺握住秦复的手笑了笑。

秦复不由得与林渺相视而笑，半晌才道：“我不敢有稍微的疏懒，想到大哥你一日千里的进步，若是我被远远地甩在后面，那岂不是在你手下只有挨打的份了？不过，比起你，我似乎仍差了一点，至少，我尚不敢轻试天地怒！”

林渺的脸色微变，道：“此式绝不可轻试，以我的功力都无法驾驭，雷火已经入侵我七经八脉，只怕这半年之内，难以完全复原了。”

秦复骇然，把住林渺的脉门，眉头紧皱，道：“果然内火吞经，这段时日你绝不可以与高手对决，否则只怕后果很难预料……！”

“三爷，他们好像追来了！”任泉提醒道。

“谢兄弟提醒，我会注意的。”林渺点了点头。

“这世间大概只有一人能在短时间内调理兄长体内的雷火，只是此人数十年绝迹江湖，不知是否仍然在世。”秦复皱了皱眉道。

“什么人?”林渺喜问道。

“江湖人称火怪，二十余年前便是江湖中的不世高手，只是这二十余年都无其消息!”秦复吸了口气道。

“火怪?”林渺心中一动，想到隐仙谷中那几个老怪物。不过他可不想再入隐仙谷，不由得淡淡一笑道：“可遇不可求，若能相遇自是最好。”

“这也是。”秦复吸了口气道：“你们先走吧，这里便交给我。”

“兄弟多保重!”林渺拍了拍秦复的肩头，提醒道，他相信秦复可以解决好眼下的一切。

洪澄策马赶至，道路却已被断树封住，根本就无法行马。

“给我搬开这些垃圾!”季苛也有些不耐，不待洪澄吩咐，便喝道。

宁荷的表情有些怪，她并没有受伤，林渺只是封住了她的穴道而已。季苛等人赶来之后，便为她解开了，但她的心却绝难平静。

那群喽啰迅速移动那些堆在路口的枯枝败叶和断树之类的。

“什么味道这么浓?”恶道方仲平吸了吸鼻子，皱眉问道。

顾愁也摇了摇头，蓦地脸色大变，道：“快撤!”

众人正愕然不解之时，一阵怪笑传来，几支火箭擦亮了夜空，准确地落在那一堆堆挡路的枝叶之上。

“呼……”那些枝叶见火立燃，以快得让人吃惊的速度蔓延。

而此时火箭四处乱飞，每到一处，必点起一片火光，将整片树林都完全燃烧。

季苛诸人此刻才明白，那浓浓的味道乃是桐油加火硝的味道。

“轰……轰……”那堆树枝燃起之时，立刻炸开，带着无数火星四散飞射。

那正开路的喽啰们首当其冲，一个个惨号着倒退，手中的火把也成了引火之物，身上沾火即燃，顿时众人心神大乱。

“快退！快退……！”洪澄急呼，可是后方的路也燃起了大火，整个树林都很快要被强烈的火势包围。

顾愁诸人此刻哪里还想到要抓林渺，他们转身便以最快的速度向火圈之外冲去，洪澄也只好弃马而逃，他很清楚，这冬天气候干燥，这把火一旦燃起来，都不知道要烧到什么时候，波及多大面积，唯一可以做的，便是尽快跑出这片山林。

冬天的林火蔓延之速极快，加上风力极劲，火势根本就无法控制。

洪澄等人皆是高手，又见机得早，是以虽然微有些狼狈，却是有惊无险地逃出了火势之外，但那些喽啰们逃出火势之外的却只有一半，许多人烧伤烫伤则更不用说了。

这似乎是送给他们新年最好的礼物，到此刻，他们甚至没有弄清楚究竟是什么人救走了林渺，至于追袭林渺的事则更是无法延续，除非他们穿过这片火海。

可是就这样让他们回去向王郎交差，确实让他们面上无光，而此时，他们最重要的仍是白玉兰的踪迹，林渺可以是其次，而白玉兰又在哪里呢？是在邯郸？抑或早已出了邯郸城呢？

正月初一，风和日丽，清漳河上，风光如画。虽然是大年初一，但往来于河上的船只依然川流不息。

黄河帮在清漳河上航运向来很火热，而在黄河下游流域也几乎都被黄河帮控制，至少自东郡到大海完全属于黄河帮的水上地盘。

只是今日在清漳河上横行的并不是黄河帮的人，而是邯郸王郎府中的人。

过往的船只都被要求检查，虽然许多人有异言，但碍于王郎势大，众人也是敢怒不敢言，只好大叹倒霉。

事实也确实如此，大年初一出门便不顺，受如此闲气，任谁心里也是大为光火，可是这又有什么办法？这个世道便是强权当道，没有理由可讲。

有些人则是冲着王郎的面子，主动配合，有些人则是被逼得没有办法，这才让王家的人上船。尤其可恼的是，这些人上船还动手动脚的。

“昌叔，前面好像是黄河帮的船。”说话者乃是王郎的二弟子张义飞，此人乃是邯郸豪族张参之子，但却拜在王郎的门下。

“昌爷，我们要不要上前搜查？”一名王家弟子有些犹豫地问道。

“不可以错过！”王昌肯定地道。

“摆船！”张义飞一挥手，大船迅速向自上游顺水而下的一艘双桅大船靠去。

“请问迟帮主在船上吗？在下王昌求见！”王昌远远地便向双桅大船拱手呼道。

双桅大船之上舷边立刻布上一圈人墙，每人皆手持强弓硬弩，蓄势待发。

王昌诸人吓了一跳，他们似乎没有料到黄河帮的人反应这么强烈。

“我们帮主不在船上，但老夫可以代帮主做主，王管家有什么话只管跟老夫说好了。”一名老者在几人的簇拥下立于船头，在冷厉的北风之中，须发衣襟尽在飘摇，却显出一种极独特张扬的气势。

“是印长老！”王昌立刻认出船头之人的身份，此人乃是黄河帮的八大长老之一，人称海河龙王印龙，也是黄河帮中数一数二的高手。

“王管家还识得故人，甚好，有何事，便请管家直说吧！”印龙淡淡地道。

“请问印长老此是自宛城而来吗？”王昌见对方并没有让自己上船的意思，甚恼，但却知道在水上与黄河帮为敌，是极不明智的做法。

“可以这么说，不过老夫却是自郯城启身！”印龙悠然道。

“哦，原来印长老是自郯城而来，那便不打扰了！”王昌一听对方是自郯城而来，心中疑虑稍消，见对方那一副备战的架势，也不敢逼人太甚。毕竟他们不想与黄河帮作对，便是王郎也不想与黄河帮那么早就撕破脸皮，否则在昨日的宴会上，王郎便不会让迟昭平离去，因为迟昭平确实是杀童欢的凶手。

王郎连这口气都能咽下去，可见他确实不欲得罪黄河帮，而在水上的力量，仍是王郎的弱项，能拉拢黄河帮乃是王郎的心愿。

“不客气！”印龙丝毫不给王昌上船的机会，他并不吃王家的那一套，在水上，他根本就不惧王家之人。

望着印龙的双桅大船越去越远，王昌脸色也越是阴沉。

“这老不死的竟敢给我们脸色看，昌叔，难道我们就这样让他们走了？”张义飞极不甘心地道。

“立刻飞鸽传书高湖军，让他们截船，我要这老鬼知道我王昌也不是好惹的！”王昌狠狠地道。

张义飞一呆，随即兴致大振。

“昌爷，我看今日大部分的船只都是自郯城而来，是不是郯城发生了什么事？”一名王家家将出言提醒道。

王昌眉头微皱，他似乎也觉得确实是这样，而印龙那一副如临大敌的架势也让他有些疑惑：“让人去问问自郯城来的船只，看那边究竟发生了什么事。”

河面上顺流而下的船极多，随便拦一艘，都是自郯城而来，于是那些家将很快便来回禀。

“昨夜，尤来军突袭了郯城，郯城内损失惨重，官兵也死伤数千，尽管最终把尤来军赶出城去，但城中四处火起，这才使城中的生意人大多都抢在今日逃离邺城。”

“哦，原来是这样，难怪那老家伙一副如临大敌的样子，看来也不是针对我们，快去禀报老爷子！”王昌有些恍然道。

“尤来这样做也太过分了！”张义飞怨道。

“尤来一直都是这么狂，这魔君有这个本钱！”王昌吸了口气，有些无可奈何地道。

邺城。

铁头扎了一只木筏，顺着小河苦航了一夜，才抵达邺城。

那场大火确实也烧得够旺的，也照着铁头连夜扎筏。以他在黄河边生活的经验，扎一只载三个人的筏子还不是简单不过？

林渺欲先至邺城，到了邺城，便不必在乎王郎的追兵，到时候也可以再重新计划和打算了。眼下他身上的伤势尚未能痊愈，潜于体内的热毒终会有再一次爆发的时候，那时只怕就没有这么轻易能够解决了。

热毒，始终是一块心病，若此毒不除，林渺知道，自己永远都不可能成为真正的高手！而在昨天之前，这股热毒深深地潜在丹田之内，以一种特有的生机的形式存在，但是现在却不同，这股热毒已散于四肢百骸之中，一触即发，而这一切全都是因为天雷袭体的原因。

而且，林渺此刻仍心挂白玉兰，不知白玉兰显否已随迟昭平离开了邯郸，抑或又被王郎擒回了邯郸。如果白玉兰脱险了，他所付出的代价倒是也还值得，至少，暂时不用去面对王家的那群高手。

走入邺城，林渺才发现，邺城并不是像他想象的那般四处张灯结彩，一派节日的喜气，而是到处都是狼藉一片，火灼、鲜血的痕迹四处可见，就像是刚发生了一场战争般。

“这里不会也被山贼给洗劫了吧？”铁头自语道。

任泉却拉了一个匆匆行路的年轻人相问。

“你们是外来的吧？可要小心了，昨晚尤来的义军一大批奸细混入城中，趁人过节不备，在城中烧杀抢掠，后来这群人又攻开城门逃走了，官府正在清查其余党，是外地人都在怀疑之列！”那年轻人以一种异样的眼光打量着林渺诸人，并无多大兴致地解释道。

林渺诸人不由得微感惊讶，自己等人来得似乎并不是时候，而望着城中的满眼狼藉，不由对尤来军生出了一丝鄙夷，如此烧杀抢掠，只不过是强盗劫匪之流，难怪这些年来都没有什么大的作为。

原本林渺对各路义军的首领倒还多少有几分敬仰，但看尤来军如此，那尤来本人大概也不会好到哪里去，不得民心者，怎能得天下？这点道理都不懂，即使尤来是个人物，也只是一介莽夫，或是脾性乖张之人。

“你们快走吧，官差来了！”那年轻人突地神色一变，忙匆匆走开。

“哎——站住！”

林渺回头，果见一队全副武装的官兵急步赶来，显然是对那年轻人的慌忙而起了疑心，是以这才出言呵斥。

那年轻人吓了一跳，顿时停步，还没等官兵赶过来，便分辩道：“不关我的事，我家就住在东塘街，我还要去给娘买药呢……”

“做贼心虚！肯定不是什么好东西，先抓起来再说！”一名官兵眼睛一翻，叱道。

“啊！”那年轻人顿时吓得脸色苍白。

“几位官爷，确实不关他的事，刚才我只是向他询问了一下城中怎会弄成这样，他见几位官爷来了，怕几位怪罪，这才准备匆匆而去。”

“你们几个是外来的？”那官差头目怪眼一翻，目光立刻转向林渺诸人，那一队官兵也立刻将林渺诸人围住，如临大敌之状。

“实不相瞒，我们乃是刚自邯郸而来，想来此做点生意，却没料到遇上了这般变故！”林渺极为客气地道。他可不想再在鄚城之中惹恼了官府，那他们的日子也不会好过。

“听你口音，根本就不是邯郸人，你想骗谁呀！在本官爷面前要花样，抓起来！”那官差头目一声冷笑，挥手喝道。

铁头大恼，正欲发作，却被林渺制止了，正欲解释，却被几名官差不由分说地上前扭住双臂，心中也有些恼意，双臂轻抖，几名官差立时被甩了出去。

林渺这才冷冷道：“不劳动手，几位要带我们去见官，前边领路就是。”

那些官差吓了一跳，见林渺神色凛然，气势逼人，又看了看铁头那一副欲吃人的凶样，倒也不敢太过相逼，官差头目沉声道：“那好，你们跟我走吧，若想要什么花样，就休怪老子不客气了！”

都尉衙门大厅之中已跪了百余人，这些人全都是外地来的，被官府怀疑为奸细，皆被抓到这里来了。众人挤于一堂倒也极为热闹，只是厅中氛围太紧张，那些跪于地上的许多人都在瑟瑟发抖，怎也没料到这飞来的横祸会落到他们头上。有些人昨夜破了家财不说，却还被怀疑为尤来匪军的同党，确实也够冤的。

“你们这些刁民，如果没有人供出谁是尤来的同党，本官将你们一同定罪，宁可错杀一百，也绝不放过一个乱党！”都尉熊业显然是已经有些恼羞成怒了，昨夜乱军烧城，他身为都尉，虽并不是管城防，但却有责任守护城内的安全。是以，除郡丞失职之外，他也难辞其咎，却又没地方出气，便找上了这些无辜的人。

“大人还请明查，我等多是无辜良民，乃是闻邺城之繁盛才慕名而来，如果大人如此处理我们这些无辜之人，只会寒了天下贩夫走卒客旅之心，对日后邺城发展有百害而无一利，还请大人三思！”一儒生突挺身而出道。

“大胆，你是何人？”熊业怒叱道。

“小人朱右，乃是自彭城而来，还请大人明查！”那儒生并不惊慌，恳然道。

“大胆朱右，本官还用得着你来教训？”熊业怒叱道，似乎他哪一丁点的威严在此时不发就不快。

“大人!”朱右神色不变，仍欲分辩。

“你给我住嘴，再要啰唆，先治你咆哮公堂之罪，重打三十板!”都尉熊业似乎有些固执地吼着打断朱右的话。

朱右神色一变，扫了众人一眼，只得作罢，只看这都尉之昏庸，便知说什么也是没有用处的了。

“来人，将这些疑犯全部押进大牢，听候发落，若想保释，每人必须先交出一百两银子!”熊业沉声道。

“大人……”厅中顿时呼声四起，要知道，若是想保释，哪里会要一百两银子呀？这一百两解子的数目，只怕有些人穷其一生都赚不回来。

“慢!”林渺一直在人群之中未语，见熊业如此贪婪且如此果断，分明只是想勒索银两，哪里是在为百姓着想？

“怎么？你想保释自己吗?”熊业怪眼一翻，傲慢而又冷漠地问道。

“非也，我只是有话要说!”林渺立身而起，沉声道。

“有什么话快说，本官还要赶去看杜月娘的献艺，时辰已经不早了!”熊业伸了个懒腰，不耐烦地道。

熊业此话一出，差点没把厅中所有所谓的疑犯给气个半死。在这种时候，熊业居然还有闲情去看杜月娘献艺，面对他们却是好坏一把抓。

林渺这一刻才真的懂了，什么叫官逼民反，心中升起一团莫名怒焰。

“大人！此刻城中新遭匪劫，民心已惶惶不安，如果大人尚这般不以明断、错判良民的话，只怕鄄城危矣，到时候不单是我们没有好日子过，便是大人你也难逃厄运了!”林渺肃然道。

“大胆！你居然敢恐吓本官？来人，把他给我拉下去重打五十大板!”熊业一听林渺之话，顿时大怒，呵斥道。

“慢!”林渺一扬手，既是阻止了铁头和任泉出手，也同时让那几名掌刑的衙役停止了动作。

“大人想抓尽城内所有外地人吗?”林渺沉声反问道。

“这是本官的事，哪用得着你这等小民来管?”熊业不屑地反问道。

“那大人便不担心城内之人勾结叛军共夺郯城?”林渺高深莫测地笑了笑道。

熊业一怔，脸色顿时微变，冷冷地盯着林渺，漠然反问道：“你这话是什么意思?”

“大人明白，如果城内一直都藏匿着奸细的话，其身份一定很隐秘，如果大人这样抓住我们而又打入大牢的话，大人猜想，那奸细会做出什么事?”林渺淡然反问道。

熊业神情一紧，急问道：“他们会做什么?”

“他们一定会借机鼓动场面中的外乡人和一些百姓，让这些人惶惶不安，那样，他们甚至会鼓动那些担惊受怕的人去投靠匪军，或是作匪军内应为患郯城，昔日吕母便有先例。因此，如果大人一意如此的话，只怕郯城危矣，那时候大人的官位便难保了。不仅如此，到那时，城中百姓并不会念及大人对他们的好，只会怪大人没能保护好他们，这对大人来说只怕是得不偿失！不过，小人倒有一个主意可让大人两全齐美，一举多得。”林渺悠然笑了笑道。

熊业的脸色变了数变，目光狠狠地盯着林渺，似乎是在考虑如何对待林渺所说的这些话。他身边的师爷也有些讶异地打量了林渺几眼，随即附在熊业的耳边轻语数句，熊业的脸色渐渐缓和了一些，狠狠地瞪了林渺一眼，冷冷地道：“我倒想听听你有何主意!”

熊业说完立身而起，道：“休堂片刻，把他带到内堂来!”

厅中众人皆缓了口气，他们倒是对林渺抱了几分希望，至少，林渺的话让这昏官听进去了。是以，众人皆以一种渴求的目光望着林渺，任泉和铁头则是面有忧色。

“我保证大家不会有事的，请大家放心等一会儿，相信熊大人爱民如子，定能明察秋毫!”林渺半真半假地向众人道。

熊业听了前半句，想要发作，但听到后面，气又消了。尽管他知道自己是一副什么样的德性，但是有人称赞，却仍是让他欢喜，千穿万穿，马屁不穿，好像他真的成了爱民如子、明察秋毫的清廉之官了。

来到后厅，熊业喝退两名衙役，只留下那师爷与林渺二人，沉声问道："你有什么主意，快快道来，若是敢欺瞒本官，本官便定你死罪!"

"小人即使是不爱色，不爱财，但是对小命还是爱的，怎敢欺瞒大人呢?"林渺淡然笑了笑，满不在乎地道。

"还不快说?"那师爷叱道。

林渺望了两人一眼，悠然道："我的主意只有八个字，那便是引蛇出动、一网打尽!"

"引蛇出动，一网打尽?"熊业愕然反问。

"不错，正是这八个字!"林渺肯定地点了点头。

"这八个字是何意思？本官倒想听你解释解释!"熊业眼中闪过一丝亮彩，虽然他贪他昏，但却绝不傻，自这八个字之中他似乎也体会出了一点什么，只是并不能完全了解而已。

"这首先要大人给城中的奸细造成一种假象，那便是大人疏于防范，他们感到有机会可乘才是此计施行的第一步。"林渺故意吊足熊业的胃口，顿住不说。

"那如何做好这第一步呢?"熊业有些急地问道。

"这一点好办，眼下大人不是要去看杜月娘的献艺吗？你大可让城中人都知道，让那些奸细以为大人疏于政事，而敢大肆活动，事实上大人如此做却是为了邺城百姓安危着想。"

"哈哈哈……"熊业不由得笑了，道："这好办，这好办，这一条没问题!"

"做到了这些还不够。"林渺又补充道。

"还要怎的?"熊业一瞪眼，反问道。

"至少大人要撤去城内四处抓捕奸细的官兵，这才能够让奸细很放心大胆地活动，以便于他们联络，当他们全部聚合之后，自然便可一网打尽了!"那师爷似也想卖弄一下，抢在林渺前回答道。

“嗯，这倒也是。”熊业点了点头，由师爷口中说出这些道理，他倒是很容易接受。

“那就下令撤去城中搜捕凶手的人吧，然后命人暗中加强城防!”熊业立刻吩咐道。

“但还有一件事，大人忽略了!”有那师爷帮着说话，倒让林渺省了不少口舌，但他仍出声提醒道。

“还有何事?”熊业的心情似乎好了一点，能为去看杜月娘的献艺找到一个冠冕堂皇的理解，他自然心喜。

“那便是外面那些人，大人要将他们全释放了才行，否则此计只怕难成。”林渺肯定地道。

“外面那些人，只要每人拿出一百两银子，本官自会放人，而你为本官出得此计，可免你同伴三人的赎金，你该满意了吧?”熊业大方地道，此刻对林渺倒不是那么厌恶。

“请大人想想，这些人多是小本生意人，看他们衣着单薄，根本就拿不出这么多银子，即使等他们凑足了银子，又要等到什么时候?但是如果那些奸细借此鼓动城中的那些外来生意人和百姓，一时聚众太多，城中一乱，就很难控制，即使是引出了奸细，仍会制造大麻烦，难道大人想为了眼前这点小利而失往后的大利吗?如果大人放了这些人，这些人不仅会感激大人的恩德，还能让奸细可乘之机减少，到时候他们一出来，便好以迅雷不及掩耳之势一举成擒，否则以鄗城城内那么多的外来商家，只怕很难彻底清查。”

说到这里，林渺诡异地一笑，接道：“说不定到时候大人还可以将某些人的万贯家财全部充公呢，那时又岂在乎这区区几千两银子?”

熊业眼中放光，最让他受用的还是林渺最后一句话，如果能够让某些人的万贯家财都充公，他至少可分得三分之一，要是多有几家，他又怎在乎眼前这蝇头小利?

那师爷也不由得向他附耳低语了几句。

“很好！本官可以答应你放了那些人，但是你却得留下！”熊业淡淡地道。

“大人这又是为何?”林渺并不惊讶，淡然反问道。

“既然你能想出此计，就定懂得如何安排，本官要去看杜月娘的献艺，没有时间为这些俗事操心，你最好给本官定个计划出来，让本官满意了，才能够放你离开，否则，本官就定你死罪!”熊业凶巴巴地道。

林渺心中大感愤然，世上竟有这样的恶官，他真恨不得立刻便上前捏死熊业，但他却知道，自己不可以这么做。他当然不怕杀人，有铁头和任泉相助，要杀这赃官只是轻而易举之事，但那只会连累厅中的那些人，所以他并不想惹事，事实上让他留下拟个计划也只是轻而易举之事。

“这个没问题，不过，我还有个请求，便是想随大人同去观看杜月娘的献艺。小人对其闻名已久，还有些交情，如果大人带我同去，也许还可让她为大人献曲一首呢。”林渺吸了口气道。

“哦，此话当真?”熊业大喜，随即立身而起问道，显然林渺最后一句话打动了他。

“小人在竟陵游学之时曾拜访过杜月娘，是以应该不会有问题。”林渺半真半假地道。

“杜月娘现在成了燕子楼的台柱，其艳名不逊当年曾莺莺和柳宛儿，如果你能让她为本官献曲一首，本官必有重赏!”熊业兴奋不已地道。

“那就先谢过大人了。”林渺心中暗惊，如果杜月娘成了燕子楼的人，怎会到邺城来？她不是在醉月楼吗？若真有燕子楼的人来了，倒还真的有点麻烦了。

“我想让我的两位随从也一起去。”林渺又道。

“这个不是问题，本官这就下令放人。”熊业想到能让杜月娘为自己献艺，顿时心痒，大方至极地道。

“谢大人!”林渺大喜。

熊业对杜月娘的兴致似乎比一切都高，对邺城中的一切事务都可以抛至一边而不理，但是却不能不看杜月娘的献艺。

当然，在邺城之中，熊业统管城内和整个魏郡的匪劫之事，但却仍得听命于郡守戴高。不过，戴高似乎更是荒淫无道，这河北之地，义军处处，朝中政令到这里来都变得行不通，只要他出银子，保证上疏下通，是以戴高将魏郡之事大多交给郡丞叶计和都尉熊业处理，而他则乐得清闲。当然，他并不怕出了什么问题，熊业乃是他一手提拔起来的亲信，而叶计则是其亲戚，所以整个魏郡便成了他们的安乐之窝。

熊业稍稍布置了一下，便在众亲卫相护之下，带着林渺、师爷诸人浩浩荡荡地向清漳楼赶去。

清漳楼坐落于城北，高而豪华，可远眺清漳河，是以取名为清漳楼，这也是邺城最为豪华的青楼，当然，其聚青楼、酒楼与赌场为一体，虽无燕子楼之名气，但其装饰之气派，也不会相去太远。

邺城街道虽然大部分已经过清理，但街边的狼藉依然随处可见，显然，昨晚一场劫火，已让邺城变得有点面目全非。

林渺都怀疑，自己来邺城是白来了，而他提议与熊业同去见杜月娘也是一个让他后悔的决定。如果他知道杜月娘已经成为了燕子楼的人，绝不会提议要去见杜月娘，可是现在已是骑虎难下，熊业根本就不放他走，一定要带他去清漳楼，他也只好走一遭了。

街头的百姓老远便避开，面对这支队伍的目光似乎总带有一丝憎恨，这让林渺坐在马上浑身都不对劲，铁头和任泉倒似乎没什么，他们只是紧跟着林渺，一切都听林渺的吩咐。

恍惚间，林渺只觉得一丝不安自心底升起，这并不是因为百姓们那些鄙夷的目光，而是一种极奇异的感觉，这让他觉得很不舒服。自被天雷袭身之后，他似乎总会出现一些特别的感觉，那是对危险的觉察力。

想到这里，林渺突有所悟，蓦地抬头，便见一抹血色，如艳红的晚霞般自天空中袭下，无声无息。

“杀手残血!”林渺失声低呼，对这一抹血色，他绝不陌生。当日杀死齐子叔的就是此人，而要杀白玉兰的也是此人，他们已经不是第一次遭遇，但这一次，却又是为了杀谁呢?

“保护大人!”经林渺一喊，立刻有人发现那自虚空中飘下的这抹血色，不由得惊呼。

“轰……”熊业的软轿触及红云便已在剑气之下爆裂。

“啊……”熊业惊叫，只感一抹血色充斥了整个轿身，身子与思想仿佛陷入了一个空洞之中。他看到了一双冷厉而酷辣的眼睛，以及一团红如火的身影。

“哗……”熊业绝望惊呼的一刹那，却发现一柄刀自他颈侧破开轿身，没入那血红的世界里。

“当……”一声清脆的金铁交鸣声中，软轿爆成碎片，熊业的身子也随轿子的碎裂滚落而下，发出一声惨哼。

“大人!”那师爷大惊，这时才反应过来，一切都发生得太快。

“抓刺客!”熊业落地一滚身，竟站了起来，惊魂未定地大喊道，脸色都变绿了。他知道自己已经死了一次，若不是那自颈侧穿过的刀救了他一命，只怕早已被那诡秘的杀手割下了脑袋。

这一刀正是林渺的龙腾!

熊业庆幸将这个年轻人带在身边，而林渺的武功似乎也极出乎熊业的意料之外。

杀手残血一击未成，被林渺功力反震而出，却又疾攻林渺，以快打快，竟连击数十剑之多。

“大胆狂徒，吃你爷爷一桨!”铁头见那杀手居然狂攻林渺，不由得大怒，纵身而起，大桨以开山之势自虚空中压下，顿时风云变色，气劲旋动有若雷鸣。

“叮……”杀手残血只好弃林渺，反剑轻拨，两股气劲相触之下，其身子竟在空中倒折而出。

“想走?”任泉也横身掠出，刀影洒过一片凄迷。

一旁的官兵都看呆了，他们只能在地上围住，根本就插不上手。

“轰……”铁头的大铁桨被杀手残血剑锋上的力道引至一旁，击在路边的一只大石狮上。石狮顿时爆裂成无数碎石块，滚落一地。

铁头的手臂震得发麻，心中暗骇，但一旁的熊业却是更惊，那群官兵更不用说了，哪见过这般威势?

“砰……”任泉并没能在空中截住杀手残血，只因对方的身法太快，而且又极古怪，险些中招，后与残血对了一脚才力竭落地。他的功力显然不如残血，落地后连退四步才稳住身形。

“你就是林渺?三番四次坏我之事，我定会回来找你的!”杀手残血如一页纸鸢般借任泉之力，落至一旁的高檐上，冷冷地抛下一句不带任何感情的话，便如影子般掠过几个屋脊而去。

“快给我追!一定要把刺客给我抓回来!”熊业见杀手残血离去，不由得怒呼道。

“大人，我看不用追了，根本就没人能追上这杀手，大人无恙就好了。”林渺劝阻道。

熊业想到刚才这杀手如影子一般的身法，禁不住心有余悸，而刚才要不是林渺出手相救，他确已命丧黄泉了。

“你们三人救了本官的命，本官一定会重赏你们!”熊业缓了口气道。说到这里又惑然问道：“你们武功这么好，为什么还会被这群废物抓到衙门里去?”

林渺不由得好笑，淡淡地道：“我们也没犯法，我相信大人能明断，是以就与他们配合一下，这是我们百姓应该做的!”

“说得好，你跟那些刁民不同，对了，刚才那刺客叫你什么来着?”熊业突然记起了什么似的问道。

“他叫小人林渺!”林渺坦然道。他知道，熊业此刻绝不会拿他怎样，有他在，那刺客才难以得手，熊业也是怕死之人，即使知道自己是朝中钦犯，也只会睁一只眼闭一只眼地招揽。再说，他便是想抓自己诸人，也得估量一下自己三人的武功，又岂是他那群手下所能对付了的？

“你就是林渺?!”熊业望着林渺神色一冷。

“我就是林渺!”林渺高深莫测地笑道。

熊业对视着林渺，脸色数变之后，突地诡诡地笑了起来。

林渺也对视着熊业诡诡地笑着，两人的表情显得滑稽而又让人不懂。

熊业突地停住笑容，大方地拍着林渺的肩道：“好哇，林渺这个名字好，叫起来就是顺耳!”

林渺差点没笑破肚皮，熊业的演戏本领确实是高绝，不由得附和道：“谢大人夸赞!”

“你是不是昨天大闹邯郸的那个林渺?”熊业突地附到林渺耳边低声狠问道。

林渺怪怪一笑，低声反问道：“你说呢大人?”

熊业一怔，旋又皮笑肉不笑地道：“我说，我说杜月娘的歌喉定比曾莺莺要好，肯定是这样的！是吗?”

“那是，那是!”林渺也一怔，附和道。

熊业与林渺对望了一眼，心照不宣地笑了笑，又似乎各怀鬼胎。

师爷在一旁都看得莫名其妙，但是他却听说过“林渺”其名，昨日大闹邯郸之事，已经传到了邺城。

邯郸与邺城相距本不远，又因两城通商者甚多，更有许多人专门赶到邺城来一睹杜月娘的风姿，是以便把邯郸城发生的最火爆的消息带来了邺城。

而有人居然敢在王郎府中抢走王郎未来的儿媳，这可算是北方最具传奇性的典故。是以很快便将这消息传得满城皆知，许多茶馆里面的人甚至将这大闹王郎府的人说成了三头六臂，如何一路杀出邯郸城，如何打败追兵之类的，也讲得活灵活现，便像是他们亲眼见到了那一切一般。

后来，还有人传说这个闹邯郸的林渺不是凡人，乃是天神，是被雷电送到人间的，所以连王郎都奈何不了他。消息以讹传讹，很快便走样了。

那师爷却是恍然，如果说眼前的年轻人便是昨日大闹邯郸之人，拥有击退刺客的本领，那自是不稀奇，但他的心中又隐隐有些不安。

清漳楼，林渺的心却不在此，他知道如果王郎知道他在这里出现的消息，定然会派人前来追杀。是以，他必须尽快离开鄡城。不过，今日仍不会有问题，鄡城与邯郸来回两趟也需要一些时间。

清漳楼专为熊业准备了一个席位，毕竟，在鄡城，熊业仍是个人物，一人之下，万人之上。

熊业此刻的心情也已平复了下来，虽然对刚才那次刺杀尚心有余悸，但知道身边之人是大闹邯郸的林渺，身后又有林渺的两名随从高手，胆子也壮起来了。他可不在乎林渺是什么身份，在他的眼里，王郎也是勾结贼寇的豪强，尽管他不敢轻惹王郎的势力，但也不会帮王郎。

清漳楼中早已挤满了许多人，东一堆西一桌，一边饮酒一边高谈阔论，似乎许多的话题都与昨日林渺大闹邯郸城有关，这似乎比昨夜贼寇扰鄡城还要让人乐道。因为，这多少带点英雄主义色彩，是以更受人欢迎。

此时尚未到杜月娘出场的时间，看过杜月娘献艺的人们，对于台上这些所谓精彩的前戏根本就不屑一顾，只有那些还从未见过杜月娘献艺的人才会看得大声叫好，但却为一旁的人所不屑。

于是，许许多多关于杜月娘的笛音是如何动人，其舞姿是多么迷人，以及其长得是如何美丽动人……似乎所有美丽的词语都用上了。

男人在谈女人的时候，总会有讲不完的话题，尤其是在讲一个美丽动人、可望而不可及的女人时，这时候他们的想象力似乎都能发挥至极限，更有甚者，吟出几句似是而非、略带感情的诗句，让众人一笑……等等，不一而足。但不管如何，在这种场合之下的热闹那是不可否认的。

“你去让杜美人待会儿为我献曲一首吧。”熊业推了推身边的林渺，提醒道。

林渺暗恼，道：“我只是与昔日杜月娘有一面之缘，可是她现在是燕子楼之人，而我又与燕子楼有些过节，只怕过不了燕子楼这一关。”

“你不是说可以做到吗？”熊业一听林渺这么一说，不由得也有些着急，反问道。

“大人听错了，我只是说有可能，如果大人认为我说错了，可以问师爷。不过，我会尽力去试试，可是这却要大人你相助。”林渺吸了口气道。

一听林渺的话有所转机，熊业立刻大打包票道：“你要本官相助什么？只要本官可以做到，而又能让杜美人为本官献曲一首，本官定会做到!”

林渺心中暗骂：“真是狗官，早知道就让杀手残血宰了你好了，免得在这里恶形恶相!”但口中却道：“我只说试试，不能保证就一定可以成功。大人如果要一定成功，林渺也不敢担保，还是就此作罢吧。”

“好，好，试试就试试。”熊业也无可奈何地道。他知道，逼林渺太紧了，林渺懒得理他，弄不好，割下他的人头，他也无力可抗，是以只好妥协。

“那请大人写封给杜小姐的请帖，便说杜月娘小姐亲启，请她去你府上做客。”林渺道。

“什么？”熊业先是一怔，随即大喜反问道：“你能请到她到我府上做客？”

“大人太心急了，这叫漫天要价，落地还钱嘛，如果她能去你府中做客，你还在乎这一首献给你的曲子吗？若她不去，也不敢不给大人面子，至少会有所表示，那么让其为大人献上一曲，也便不过分了。”林渺微责道。

熊业一听，欣然地一拍脑袋，笑道：“果然好主意，我怎就没想到？来，笔墨伺候!”

林渺心中更多了一丝鄙夷，他真难想象，朝廷怎么会选中这样的人来主管一方城池安危，由下及上，可想而知，王莽的朝政黑暗到了什么样的程度，也难怪河北乱成这个样子。相对而言，南阳官府还是要好上一些，要不是王兴在宛城弄得乌烟瘴气的，只怕刘秀想起事也是不可能的。当然，朝中的苛税太重这是另外一回事，而大饥荒也是百姓起事的原因，整个朝政黑暗，仅一地治理得好也没有用，如信都之地，若不是因天高皇帝远，任雄漠视朝中的许多无理政令，减轻百姓的压力，这才使得信都得以安生，但这也成了朝中欲让人在任雄死后夺其后权的原因。

信都的百姓却对任家极为感激，这是一个异数。

“熊大人有信函要我亲自交到杜小姐的手中！”林渺掏出熊业给他的令牌，沉声道。

林渺并不敢以真面目去见燕子楼之人，因为他乃是燕子楼的大敌，燕子楼可是一块难啃的骨头，此刻他根本就不能与高手太过激烈地交手，否则的话，杀手残血只怕没有这么容易逃走了。当然，林渺自然不会真个帮熊业杀掉杀手残血，这样的昏官，死有余辜！只是如果熊业死了，城中必会立刻对外来的人进行大搜捕，这是林渺所不想见到的，若邺城城中大乱，说不定尤来军会卷土重来，以尤来军之凶残，那时苦的只是城中的百姓，这并不是林渺所愿见到的，是以他才会出手救熊业。

不过，熊业不死，他倒可以利用此人来达到一些目的。

那名清漳楼的护卫哪敢相阻，立刻上前引路。他们很清楚熊业的为人，一个不好，便落得身首异处，在魏郡根本就没有人可以为他们申冤！

“铁爷，这位是都尉大人的人，说有信函要亲自交给杜小姐。”那护卫引着林渺来到一间偏室。

林渺吃了一惊，护卫所引见的人竟是燕子楼的护卫总教头铁忆！这让他意外，也吃惊。

“哦，是熊大人的人，你把信函交给我吧，我帮你转交给小姐也是一样。”铁忆听说是熊业的人，倒也显得很客气。

“大人说过，此信必须要小人亲自交给杜小姐！”林渺见铁忆并没有认出自己，不由暗松了一口气，沉声道。

铁忆对视了林渺一眼，见林渺语气极为坚决，他并不想在郯城得罪这号人物，是以只好点点头道："那好吧，你跟我来。"

……

"小姐正在上妆！教头请稍候！"铁忆欲进，却被杜月娘的小婢所阻。

对于这个小婢，林渺倒还有些印象，也是当日阻他于门外的那小婢。

铁忆望了林渺一眼，淡淡地道："熊大人有一封信函要亲自交到小姐的手上，你去通报一声！"

那小婢斜瞟了林渺一眼，故意道："哪个熊大人？"

"都尉熊业大人！"铁忆也有些恼，但是杜月娘在燕子楼中的身份特殊，也不能发作。

自曾莺莺被刘秀带走之后，邓禹又偷偷地带着柳宛儿而去，当时正是义军攻破棘阳之时，邓禹趁乱带走柳宛儿居然未被人发现，这确实气坏了燕子楼中的人，本来曾莺莺一去，便请来了竟陵的杜月娘，希望替住曾莺莺的位置。

杜月娘也确没让人失望，可是柳宛儿一去，便只剩下杜月娘一人了，是以燕子楼不得不看重杜月娘，对其特别厚待。同时燕子楼也四处派人寻找邓禹和柳宛儿的下落，他们绝不甘心！

"哦，那你跟我来吧。"那小婢极为傲慢地望了林渺一眼，不冷不热地道。

林渺懒得与其计较，望了铁忆一眼，见对方并没有什么动静，心中甚喜。

"小姐，熊大人让人给你送来一封信函。"小婢行入内厢，隔着门帘唤了一声。

"放在那儿吧。"杜月娘那慵懒而柔转的声音如天籁般传了出来。

"大人吩咐要小的亲自交到小姐手中！"林渺吸了口气道。

"你已经做到了，要么你拿回去给你们大人，要么就放在这里！"帘内的杜月娘声音突然变得坚决道。

林渺倒是微吃一惊，杜月娘的话说得也够绝的，似乎根本就不怕得罪了熊业。

“那小姐连故人也不欲相见吗?”林渺突地淡淡一笑道。

“何来故人?”帘内传出杜月娘惑然的声音，“昔日竟陵抚箫仗剑，却未能长叙，被无礼公子卫政所扰，难道小姐不欲再继当日未完之语吗?”林渺淡淡地道。

那小婢讶然望着林渺，听其说到“竟陵抚箫仗剑”，似有所悟，不过，在竟陵仰慕杜月娘的人太多，她根本就不知道眼前之人是谁。

“哦，那公子请进来一叙吧。”杜月娘似乎有些印象，口气缓和了许多道。

林渺掀帘而入，却见杜月娘坐于铜镜之前，身后两名俏婢正在为其盘头结发，其状甚为惬意，略带慵懒的表情确实有倾国倾城之姿，似乎风姿更胜昔日。

“我有见过先生吗?”杜月娘目光落到林渺的身上，见进来的只是个中年文生，不由得大失所望，淡漠地问道。

第四十九章　护花任务

林渺淡淡一笑道：“小姐自不曾见过这张面孔。”说话间，目光向那两俏婢望去。

“你们俩先出去一会儿。”杜月娘冰雪聪明，立刻明白了林渺的话意。

两俏婢倒是极为听话。

“林渺巧过此处，特向小姐请安了！”林渺立刻撕下易容。

“啊，果然是你！”杜月娘迅速立身而起，还了林渺一礼，欣喜地道。

“小姐居然还记得在下，实让我感到荣幸。不知小姐近来可好？”林渺伸手相扶道。

“公子请坐！”杜月娘客气地道了一声，随即又道：“听说公子昨日大闹了邯郸城，自王郎的府中救出了心上人白小姐，何以公子今日便能到此，还与熊大人拉上关系呢？”

“一言难尽，我此来，本是欲取道信都或平原，闻小姐在此，是以便在此多呆一日，想来见见故人，听听小姐那远胜天籁的歌喉箫声！”林渺笑道。

“惜无知音，今日公子来此，月娘定竭力相奉！”杜月娘欣喜地笑道。

“我便在西首的前台，与熊业并坐。若有空，定当找机会再来拜访月娘。”林渺道。

“昭平受伤了，你可知道？”杜月娘突地转换了语气道。

林渺一怔，不明白杜月娘何以突然说出此话，讶问道：“月娘所指哪位昭平？”

“黄河帮帮主迟昭平！”杜月娘叹了口气道。

“什么？”林渺差点没失声叫起来，吃惊地问道：“你怎么知道？她在哪里？怎么受伤的？”

“昨晚来邺城后受了伤，是尤来出的手，她此刻在谢府之中，待会儿你可以去问她。”杜月娘吸了口气道。

林渺微微有些发愣，他怎么也难以将杜月娘与迟昭平两人联系在一起，一个是北方水路第一大帮帮主，一个却是南方名妓，两种身份，两处所在，相差何止千里？可是他知道自己并没有听错，杜月娘所说的人正是黄河帮帮主迟昭平，他相信杜月娘是不会骗他的，至少没有必要。因为如果杜月娘不是与迟昭平有特别关系的话，根本就不可能知道他与迟昭平之间的关系，那也便没有必要说出这些了。

“好了，公子也该走了，若有空，还请到谢府走一趟。”杜月娘提醒道。

林渺知道，时间久了会让铁忆生疑，是以忙重整易容，道：“这是熊业的请函。”

杜月娘看了看道：“我不想去他府上，你帮我回复他！”

林渺笑了笑道：“好，那我便先去了。”

林渺并无太多的心思观看台上上演的一幕幕好戏，真正能吸引他的，只有杜月娘的歌声与笛声。杜月娘果然专为西面的席上之人献曲一首，虽然是所有人都在听，但熊业依然忘乎所以，好像这一曲便是专为他一人而献上的一般，却不知这乃是杜月娘献给林渺的。当然，这些并不重要，重要的是熊业享受到了这特有的殊荣，甚至连郡守都有些嫉妒。

熊业则更是对林渺另眼相看，像是对一个活宝般。

林渺却恨不得早点离开此地，去谢府看一看。

迟昭平居然受伤了，她怎会到邺城来而不是回平原郡呢？那白玉兰呢？还有猴七手与耿信诸人呢？他们是不是也跟着来到了邺城？如果都在，那倒是省事。

杜月娘与迟昭平又是什么关系呢？她们俩一南一北，八杆子打不到一块的人，居然会有外人无法知晓的关系，这确实不能不让人吃惊和讶然。

杜月娘一直都在燕子楼高手的看护之下，想见其一面都不容易，迟昭平又是怎么见到杜月娘的呢？而且让杜月娘知道她受伤的消息呢？这一切确实让林渺也难以思透。

林渺不知道自己该不该相信杜月娘的话，如果杜月娘已是燕子楼之人，会不会帮燕子楼设下圈套对付自己呢？这种可能性不是没有。自己与杜月娘不过一面之缘，可是，对方又怎知道自己与迟昭平之间的关系呢？

这又是一个让人不解的地方，但不管怎样，林渺还是决定立刻去谢府看个究竟，即使杜月娘所言并不属实，对方也不可能在仓促之间安排出什么毒计来。

谢府，并不太气派，林渺一报名，便立刻有人引入府中，似乎府中之人早就听说过他的名字。

林渺并没有完全看完那场戏，他要先行离去，熊业也没有办法。不过，林渺说过，只是有些私事待办，又留下了任泉相伴熊业，这是熊业唯一心安之处。毕竟，他知道任泉也是个高手，而他要用林渺的地方尚多，可不敢太过得罪此人。尽管他也很张狂，却不是傻子。

迟昭平果然在谢府之中，也就说明杜月娘并没有说谎。

“你受伤了？”林渺再见迟昭平，感觉她有些憔悴，不由得问道。

“是月娘告诉你的？”迟昭平似乎知道林渺与杜月娘相见之事，淡然反问道。

林渺微感惊愕，点了点头，惑然问道：“你怎么会认识她？你们一北一南……”

“这是我们的秘密，不过，告诉你也无妨，因为我与她本是姐妹！”迟昭平含笑道。

“姐妹?”林渺的眼睛瞪得极大，反问道。

“不错，亲姐妹！但在十年之前便分开两地，世间知晓之人寥寥无几，也可以说这是我黄河帮的一大秘密。”迟昭平淡淡地道。

“你为什么要告诉我?”林渺吃惊地问道。他实在是找不到迟昭平告诉他这样一个大秘密的理由所在，是以他吃惊，因为他不觉得自己与黄河帮之间拥有多大的交情。

“因为我想请你护我回平原。”迟昭平肯定地道。

林渺认真地望着迟昭平，似乎欲在她那憔悴的面容下找到这句话是真是假的答案。

“玉兰现在哪里?”林渺突地吸了口气问道。

“已由姬先生送她上了许平生长老的船，先一步去了平原，你的两个朋友也在，只有耿先生说回去找你们尚留在邯郸外，白小姐应该是安全的。”

林渺松了口气，他知道姬漠然的身份特殊，若由他送白玉兰出城，自不会有问题。

“那你为什么不随许平生长老回平原，而选择要让我送呢?”林渺讶异不解地问道。

“这是我心中的秘密，答案暂时并不想告诉你。”迟昭平望着林渺，虽看上去有些疲倦，但依然很顽皮地眨了眨大眼睛。

“如果你认为我胜任的话，我定当尽力。”林渺耸耸肩，悠然笑了笑道。

“没有试过，是不会知道结果的。”迟昭平也只是淡淡地笑了笑道。

林渺不由得也笑了。

“是尤来伤了你?难道昨晚尤来亲自入城了?”林渺想了想又问道。

“不错，尤来军入城，并不只是为了劫掠邺城，更重要的却是为了我黄河帮！这也是我赶到邺城的原因，但那魔君的武功太强，所以我受了伤。”迟昭平淡然道。

“尤来军与黄河帮有仇吗?”林渺讶异。

“这之中牵涉甚广，一言难尽，我们这次回平原的路途，尤来也绝不会轻易放手，必会派人狙杀伏击，甚至亲自出手!”迟昭平吸了口气，目光投向林渺。

“既然迟帮主看得起我林渺，自当竭尽全力，除非尤来先杀我林渺，否则绝不会让你比我先死!”林渺坦然笑了笑道。

“有你这句话我就放心了。”迟昭平欣然一笑，她伤得不轻，以眼前伤势而论，至少在十数日间不能与敌交手，否则只会使内伤恶化。其所受之伤极为怪异，阴寒淤结于五脏，林渺并不懂医道，是以他也不知这是什么伤，但是其内寒之气与他体内的火热几乎是两种极端。

林渺与迟昭平约好再见之时，便去见熊业了，他必须先解决那边的事，找回任泉。

林渺刚回到熊业府前，便有人传，熊业请他入内厅相叙。

林渺微讶，倒不知熊业这么急着找他是所为何事。不过，他知道是该与熊业摊牌的时候了，他也不想与这般庸俗不堪的狗官同伍了，这简直是一种讽刺!

熊业负手而立，面对着上堂，一身长衫拖地，轻闲之中竟透着一点凛冽之意。

这让林渺有些讶异，他好像还是第一次感觉到熊业身上有庸俗之外的东西。

“你回来了!”熊业并未转身，淡淡地吸了口气，悠然问道。他似乎知道走进内堂之人便是林渺，这又让林渺感到意外。

“不错，我回来了。”林渺点了点头，心中却感到一丝异样。

“你去见了黄河帮帮主迟昭平?”熊业缓缓地转过身来，依然不愠不火地问道。

林渺大愕，旋又坦然道："不错，不知大人是如何知道的?"

熊业不由得发出一阵得意的笑，道："鄄城之中又有什么事情能真正瞒得过我的耳目？我不仅知道你去见了迟昭平，还知道迟昭平身受重伤，伤他的人却是尤来!"

林渺更是大怔，神色变得极为难看，他仿佛是第一次认识熊业，在他的印象之中，熊业根本就不算个人物，但这一刻所说的几句话却不能不让他重新估量这个人的存在。

"你是不是感到很惊讶？像我这种昏庸无能、享于安乐的赃官怎么可能会有如此精确而灵通的消息，是吗?"熊业不无得意地笑着反问道。

林渺无语，熊业已经把他心中所要说的话全都说了出来，他还有什么好说的？但熊业也确实说出了林渺心中的疑问，他知道自己彻底地对熊业这个人看走了眼，这人深藏不露的水平确不能不让林渺叹服。

"不错，我确实有些惊讶，你居然也会布下这么多眼线，那很难解释你怎会任由尤来军在城中活动，连尤来入城，你都会视而不见，我不觉得这对你有什么好处!"林渺坦白地道。

"你又错了，你仍高估了我！这鄄城之中并不只有我才是最大的！如果我知道他们在城中的地点，保证他们没有一个可以活着离开鄄城，即使是尤来也不会例外!"熊业有些悻悻地笑了笑，狠声道。

"你是说，这些人是郡守戴高放进来的?"林渺不由得吃惊地问道。

"这座城本来就是戴高的，他不会傻得引贼来捣自己的老窝，你不是一个笨人，自然应该知道是谁了。"熊业淡然反问道。

"那便只剩下叶计了，但是这没有理由呀，他身为郡丞，引来贼兵袭城，又有什么好处？何况他与戴高之间关系密切!"林渺故作不解。

"这年头，儿子出卖老子，兄弟出卖兄弟，从来都不是一件值得惊讶的事，野心会烧掉一个人的良知，权欲则更能让人走上一个极端。这乱世之中，所有的理由都可以归结在野心之上!"熊业淡淡地道。

林渺怔了怔，反问道："你为什么要告诉我这些？这一切只是你鄄城中的事，我只不过是个外人而已！”

熊业笑了笑道：“错！你并不是个外人，你已经卷入了这漩涡之中，除非你可以放下迟昭平，独自离开郧城！否则，你便必须面对这一切。当然，我还忘了告诉你，叶计与王郎的关系极密切，他会不会想拿你给王郎送礼，还得看他心情好与不好了。不过，我看他对你应该是比较感兴趣！”

“为什么你会这么肯定?”林渺讶异地问。

“因为你坏了他的好事！”熊业淡淡地笑了笑。

“你在说笑了，我根本就不曾见过他！”林渺好笑地道。

“但是你逼退了杀手残血，救了我！所以，叶计是不会让你轻易走人的！”

“你怎么知道杀手残血就是他派来的?”林渺再怔。

“杀手残血并不是叶计请来的，而是王郎，但王郎却是让杀手残血帮叶计，所以，你破坏了他的好事，他是不会放过你的！”熊业道。

“我不信！”林渺摇了摇头道。

“你可以不信，我也不会勉强任何人相信我的话，我知道你要走了，所以我才会告诉你这些。”熊业漫不经心地道。

“为什么?”林渺惑然。

“当看到自己的敌人屡屡失手或是弄得灰头土脸，这会是一件很让人高兴的事情，难道你不觉得吗?”熊业笑了。

林渺不由得也笑了，熊业的理由确实简单而直接。

“我不懂你这般精明的人为何会做出一些如此荒唐的事，为何将自己表现得如此昏庸？你大可将郧城治理得清明和顺！”林渺望着眼前的熊业，心中涌出一种极为怪异的感觉。

“你不懂的事情太多了，虽然你很聪明，但官场之上的事情根本就不是你所能想到的。世人皆醉我独醒之人，其命运注定只有两个，一个便是弃于世俗，惨死于世；要么你便一发冲天，让世人敬畏。除此之外，没有第三条路，在你不能一发冲天之时，若你不想死得更快，那便要让人感到你没有什么威胁，当你的敌人轻视你的时候，那么，你的机会才算是到了！”熊业悠然道。

林渺不由得怔住了，熊业这番话虽然并非有太多的道理，但却让人无法反驳，隐约间，又似乎含有至理，也难怪这样一个看上去如此庸俗之人竟能成为一郡之都尉，戴高能放心将事情交给熊业处理。

事实上，邺城在昨天之前，尚不能算是很乱，虽然熊业平日的表现极昏庸，可是这偌大的魏郡，偌大的邺城，百姓仍能够安于家中，可见此人也并不全都如在府衙里所表现的那样。

“王郎为什么要帮叶计对付你？”林渺突地反问道。

“因为我知道王郎的野心，并不太附和王郎的所作所为，若是邯郸举事，邺城则是一个对王郎来说，极为重要的据地，而叶计又倾向王郎，所以王郎乐意助叶计夺下邺城的控制权。所谓的郡守，此刻根本就形同虚设，戴高丝毫不足为患，而能让叶计心中难安的人便只有我！”熊业自信地道。

林渺心中恍然，忖道：“看来河北的形势确实已经乱得可以，不仅仅只是义军与朝廷之间的斗争，更已经发展到了地方官对朝庭完全失去信心，或欲割地自据，或欲投效明主，王莽的末日确实已经可以看得见了。”

“真让我惊讶，熊大人在城中弄得鸡飞狗跳，竟只是为了掩饰自己的能力，难道大人不知道一旦民心失去，将会永远都得不回来吗？”林渺不无揶揄地道。

“失民心只是相对而言，虽误判小事，但你不去扰民袭民，相对而言这些愚民便不会觉得你是多么惹厌了，这叫韬光养晦！”熊业悠然笑道。

“好个韬光养晦！”林渺赞了声道：“如果大人乐意的话，是否可以给我们准备三艘稍大的船只？”

“你要三艘稍大的船何用？”熊业讶异地问道。

“大人所说没错，我要用这三艘船送迟帮主回平原！既然大人与我是同一条阵线上的，大可让我与叶计、尤来玩一把，让他们知道厉害！”林渺肃然道。

熊业望了望林渺，诡诡地笑问道："难道黄河帮还会缺船吗？"

"但是那是黄河帮的，既然这些人对黄河帮有所注意，自然能辨出黄河帮的船只，如果我们乘黄河帮的船，只会被他们截于半道。是以，我想乘大人的船而行。"林渺对视了熊业一眼，淡淡地道。

"好！我可以给你准备三艘船，你要我把船置于何处？"熊业想了想问道。

"我要你在三个码头，每个码头放上一艘，到时以暗号约定，我们才会上船。"林渺悠然道。

"你要在三个码头各放一艘，这是何意？"熊业有些惑然地望着林渺讶异地问道。

"恕我先不能告诉大人，如果事情传出去，就不太灵光了。"林渺诡诡地笑了笑道。

熊业也只好笑了笑，道："好！就依你，至少，目前我们尚不是敌人！"

谢府，三辆深帘马车自府门外奔出，每辆马车都在四名头戴深笠、身着同色衣衫、看不清面目的汉子相护之下，向三个不同的方向奔去。

每辆马车的装备几乎一样，唯有驾车者不一，没人明白谢府之人这是在弄什么玄虚，也没有人知道这三辆马车之中装的究竟是什么人，当然亦没有多少人在意这些。

真正在意这些的人也不会猜不到马车之中是些什么，因为他们等的就是谢府之内的动静。只是，这出来的三辆马车分向三方而去，让那些久候了的人一时之间不知跟向哪一辆马车才好。

马车出行有半炷香时间，谢府的大门再开，这次却是出来了六骑快马，马上之人也全都是深笠盖顶，皆一袭长袍，看不清面容，也根本就无法辨知这些人的身份。

这六匹快骑一出府门，便取道而去，却不是那三辆马车所行的方向，其行色匆匆，让人不解。

而谢府对面的小酒楼之中，却有人露出了一阵得意的笑容，也迅速下楼追着那六匹健马的方向而去。

小酒楼之中那批人一走，又有两人起身，摇了摇头，自语道："这小子果然是诡计多端，只可惜仍然低估了对手!"

"我们也该回去了。"一老者对那自语者道。

"走吧，这里已经没什么好留的了。"

"咦，谢府大门又开了!"那老者轻声地提醒了一句。

"是个扫地的!"那自语者望着一老叟拖着一只扫把出来，扫去谢府门前的车痕与蹄印，不由得不屑地道。

那老者也笑了，出来之人确实只是个扫地的，看来谢府确实已经平静了，一切都已接近尾声。于是两人相视而笑，扬长而去。

那两人扬长而去后，小酒楼之中仍有人端坐未动，但神色间却似略有忧色，目光不时望望谢府，这人正是曾被抓去都尉府的朱右。他认识刚才离开酒楼的两人，因为他在都尉衙门里见过这两人，只是他却不明白这两人的用意。

朱右知道，林渺要护迟昭平去平原。尽管他刚到邺城，但是他却有着别人所没有的情报资源，他知道熊业之所以放他们这些人，全都是因为林渺，他还见到林渺击退杀手残血。后得知这个年轻人便是昨天闹邯郸的林渺时，便生出了结交之心，是以他才让朋友查清林渺的下落，也因此，他知道了许多意外的消息。于是，他便来到了谢府大门外的这座酒楼之中。

看到了三辆马车而去，朱右便隐约猜到这是林渺的某种策略。是的，林渺这一招不仅使那些守在谢府四周、别有居心的人不知如何是好，让朱右也有点不知所措，他也不知道林渺和迟昭平究竟是在哪一辆马车之中。是以，他只好作罢，没有去追，谁知，过了半炷香的时间，又出来这样一拨人马，不由让朱右对林渺另眼相看。

虚虚实实，那三辆马车很可能是金蝉脱壳之计，而这六人所行的出城方向，一看便是陆路，三辆马车的方向却是水路，林渺真正的目的并不是水路而是陆路。是以，用三辆马车引开敌人的注意力，再来个暗度陈仓。但让朱右意外的却是，酒楼之中居然有人早就想到了这些。

朱右想追也追不及，也只好作罢，可是在谢府出来一个扫地的之后，他不由得眼睛一亮，又似有所悟。

骄阳已渐沉，朱右的耐心也失去得差不多了，他又等了一个多时辰，谢府却没有任何动静。他自早晨坐到中午，连店小二都似乎有些烦他了，不过，今天是大年初二，小二再怎么烦，也不敢将客人扫地出门。

朱右暗叹了口气，起身付账，这时谢府的大门却开了，竟行出一辆破烂的敞篷马车，车上坐着五个壮丁，一个个身着半新不旧的棉袄，倒也洗得很干净。

“爷，找你的银子！”店小二客气地打断朱右的思绪。

“哦？”朱右接过找回的碎银，又取一小块塞给小二，指着那敞篷马车道：“那车是干什么的？”

店小二惑然地望了朱右一眼，但又看看手上的碎银，笑着道：“爷，你要问那车呀，那是老谢家每天中午去码头运菜和米的车子！”

“哦，他们家用得了那么多米吗？”朱右讶问道。

“还有给马儿带回新鲜草料呀，老谢家很讲究的，每隔两三天就运一次粮食、草料、蔬菜之类的！”店小二解释道，这叫拿人钱财替人消灾，总不能白拿小费吧？

“哦，谢小二哥相告！”朱右眼睛再亮，立刻匆匆下楼而去。

熊业露出一丝快慰的笑意，林渺确实有出乎人意料的能力，他终于还是失去了林渺的下落。

熊业知道，如果连他都失去了林渺的下落的话，那么叶计自然也无能为力，即使是尤来也不会好到哪儿去。

林渺竟让人分四路而出，三路行水路，一路走陆路，布下了这许多迷障之后，可是在他们严密追踪之下，这水上三路、陆上一路竟没有迟昭平的踪迹，人说虚者实之，实者虚之，这让人难以分清虚实的四路疑兵却全是虚的，让熊业也有点意外。但当他们知道这四路疑兵全是假的，没有迟昭平和林渺在其中之时，已经是三天之后。

有三天的时间已足够让林渺去办太多的事情，也足以让林渺行得太远，想再去查找林渺的具体下落已是不可能。

这四路疑兵似乎是早经过商量好的，如何避追兵，如何引起敌人生疑，一切的一切，都似乎是天衣无缝，即使是尤来、王郎和叶计这三路人马也花了三天时间才将这四路疑兵全部识破，但一切都太迟了。

熊业不能不欣赏林渺的手段和头脑，他让人看着叶计及尤来这些人灰头土脸的感觉确实是一件值得开心的事。他几乎可以想象得出，此刻尤来、叶计和王郎诸人的表情应该很有趣，说到玩手段，他并不逊于任何人，能够让叶计不好过的事，他乐意去做。而他更知道，叶计已经不配成为他的对手了，他相信，谢家一定会成为他的帮手。至少，谢家与他应站在同一条阵线上。

叶计没办法抓到迟昭平和林渺，必会迁怒谢家，而这一刻他便可借机出手！

经各方查证，谢家为迟昭平确实出了不少力，那日不只是出了四路人马，而是五路，那破马车一去便未回，车上的几人也是踪迹全无。由此可以推断，那才是真正的迟昭平一伙人！而迟昭平依然可能是走水路，而且也已走了三天余。这让叶计恼怒异常，林渺居然在他眼皮底下给溜了。

当然，在叶计的眼中，这件事情并不太重要，重要的是迟昭平走了，对付黄河帮的计划便这样泡汤了。

尤来也不在乎林渺这个人，他只注重迟昭平。不过，那又有什么用？此刻只怕迟昭平已经快回到平原了，他已经失去了最好的时机。

严尤命大军猛攻淯阳，但马武据城死守，虽然城内快箭尽粮绝，可是义军似乎仍极为顽强。

马武身先士卒，对攻城之敌施以最强的杀手，更以草人吊下城头，骗得官兵羽箭近十万支，使得城中又多了一些战略储备。

马武与战士一同喝粥，吃糟糠菜馍，没有半点优待自己的地方，手下将士都劝马武不必如此，但却遭马武训斥，于是将士更是尊敬马武，士卒更是竭力，尽管城中只有数千战士，却仍守住了城池近二十日，这确实不能不让严尤头痛。

严尤也是想尽了办法，却无法破城，淯阳的护城河极宽，外通淯水，要想截住河道，少说也要花上十天时间，然后又要填平护城河，这才能够顺利攻城。否则，许多攻城器械根本就到不了城下，搭起的浮桥，被城中的砖石很快砸得破乱。

城中石头砸完了，便拆除附近的民居，搬来砖木以用。当城头受损之后，由于天气极寒，马武竟在城头泼水，使城墙之上全部结了一层厚厚的坚冰，整个城墙滑不溜手，对投石机投来的巨石也不再畏惧，那巨石在破开坚冰之后，对城墙的破坏力也极为有限，但马武很快又命人以冷水浇城，那破损之处又迅速结出厚厚的坚冰，虽只有这几寸厚的坚冰，却有着想象不到的作用。

护城河上虽也结有冰，但却无法承受太重的压力，由于这条河引淯水而成了活水，想要结冰并不容易。当日若不是诳开这淯阳城，想要取下淯阳，还真是一件难事。

严尤想挖地道通入城中，但这护城河太深，若地道深度不够的话，只会引水灌地道，淹死自己人。而若要太深的话，所花费的人力物力和时间却又大得惊人，想在短期内完成那绝不是一件容易的事，是以严尤也是束手无策了。

对淯阳这样的坚城，严尤本是不主张强攻的，但是在得到甄阜和梁丘赐全军覆灭，且这两员大将全都战死的消息之后，他平静的心也有些乱了。是以，他要在义军大举反扑之前夺下淯阳城。

不知淯阳城内的义军是如何得到这次大胜的消息的，人人精神振奋，颓气尽去，仿佛看到了希望，这才顽强得让人有些吃惊。当然，严尤也不能不承认马武是个用兵高手，更是个守城的奇才。

严尤为攻城，损失战士近万，但依然没有半点成效，而刘寅和刘玄的大军很快便要向北推进，卷土重来了。这对严尤来说，又是一个严重的威胁，而最让他头大的，仍是王常的下江兵。他与王常交过手，那次在蓝口集，虽然王常败走，但却并非王常在兵法战策上输于他，而是在兵力之上输了。是以，这个人将是他最为担心的。

从这次义军不再乘胜冒进，而是选择先制定军纪这一点就可以看出，有王常加入的义军已经与往日不同了。至少，义军变得更稳健，更成熟，使严尤不能不收起轻视之心。

上次宛城外大败刘玄，那是因为其指挥不一，刘玄急躁贪功，却并不是因为义军真的不行。事实上，严尤知道，绿林军中有许多都是百里挑一的将才，无论是高手还是良将，都让他有些眼红。但该来的终究会来，有些事情既无法避免，便只好去面对。

于是，严尤下令由陈茂率人阻止刘玄的义军卷土重来，只要阻止住义军蔓延之势就行了，并不必取多大的胜利。

陈茂自然知道，只要他能不让义军在马武箭尽粮绝之前赶到，那么他们就可以说已赢了一大半。

只要能夺下淯阳城，掐住北上的水道，以坚城相阻，义军根本就不可能大面积纵向地靠近宛城。淯阳便像是宛城的南大门，若大门一开，义军则长驱直入地逼近宛城，这是绝无疑问的，这也是严尤何以要夺下淯阳的原因。

绿林军在这数日之间以惊人的速度扩展，那让官兵全军覆灭的一战，使得绿林军声威再振。那些走散的或是前段时间溃败而走的战士又重回阵营，而各地的豪强也都领着自己的家丁前来投效，也有许多当地百姓投效。

刘玄命人每到一地，都四处张贴安民的榜文，及与百姓的约定，废除该地的王莽旧制。

王常、刘寅则加紧操练新兵，军中依然由刘玄主理，但决定大事之时，却仍是由刘寅、王常、王凤等四人共同商议，刘玄为大将军，只是暂代的虚衔。

刘秀则与一干慕名而来的士大夫们商讨如何制定军纪，如何实施安民的政策，虽然刘秀的军事才能不弱，但在处理这些事务方面，绿林军中少有人能比，其在南阳求学之时，便被南阳士大夫们所器重，这一刻，也正是刘秀大显身手的时候了。

而这些天来，军中和百姓的反应也证实了刘秀的心思并没有白费，也证实了其在这方面令人难以追及的才能，是以军中众将士都极欣赏和敬重刘秀。

义军一天天地逼近淯阳，也一天天地在变化、在壮大，这一路之上，便像是滚雪球一般。

刘玄和刘寅诸人不急不躁，虽然仍记挂着淯阳城中的马武，但是他们却比任何时候都谨慎，因为这次他们所面对的敌人不是甄阜和梁丘赐，而是王莽御前最具声威的纳言大将军严尤！此人昔日曾为兵部大司马，其位高权重，这一切并非幸至。

是以，义军不敢不小心。

林渺居然轻松地送迟昭平返回了平原，一路上无丝毫波折和阻扰。

迟昭平不能不佩服林渺的机智和易容之术，谁也没有料到他们会乘一只事先准备好的大木筏离开邺城，再于临漳换走陆路，至馆陶改搭东下之船走黄河水路，而不是自清漳而行，这确实出人意料之外。

迟昭平便在叶计眼皮底下走出，他们哪里想到，那送几大筐鲜菜乘筏而去的就是他们欲擒而不得的人？

叶计不敢在鄄城之中对付迟昭平，那不仅是因为黄河帮不好惹，同时也是因为有熊业在。谢家与郡守戴高的关系密切，便是叶计也不敢乱来，但是若出了鄄城，却是另外一回事，他完全可以假手尤来，但是迟昭平根本就没有给他任何机会。

林渺第一次来到平原，却受到了异常热烈的欢迎，那是因为林渺送回了迟昭平。

平原，并不只是迟昭平的地方，因为在这附近活动的还有富平与获索两路义军，但黄河帮的本部设在这里，富平与获索两路义军皆对其极为照顾，事实上，这三路人马有唇齿相依的关系。

有黄河帮的水上力量为富平和获索运送物资，这两支人马也轻松很多。

不过，林渺来到这里的感觉却不是这样，因为他发现这三支力量之间存在着一种犄角关系。

作为北方第一大帮，虽然在具体兵力之上不比富平、获索两支义军逊色，各有数万之众，但却也是这两支义军欲争的目标。黄河帮便像是这两支义军中间的平衡点，双方都害怕黄河帮依附了对方。是以，皆尽力拉拢与黄河帮的关系，又各怀鬼胎地打黄河帮的主意。无论是富平还是获索，都想将黄河帮纳入自己的旗下，这便形成了一个以黄河帮为尖角的三角。

平原城内，基本上是由黄河帮控制，城守早已被迟昭平斩杀，而富平与获索各集于平原百里外的高唐和商河城，这方圆数百里地，则全都是义军活动之地。

平原所处之地，北是河北义军，东抵大海，南有樊祟赤眉，又有济水相阻，是以朝廷很难派出大军清剿，只能靠各地州郡的兵马对付他们，但各地州郡自己的烂摊子都难以摆平，想抽出余力对付这几支义军，那纯属不可能的事。

在迎接林渺的人中，有伤势已好的猴七手，但却没有白玉兰和金田义。

猴七手见到林渺，面若死灰，而不幸的消息却是由许平生说出的。

原来，许平生自邺城而来的船只受到高湖军的截杀与劫掠，由高湖亲自出手。白玉兰被高湖军抢去了，金田义因护白玉兰，战死于清漳河之上。

此刻的许平生，伤势仍未好。而猴七手当时因伤势不轻并未参战，才得以幸免，他们的双桅大船沉于清漳河。

这消息惊傻了林渺和迟昭平，他们怎也没有料到路上竟会发生此事，本来他们兴致极高地安全抵达平原，但这个坏消息却使林渺的心仿佛陷入了一个冰窟，他已经感觉不到心中是什么滋味。

猴七手愧疚地望着林渺，不敢说话，金田义死了，而他却活着，白玉兰被人抢了，他觉得自己根本就没脸见林渺，这几日，他内心一直都在受着煎熬，仿佛一下子老了二十岁。

他知道，林渺对他恩重如山，他之所以要活下来，是要告诉林渺事情的真相。为了救白玉兰，林渺大战邯郸，而身负奇伤，还致使任家数十名死士身亡，坏了耿信在邯郸城的家业，更得罪了河北最有声望的大亨王郎，这一切所付出的代价绝不小。

最初，他们顺利混出王郎府，若那时便出邯郸，或许不会有如此损失，但是事情的变故却太出人意料之外了。是以，猴七手感到羞愧。

任泉和铁头也只是沉默，他们知道林渺此刻的心情。事实上，他们的心情又能好到哪里去？好不容易救白玉兰出邯郸，他们不仅死去了众多的兄弟，更被人追得有若丧家之犬，险死还生，原以为完成了最初的目的，这一切也值得，可是在即将看到完美的结果之时，突然有人告诉他们这只是一场梦，他们的心中又是怎样的一种感受呢？

或许他们也完全不明白自己的心中是怎样一番滋味，而此刻鲁青与耿信生死未卜，更成了他们的牵挂。

迟昭平推门缓缓而入，向铁头和猴七手诸人打了个眼色。

任泉和猴七手等三人顿明白其意，悄然地退出了房间。在这里，他们实在找不到什么话说，他们并不是会安慰人的人，但他们相信迟昭平。

迟昭平默默地注视着林渺，而林渺却似乎什么感觉都没有，心神仿佛是在遥远的天边，也不知其是在想些什么，深沉得让迟昭平也感到一丝迷茫与心悸。

她还是第一次如此审视林渺深沉的一面，就像是在审视一潭无底的水。

“真的对不起，我不知道会出现这样的事！”迟昭平觉得自己应该说点什么，可是，说出来了才知道自己的言语竟也会这样笨拙。

林渺缓缓地收回目光，似乎是自一个遥远的空间收回了灵魂，然后，他轻轻地吸了口气，并没有看迟昭平，道：“这并不关你的事，你已经尽力了！”

“不，我身为一帮之主，我有责任……！”

“但那只是责任，并不是过错。”林渺漠然地打断迟昭平的话道。

迟昭平愣了愣，又望了望林渺侧着的面庞，冰冷之中透着一丝隐隐的忧郁和敛而不发的杀机。

这一刻的林渺，像是一尊沉寂的修罗。

迟昭平没有害怕，却只是怜惜和愤慨。对林渺的怜惜，对高湖的愤慨，可是这已成了事实，任何负面的情绪都是多余的。迟昭平知道这一点，所以她道：“你要我怎么做？如果你愿意的话，我黄河帮近万帮众可以立刻聚结，去杀绝高湖军！”

迟昭平的语气很坚决，很肯定，坚决肯定得让林渺有些感动。

他知道迟昭平是认真的，是真心愿意帮助自己，可是这一切，现实吗？

林渺不由得扭头望了望迟昭平，但在那美丽的脸上，只找到了冷峻和杀机，自其中隐隐可以读出迟昭平内心的感情。是以，林渺不禁将目光投向窗外，然后长长地叹了一声。

迟昭平的心抽动了一下，她不能尽解这一声长叹之中的意思，但却能够体会出林渺心中的无奈。她知道，林渺是在为她着想。

“这不是冲动之语，我是认真的！”迟昭平肃然道。

“我知道这不是冲动之语，但这却是冲动的决定，你的心意我领了！”林渺淡淡地道。

“难道我就不可以为我的责任分担一些吗?”迟昭平听林渺这么一说，顿时有些急了，问道。

“可是如果这样的话，也未免太夸大了你的责任，为了玉兰，我们已经损失了很多兄弟，我不希望因为她而毁了更多人的幸福！”林渺有些酸涩地道。

迟昭平一怔，她能明白林渺的话意，心中禁不住一阵感激。

“那你准备怎么办?”迟昭平来到林渺的身边，轻轻蹲下，侧视着林渺问道。

“如果玉兰死了，我会让高湖三族陪葬！”林渺斜了斜目光，与迟昭平对视着，平静而坚决地道。

迟昭平感到一股冷意升上心头，同时也有一些感动。林渺的语调平静得让她心悸，但从中却可以读出他对白玉兰的感情是如何的真挚，心中也微微有一种酸涩的味道。

“我真的有些羡慕白姑娘！”迟昭平暗叹了口气，幽幽地道。

“我不明白！”林渺讶然，不知道迟昭平怎会突然冒出这样一句话来。

“有你这样一个爱她的人，白姑娘如果知道，一定会感到很幸福。”迟昭平强笑道。

“帮主将来也一定会找到一个真爱你的人的，以帮主的睿智聪慧，我想，能成为帮主心上人的男子一定会很幸福……”说到这里，林渺神色变得有些伤感，吁了口气，接道：“其实，玉兰是个可怜的人，自己的命运无法掌握，生在那种家族，却又偏偏爱上了我这样一穷二白的浪子，命运似乎注定要捉弄我们，让她遭受这许多劫难！”

迟昭平默然不语，她也不知道该说什么好，事实上，她也找不到安慰林渺的话。

“幸福也许只是悲哀的一种表现形式，谁又能够看得透这一切呢?”林渺黯然道。

迟昭平望了望林渺，心中涌起了一丝不祥的预感。

“以我们全部的力量，根本就不能与高湖军对抗，而且若是长途奔袭的话，这平原城只怕会被富平与获索所乘，到时候后果将不堪设想。是以，还请帮主三思！”

迟昭平望了望殿前的三位长老和两大护法，她的心情也有些矛盾。八大长老并没有聚齐，多是在外地主持事务，她很想帮林渺，替林渺抢回白玉兰，但高湖军的兵力也有数万，又与重连军唇齿相依，凭她黄河帮的近万人众，在兵力之上犹逊对方一筹，更别说主动出击、长途奔袭高湖军了。这一切似乎都极为不现实，一个不好，只怕会将自己辛苦建立起来的基业化为乌有。她知道右护法赫连焕所说是对的，只是她心中咽不下这口气。

“都是属下无能，帮主要怪便怪属下吧！”许平生叹了口气，怆然道。

“许长老休要如此说！”迟昭平也无奈地吸了口气道。

“既然白姑娘是因属下护送不力而被劫，帮主便让我与林公子一齐去丘城吧，好让我有个将功折罪的机会！”许平生恳求道。

“高湖如此做实在欺人太甚，我黄河帮与其并无怨仇，却如此对我们，这口气如何也不能咽下！即使我们不能去丘城杀他个人仰马翻，但也要让高湖后悔他所做的一切！”左护法迟暮沉声道。

“属下愿意亲去断高湖黄河道上的粮草！”长老赫连云格请命道。

“传令各地黄河帮弟子，凡属高湖军的货运和产业，皆处一级敌对态度，能毁则毁，能夺则夺，我要让高湖尝尝自己种下的苦果！”迟昭平深深地吸了口气，语气坚决得吓人。

“是，属下立刻飞鸽传书各分坛弟子！”赫连焕立刻应声而去。

“赫连长老立刻通知黄河各码头，将有关于高湖军的物资情况禀报于你，截夺高湖军黄河流域的物资之事便交由你全权负责！”迟昭平望了赫连云格一眼，吩咐道。

“属下立刻去办!”赫连云格顿时大喜。

“清漳河的水道……”

“不用帮主操心清漳河的水道，我已传书让信都太守封锁所有通过清漳河的高湖军物流，除非他们自邺城和邯郸而下，否则就休想自东流疏通一点物资。”林渺推门而入，打断迟昭平的话，沉声道。

“哦?”迟昭平和迟暮皆微感惊愕。

“原来有信都太守帮林公子，那事情就要好办多了。”迟暮欣然道。

“但是他们仍可自陆路运得粮草呀?”许平生提醒道。

“河北饥荒处处，本就无多少积粮，想要得到更多的粮草，便不能不自河东运进，或是自渤海运进，只要我们断其河东和渤海的粮道，保证其物资短缺!”迟昭平自信地道。

林渺平静地笑了笑，向迟昭平一拱手道：“我来是向帮主告别的!”

“林公子就要走?”迟暮和许平生吃了一惊，急问道。

“不错，玉兰在高湖手中，我岂能安身于此?”林渺肯定地点点头道。

“帮主!”许平生望了迟昭平一眼。

迟昭平顿时明白许平生的意思，望了林渺一眼，道：“我想让许长老带一些兄弟与公子同去，希望能对你有点帮助!”

林渺望了许平生一眼，点点头道：“那就谢谢帮主了。”

“帮主，邯郸密报!”

正说话间，一位迟昭平的亲信大步行入。

那名亲信望了望林渺，有些犹豫之色，神色有点难看，然后掏出一张字条念道：“白小姐被高湖送返邯郸，禁于密室之中自绝而亡!”

“什么……!”迟昭平仿佛一下子被人抽干了肺部的空气般，沉沉地跌坐于椅上，两眼发直，目光不敢注视林渺。

许平生手中的杯子“啪”的一声落地而碎。

林渺的脸色顿成死灰色，苍白得可怕，他只感到一阵昏厥袭向脑际，随即眼前一黑，整个天地之间仿佛霎时肆掠着无数的电火雷鸣，生命也在此同时化成了一片虚无，而耳畔似乎犹隐约可闻许多人的惊呼……

虽然绿林军长途而来，但陈茂却没能找到半点空档。

绿林军并没给陈茂任何袭营的机会，所有的一切，都是稳打稳扎，步步为营。

陈茂本来设置的伏兵却被王常巧妙避过，并不与之正面交锋。

王常对陈茂和严尤的用兵，似乎都深入地研究过，因此对陈茂的伏兵也能早作预防。

绿林军破新野的属正，自新野紧逼淯阳，从水、陆两路向前方运送装备，由此可以看出，绿林军此次已决意北上。

同仁行的生意却是越来越火，不仅是军方更迫切地需要天机弩，而那些居于宛城的大豪们也都希望自己的家族能装备一些。在这大战将临之时，他们也都希望拥有能够保护自己的利器，而同仁行的兵器却可以满足他们的需求。尽管所需的银子极多，但这些对于他们来说，不过九牛一毛而已，根本就不在话下。

小刀六不在宛城，而是在无名氏的相陪之下，带着一干人去了北方，南阳诸地的事务则全由姜万宝处理。

由于现在已是四处开炉炼兵，又有足够的原料供应，虽然各方催促得紧，但仍能勉强供应得上。到目前为止，姜万宝尚不想给义军任何天机弩，他不愿太早地让官方知道其资助义军之事，反正与王常的约定仍有一个月的时间，只要到时候他能交出这四千张天机弩，便不算失约，迟给他们一天，便要少担一天的风险。

小刀六也不想失去眼前这个左右逢源的局面，眼下，不管是义军还是官兵及那些大豪们，都对他们极为支持，那些豪强都想优先自同仁行买得这些兵器，是以不能不对同仁行表示支持。

姜万宝不仅只注重兵刃冶炼，更在各地发展一些相应的产业，此刻各方畅通，做什么事都顺手，又有天虎寨的兄弟支持，人手和实力绝对让人看好。是以，发展任何行业都得心应手。

诸如买卖粮草、私盐，在这种战乱纷起的年代，各地方官早对朝廷失去了信心，只要有好处，他们绝不会计较你是否合法，只要不太明目张胆，再记得分些好处给他们，他们便会当什么事也没有发生。

这几个月来，在中原一带活动得最多的，不是湖阳世家，反而是宛城的小刀六。

湖阳世家忙于战事，根本就没有太多的闲暇去打理生意，虽然各地有人打理，但由于湖阳世家成了朝廷的敌人，在各州县的日子并不太好过，又因近来湖阳世家陡遭变故，花了太多的时间整理产业。是以，湖阳世家这几个月来不仅没有发展，反在倒退，与小刀六这种一日千里的发展势头相比，确实要相去甚远，而且湖阳世家这种家族式的生意网络仍有所局限和保守，但小刀六却不同，他到各地与当地的豪强合作，在发展属于自己独立的产业后，又等于是找到了最有利的保障，这种联合的方式运营，只要定好了规矩，确定了目标，只会将最小的本钱得到最好的利用，同时也让各地豪强不得不与自己站在同一条阵线之上，也是为其他行业的生意拓宽了客源。是以，这几个月的发展，小刀六也一跃成了中原的生意名流。

这一切的成功自然少不了以姜万宝为主的这群智囊团。

眼下，对供应天虎寨招兵买马训练精兵的资金早已绰绰有余，也开始屯积属于自己的粮草，待时机成熟之时，再行启用这些储备。

姜万宝这些日子来也没有闲着，派人南下南郡，四处谈判，四处张开生意网，与秦丰等义军商议。

白才和苏弃则趁官兵逼临湖阳之时，自湖阳世家之中挖出了大批旧友，一些昔日极忠于白玉兰的兄弟，而这些人中，又有很大一部分都是造船好手，也有许多在湖阳世家中历练之后，很有生意头脑，这些人凑到一起，则开始酝酿制造战船这类的大家伙。

当然，只要能赚钱，小刀六和姜万宝则全力支持。

林渺悠然醒来，但觉自己像是置身于一个极大的熔炉之中，火热的气旋灼烧着他的五脏六腑，灵魂仿佛悬于不着边际的虚空，找不到半点实在的感觉。

他睁开了眼，但所见的却尽是飞跃的火焰。他知道，这只是一种幻觉，因为他的眼睛根本就看不到任何东西，六识五觉全都失去了作用，这种感受比之当初服下火怪那颗七窍通天丹时更甚。

林渺知道自己没有死，至少脑子里仍有痛苦的念头存在，但死亡或许已经离他不远了。他并不惧死亡，他已经死过不止一次，但他仍活着，他不知道发生了什么，隐隐记得有人告诉他白玉兰自绝而亡的消息，然后他便什么都不知道了，他也不知道过了多久。

浑浑噩噩之中，似乎有一股奇异的寒流自某一个地方涌入他的体内，他已经分不清肢体哪是哪，是以无法判断那股寒流是自身体的哪一个部位涌入的。

但这股寒流却让他感到一阵舒坦，那涌动的高热如被寒流破开的浪头，然后又有一股寒流涌入体内，体内的热浪缓缓地退却，如退潮的海水，渐渐地，眼前那跃动的火焰也化成了虚无，渐出现一些模糊的影像。

也不知过了多久，好像听到有人在轻声地呼唤，呼唤着他的名字，似熟悉而又陌生，但他的心神仍有点浑噩。

"帮主，老朽也无能为力，林公子体内之热绝非病理中所载，所有可以开给他吃的药，都试过了，却没有一丁点儿效果，那些药物进入他的体内，似乎根本就没用，帮主还是另请高明吧！"

"那莫大夫呢？"迟昭平面容有些憔悴。

"老夫从未见过这般可怕的病人，本欲以金针导出那热气，但林公子体内的高热却使我金针化软，其肤炽手，根本就无法下针，我看我是无能为力了！”

“不过林公子脉象狂乱，显然是体内热气相冲，在如此高热之下，仍能活上七日，真是个奇迹。”

“你们都走吧，这里不需要你们的风凉话！”迟昭平神情惨淡，高声怒叱道。

那几名大夫一惊。

“还不快走？省得在这里惹人心烦！”任泉也没好气地呵斥道。

“是，是！”那几名大夫哪敢再说什么？要是惹怒了迟昭平，只怕老命不保，虽然迟昭平是女流之辈，但平原城中，她却是绝对的主人。

“帮主，吉人自有天相，林公子一定不会有事的。”许平生叹了口气，轻轻地安慰道。

“这已是第二十五个大夫了，平原郡中最好的大夫全都已经找来了，可是他好像没有一点起色！”迟昭平落寞地道，仿佛心神全都已经飞远。

任泉无语，铁头神情木然，他们又能做什么呢？对于这些，他们根本就帮不上忙。

“林公子乃是因悲伤而使旧伤引起体内真火相冲，致使走火入魔，这群庸医根本就不可能知道这些，其体内火劲之猛，世所罕见，否则的话，以我与帮主的极阴逆阳神功的寒劲，足可逼出他体内的热毒！天下间，或许还有两个人可以救他的命！”迟暮想了想，叹了口气道。

“还有两个人？是谁？”迟昭平大喜，起身问道。

“风痴与火怪，但这两人已绝迹江湖数十年，不知是否尚存于世，而且这两人脾气古怪，武功更是超凡入圣，想找到此二人，有若大海捞针！”迟暮叹了口气道。

迟昭平顿时泄气，她又怎能在短时间内找到两个绝迹江湖数十年的老怪物呢？她根本就不知道林渺能撑到什么时候。每天，林渺全靠她注入的冰寒真气维持生机，否则只怕早已被体内真气烧爆。不过，林渺能够支持到现在，倒确实也是个奇迹。

“难道世上便没有人知道这两个人的下落吗?”迟昭平仍抱一丝侥幸地道。

“或许你爹知道!”迟暮吸了口气道。

迟昭平神色更是失望，她知道，想找到自己的父亲，那是更难。她父亲一生神秘，虽创下黄河帮，但却很少在帮中呆，两年前将帮主之位传给她之后，留信而去，说是等其主人出关后方再现江湖。可是帮中却没有一人知道迟贵去了哪里，甚至没有人知道迟贵居然还会有一个主人。

是以，对于这个一生都神秘莫测的父亲，迟昭平也无法猜透，心中甚至有点恨这样一位不负责任的父亲。可是，这好像是命运的安排，没有人能够改变，即使是怨，也是白费。

第五十章　真火之劫

迟暮似也知道迟昭平的心思，心中暗叹，虽然他是迟贵的弟弟，但是他也永远都捉摸不透这位兄长，不过他却知道，自己比之兄长，无论是武功还是才智，都要相去甚远。不过，迟贵对他却是已尽了兄长之情，自小以半父的身份带大他，教他读书识字和武功。是以，他心甘情愿地为迟昭平操持黄河帮的所有事务。

“水……水……”

一阵微弱的声音惊动了迟昭平和铁头。

“主公醒了，主公醒了！”铁头大喜。

“快，快，快拿水来！”迟昭平差点没欢喜得掉下眼泪来。

不用迟昭平吩咐，猴七手便已经蹿了出去。

“林公子，林公子……”迟昭平抓住林渺那火烫的手，急切地呼道。

林渺睁开那布满血丝的眼睛，面目有点浮肿，看上去有些吓人，但众人并不在乎这些。

“我这是在哪里？”林渺虚弱地问道。

“在平原，你不会有事的！你一定要坚持住！”迟昭平急忙回答道。

林渺吁了口火热的气流，涩然一笑，虚弱地道：“我不会这么快就死的，至少不会比高湖先死！”

“对，你不会比高湖先死，你一定可以重新好起来手刃仇人！”迟昭平忙应和道。

“水，水，水来了！”猴七手端了一大瓢水奔了进来道。

迟昭平忙将冰水喂入林渺的口中，润湿其干裂的嘴唇。

喝了一瓢冷水，林渺的精神似乎微微清醒了点。

铁头似乎突地记起了什么，呼道："再拿水来，越多越好！"

众人一怔，林渺却虚弱地道："将我放到河中去！"

"那……"迟昭平一怔，似乎明白了些什么，迟疑了一下，随即立刻托起林渺火烫的身躯，大步赶到院外引入外河之水的小河边。

"放我下去。"林渺吸了口气道。

迟昭平望了望那结有薄冰的河面，便扶着林渺坐入河水之中。

林渺入水，河面立刻升起一层水雾，像是被热气蒸腾而上的。

"我们真笨，怎就忘了这一点呢？"任泉拍着脑袋骂道。

"难道……"迟昭平望了任泉一眼，想问。

"不错，上次主人引动天雷袭体后，体内便积有天火，当时情况和现在差不多，后来主人在那条小河中泡了几个时辰，热气便散得差不多了，也暂时把伤势压了下去，这次应该也会没有大的问题。"铁头忙解释道。

"那就好，那就好！"迟昭平心中大喜，再扭头之时，林渺已被一层浓得如帘幕般的水气所罩，这层水气犹如一个方圆数丈的巨大半球，倒扣于河面之上，散发着浓浓的热气。

河水之中的游鱼接近水气十丈之内尽皆死去，远处的游鱼则似知凶险，远逸而去。

众人不由得骇然，便是铁头和任泉也为之骇然，上次虽也有浓浓的水气，但哪会有如此强烈，具有如此杀伤力？

"好强的火劲！真怀疑他是如何承受的！"迟暮骇然摇头自语道。

"这个只治标难治本，其体内的火毒虽暂时可以镇住，但随时都有可能再一次发作，我们必须为其找到治根之法！"许平生担忧地道。

"只要他暂时无碍，我们便有时间能够找到火怪和风痴，让他们清除其体内的火毒！"迟昭平充满信心地道。

"但愿如此！"迟暮悠悠地道。

“听说帮主的人截了我们与高湖军交换的物资，不知帮主对此作何解释?”富平有点气焰逼人地质问道。

“这是一件很抱歉的事，如果我们的兄弟所截的是与高湖军交换的物资，那想来是没什么错，因为我已下令，与高湖军全面敌对，凡是高湖军的物资皆全力截留，看来龙头与高湖军也有来往?”迟昭平并不反驳，淡淡地道。

富平微怔，有些怒意，反问道：“难道帮主连这点面子也不能留给我?”

“昭平不敢对龙头无礼，但涉及到高湖军，任谁也无法改变我的决定!我黄河帮与高湖军已经没有半点回旋的余地，他的朋友，便是我们的敌人，没有第二种可能!”迟昭平的语气依然极度强硬。

“为什么?”富平听迟昭平说得这么坚决，倒也不敢逼得太甚，他并非不明白迟昭平的脾性。

“我正想请龙头为我讨还公道!”迟昭平遂将当日发生的一切说了一遍。

富平顿时无语，沉吟了半晌，才吸了口气道：“如果是这样，倒是我错怪帮主了，不知帮主可否归还属于我们的东西?”

“这个没问题，但我希望与龙头之间不要再发生类似的事情，这对谁都不会有好处!”迟昭平爽快地道。

“不过，大家同为北方义军兄弟，其实也没必要这般仇视，没什么误会是不可以解开的，如果……”

“如果龙头是来看望昭平的，我当龙头如大哥般看待，如果龙头想为高湖做说客，我黄河帮并不欢迎，龙头应该不是第一天认识小妹，是以我不能接受这些!”迟昭平打断富平的话，断然道。

富平顿时一改脸色，堆笑道：“我哪会为高湖做说客，此次前来平原一来是想看看帮主，二来也是想问一下事情的原因。”

“如此就好，只不知龙头是否愿意为我黄河帮主持公道?”迟昭平也淡然一笑，反问道。

“我们本就是唇齿相依，高湖对黄河帮无礼，也就是掴我们巴掌，自然不会再与其往来!”富平说得很是肯定。

“有龙头此话，我们就放心了。”迟暮也笑着插嘴道。

“哈，迟护法早就应该知道我富平是站在黄河帮的利益上的，何况，我一向看不起王郎，此人仗着一些小聪明在北方目空一切，我倒愿与贵帮共同对付此人!”富平打了个哈哈干笑道。

“对付王郎的事，可暂时放于一边，我首先要让高湖为之付出代价再说!”迟昭平见富平将矛头转到王郎的身上，心道：“你也够奸滑的，不说与我对付高湖，倒想拉我去对付王郎了!”

“那是，那是，事有轻重缓急，自然是先对付高湖军。”富平干笑一声道。

鲁青自信都赶来了平原。任光得知林渺奇伤难愈，便心急如焚，但他却无法放下信都之事，在刚掌握信都大权的时候，仍有许多内患需要他去平息和处理，若是他贸然离开信都，只怕信都内部立刻出现有人欲取他而代之的局面。

鲁青在邯郸无法找到林渺，但却遇到了耿信，知道林渺逃出了邯郸，也便独自去信都找任光。他以为林渺会去信都，但却没有料到林渺竟在平原，而且身中奇伤，于是便急忙赶到平原，还自信都请来了最负盛名的鬼医铁静。

与鲁青同来的还有任光的刁蛮小妹任灵，任光经不住这个妹妹的胡搅蛮缠，只得让其跟鲁青同来，另外再加派一些护送的高手，是以，来势倒也浩浩荡荡。

信都，基本上大势已定，任光收到林渺要求封查所有关于高湖军的物资，任光也做得极彻底，水陆两路，所有关于高湖军的物资都被查封，几乎断了高湖军东面的物资途径。

高湖数次派军相犯，却被打得大败而归，让其尝到了信都军的厉害，而黄河道上关于高湖军的物资则全被黄河帮给卡住，虽偶有漏网之鱼，但对于整个义军来说，却是杯水车薪，仅在这近十日之中，高湖军便已经深深地感到了危机的存在。

虽然黄河帮并没有直接攻击高湖军，但是自外围间接地对高湖军造成损失，这也是不可估量的。不过，高湖军却可自邯郸和邺城等地运来大批物资，这使其两万余人马不至于因物资不足而散伙。

鲁青为平原带来唯一的好消息，便是请来了久负盛名的鬼医铁静，至少，也给林渺带来了一丝希望。

林渺比前几日清醒多了，虽然依然通体火烫，仍无法使出功力，但可以说话，思维也不会太混乱。

迟昭平依然每天以极阴逆阳的极寒真气为林渺疏通被火毒堵塞不通的经络，使林渺不至于火毒淤积。但林渺大部分时间仍是泡在那冰冷的河水之中，借冰水散去体内的热量，河水因为林渺的存在而变得湿热，如不是流动的活水，只怕都快烧开了。

不过，让迟昭平诸人骇然的是，林渺的身体像是一座沉寂的火山，虽不断地散热，可体内似乎也在不断地产生奇热，使林渺的体温始终无法降下来，这让所有人本来稍平复的心一直都在悬着。

鬼医铁静赶到之时，林渺依然赤裸着上身静坐于河水之中，罩于一片迷茫的水气之中，若隐若现。

便连鬼医见之也吃了一惊，望着那片足有三丈方圆巨大的球体雾罩，透着一股莫名的神秘，也有一丝难解的邪气。

在这天寒地冻的日子里，他们竟感到一丝暖意自那水雾之中传来。

这两天都在下雪，地面之上很厚的一层雪让这个世界变得单调而壮观，但靠近小河边水雾处，地面上却没有半点积雪，便连自空中飘落的雪花，在水雾之顶便已经化成水气，其形其状确是极为诡异。

“主公便在那水气之中！”铁头向那水气深处指了指，神情有些怪异地道。

“好强的火劲！”鬼医暗暗咋舌，自语道。

“还请铁先生出手相救！”迟昭平也关切地道。

“铁先生来平原就是救三哥的，自然不会袖手旁观！”任灵有些不屑地道，自第一眼见到迟昭平，任灵便感到心里怪怪的，女孩子的直觉告诉她，迟昭平会是她的威胁。自迟昭平对林渺的关心程度来看，这种关心似乎已经超越了普通朋友的分量，是以任灵说话难免有些醋兮兮的。

“那是，我唯有尽力，但愿我有这个能力让他康复，也便不枉任公子对我的信任了！”鬼医自语道。

鲁青也没有料到林渺的伤势会这般诡异，不由得多了几分担心。

鬼医拂袖，大步走入水雾之中，在若隐若现的水雾之中把住林渺的脉门，余者尽在水雾之外，紧张相候。

良久，鬼医才自水气之中踱步而出，浑身湿透，脸色平静之中又透着一丝隐隐的忧虑。

“铁先生，怎么样？没什么大碍吧？”任灵急切地问道。

所有人的目光都盯在鬼医铁静的身上，急切地希望他能够说出一些让他们心安的话来。

“林公子性命暂时无忧，老夫可保证其两月的生机，若在这两月之中能找到传说中的万载玄冰，其身上的火毒不仅不是祸，反是一种福缘！”

“要是两月内找不到万载玄冰呢？”迟昭平心神一突，问道。

“如果六十日后找不到万载玄冰，那林公子便会被真火自焚七经八脉，化为飞灰而去，神仙难救！”鬼医长长地吸了口气道。

“啊……”任灵诸人不由得失声低呼。

“怎么会这样？难道这个世上除了万载玄冰之外，便无人能救林公子吗？”迟昭平神情惨然地问道。

“没有，林公子这样泡于水中无异饮鸩止渴，虽可散去部分热量，但在热量散去的同时，他的生机也会无休止地散去，不出五天，必会生机尽绝而亡，幸亏我来得及时，以我之能，只能让其在两月内不受火毒袭扰，如果能找到火怪与风痴两个老怪物，或许可以多活半年，但若我没有料错，这两个老怪物已经不在人世了！”鬼医铁静吸了口气道。

“啊……”众人再惊，迟昭平本来还寄希望火怪和风痴，可听鬼医这么一说，即使是这两人出手，也只能让林渺多活半年，这也未免太让她失望了。也便是说，天下间唯有万载玄冰才能够救林渺了。

“在哪里才能找到万载玄冰呢?”鲁青也有些着急地问道。

“或许西域天山会有，但那遥不可及之处两月时间可能不够，现在唯有看他的机缘了。”鬼医无可奈何地吸了口气，随即又道：“请帮主将林公子移至内室，我要为他施针!”

“常帅，我想如果我们直逼淯阳的话，势必会遇到陈茂路途的伏击，尽管我们可以避开一两处，难免仍会与其正面相对，到时只怕难讨到什么好处。我倒有一策，或可轻过陈茂这一关!”刘秀大步行入王常的帅帐之中，淡淡地道。

“哦，文叔有何良策何不快说? 我们正在为如何过陈茂这一关而烦呢!”王常见刘秀赶来，不由得大喜，忙起身道。

刘秀也不客气，便立于王常案前，指着那张画上了许多圆点的地图，吸了口气道：“我们虽然近来在人力上大增，但有很大一部分都是新入伍之人，虽然常帅与我长兄加强了训练，但是仍难与训练有素的严家军相比，陈茂也是个擅长用兵之人，势必知道自己的长处。我军新战过后，大部分战士无太多打大仗的经验，若与陈茂屯于歪子镇的大军硬撼，即使是获胜，也占不了多大的优势，在损失惨重的情况下，又如何能再对严尤的大军? 是以，我们只能迂回而战!”

“这些也正是我们所担心的问题，是以你兄长的大军迟迟没有推前，就是不想与陈茂发生正面硬撼的局面。”

“我们大可不必与其硬撼，想破陈茂，唯有出奇制胜!”刘秀自信地道。

“如何出奇制胜?”

陈茂冷笑，他收到密报，王常暗领两万大军转赴宜秋，而刘玄则在新野大张旗鼓地造船，可他又收到密报，说王凤领两万大军渡过淯水，自西北面迂回逼向淯阳。

“哼，刘玄造筏，刘寅却在新野蠢蠢欲动，新野根本就没有多少兵力，他们所做的这一切只不过是虚张声势而已!”陈茂漠然而肯定地道。

“末将认为王常定是想绕道自宜秋出兵，从背面取道淯阳，王凤也是心怀鬼胎，倒是不能不防！”姓子都出言道。那日他为甄阜挡追兵，却发现和合谷乃空谷一座，但返回欲投甄阜时，甄阜已经陷入绝境战死沙场，他只好放弃救援甄阜的打算，领残兵败回新野，在新野被破之后，他又只好败回陈茂的军中。

“新野现在还有多少人？”陈茂淡淡地问道。

“两万左右！”一名偏将禀道。

“如果我没有猜错的话，新野之军多是一些新入伍的新丁，这些人造船，只是想掩饰王常和王凤的行动。传我将令，姓子都，你领一万人马去伏击王凤的前军！”

“末将听令！”姓子都心喜，虽然他一败再败，但陈茂依然很欣赏他，当然，他败并不是因为他自己的原因，作为副将，他只能听令而行。

“属正！”陈茂又呼道。

“末将在！”属正也肃然施礼，在这里，他不得不听令，陈茂乃大将军，他虽曾为淯阳太守，但城已失，再加上败绩，因此只能在这里将功折罪。

“你也领一万人截王常之军，切记，只可守而不能强攻，只要能阻住或拖住他们就行！”陈茂肃然吩咐道。

“末将明白！”属正应了声。

“他体内的火毒乃是天雷之火冲乱了其本来蕴于体内的奇异丹毒所造成的，我从未见过如此奇异的丹毒！”鬼医摇头感叹道。

“难道先生也不能制服此丹毒？”迟昭平希翼地问道。

“这并不是一种毒，而是至阳至刚之物，其作用会让人功力倍增，体质超凡，但药性之烈，绝非一年半载所能被人体完全吸收的，于是一直蛰伏于丹田，只要食丹之人勤加修行，便会一点一点地将丹内的药力完全吸收，直至与自己完全合为一体，如果真能与丹性合为一体，此人将拥有超凡入圣的功力，甚至可得道飞升。但是，林公子在没能完全吸收丹力之前，又遭天雷相击，使潜于丹田的丹性一下子被激活，这犹如一只水桶，若想装下一海之水，那是不可能的。这丹内至刚至阳的火劲奔发而出，首受其害的自然是食丹的主人！”鬼医吸了口气道。

“难道不可以想法将丹力泄出？”迟昭平讶异问道。

“世间没有人可以做到，谁若这样做，只是惹火烧身，而且一个不好，只会使丹火早些冲爆他的身体！”鬼医肯定地道，旋又顿了顿，自语道：“他们还活着，这两个老不死的！”

“先生，谁还活着？”任灵讶异地问道。

“风痴和火怪，世间大概也只有这两个怪物才能弄出这样的丹毒！若我没有猜错的话，林公子一定见过这两人！”鬼医肯定地道。

“那就是说三哥可以找到他们了！只要找到他们，便可再多活半年，到时候即使是去西域天山也是够时间了？”任灵大喜问道。

“如果真是这样的话，或许可以，但天山连绵数千里，如何能找到万载玄冰却要靠运道了。不过，在这两月之中，只要他不再引动被我暂时封存于丹田的丹毒的话，便可平安无事。只不过，他的功力只能发挥七成以下！”鬼医吸了口气道。

“那他怎还没醒来？”任灵问道。

“他需要休息一日，以调理这些天来所损耗的元气，你们现在不要去打扰他。”鬼医叮嘱道。

迟昭平的神情有些落寞，她实在是难以打起精神，因为林渺很可能就只有两个月的日子好活了，这一切似乎太残忍了一些。

这些日子来，虽然她只与林渺相识才半月，但她那颗平静了二十余年的心却不能自制地泛起了涟漪。自第一次与林渺交手，再到林渺送她回平原，及林渺入虎穴夺自己心爱的女人，这一切的一切，似乎让她重新认识了人性的伟大，感受到了一个男人的真挚，是以她竟没来由地有点羡慕白玉兰。

但是白玉兰却已不在人世了，林渺为其悲伤欲绝。事实上，迟昭平的心也在痛，只是在她坚强的外壳之下，从来都不会轻易暴露自己的感情。

她是一帮之主，也是一城之主，但她却亦是一个女人！

女人，总需要让自己的心有个歇息的地方，或许，她并不怎么看得起男人们，但她却欣赏林渺。

欣赏林渺的聪明，还有林渺对感情的态度，对于林渺的才学，也让她惊讶。她不敢相信林渺是一个生活在社会最底层混混出身的痞子，因为林渺的才气像一个游学天涯的儒士，虽言谈和行事有时候会不依常规，但这并不影响林渺的形象，反而更让人知道他并不是个墨守陈规的人。但遗憾的是，林渺居然只有两个月的生命。

迟昭平想到了那晚姬漠然所说的一切，一切似乎都印证了林渺便是那颗曾出现于邯郸上空最为明亮的新星！

当彗星经天之时，姬漠然已经算到那颗新星有大劫欲至，而此刻在林渺身上竟得到应验，这或许便是所谓的天意。

迟昭平唯有祈祷，姬漠然曾说过，只要这颗新星能度过彗星之劫，便能够修成正果。可是，他能度过这彗星之劫吗？谁又能知道？惟盼吉人自有天相了。

正月十五，邯郸确实热闹非凡，车水马龙，四处豪杰云集，便是小刀六也看得眼花缭乱。

邯郸王府大办喜事，其子王贤应与湖阳世家大小姐白玉兰成亲，是以，所来之客都是极具身份的，不过，三教九流的人物都有。

在这样一个环境之中，官不是官，匪不是匪，大家同居一室。当然，这一切都是因为王郎的面子。

太行山的诸寨诸洞也都有人前来送礼，白道黑道，多不胜数，也只有在这种时候，众人才真正的明白，王家的关系网有多广，王郎的面子有多大。

当然，也有许多人是冲着湖阳世家的面子而来的。

上江、大彤这几路义军也派来代表，而火凤娘子亲临邯郸，也算是给足了王郎的面子，小刀六便是跟着火凤娘子一同前来邯郸的。

小刀六与上江、大彤诸路义军谈了一下合作的问题，极受这几路义军的欢迎。是以，也成了火凤娘子的佳宾，但小刀六却想到邯郸看一下，这不仅仅是因为邯郸的商业地位，更因为林渺北上的目的之一便是要夺走新娘白玉兰，他也想来邯郸助兄弟一臂之力。是以，一来到邯郸便四处打探林渺的下落。

林渺确实来过邯郸，而且在邯郸城之中还大闹了一通，甚至有人传说林渺曾自王家抢走了一个人，后被王郎四处追杀而死，王郎又夺回了被抢走的人。

邯郸城的百姓对那一切似乎仍记忆犹新，说起来如亲眼所见，倒也把林渺描述成一个极厉害的人物，如何只身闯王家，如何抢人，又如何杀出邯郸城，甚至连最后战死于追杀的途中也被描述得活灵活现。

小刀六的心几乎沉入了冰窖之中，林渺曾来过邯郸，还抢走了白玉兰，更遭到了王郎的追杀，而眼下白玉兰又与王贤应成亲，这又说明了什么？

也便是说，王郎最后夺回了白玉兰，那么林渺呢？林渺又去了哪里？难道真如传言所说已经死于王家高手的手上吗？

小刀六的心中升起了一丝莫名的悲哀与仇恨！

小刀六在邯郸却也是个引人注目的人物，因为在宛城之战后，许多人已经听闻了官兵之中有一种杀伤力特强的弩弓，而绿林军在宛城的惨败，已使各路义军都注意到强弩在军事之中的作用。

至于官府方面，各州郡之官早已经接到严尤所传出的消息，也都有意装备那杀伤力超强的天机弩，而今知道小刀六便是制造天机弩的大东家，且又是宛城新兴最快的豪强，不管是由于好奇还是因为欲与之生意上的往来，邯郸城中，小刀六确实受到了优待，即使是王郎，也对小刀六极为客气。

小刀六与火凤娘子同来，而火凤娘子本就是王郎的上宾，小刀六自然不会受人亏待了，而欲与小刀六攀上生意的人也不在少数。这两月之中，小刀六之名在中原可谓是如日中天，凡在中原稍有名的生意人，没听说过小刀六之名者极少，而且来邯郸给王郎送礼的许多人也都是一方豪强，甚至有许多人都与小刀六的产业是合作伙伴，这无形之中也便抬高了小刀六的身份，让人对小刀六多了几分神秘感。

当然，也有人想打小刀六的主意，因为许多人都认为，小刀六有钱，是个暴发之人，太行群盗对其自是跃跃欲试。不过，因为小刀六与大彤义军的刺玫瑰火凤娘子在一起，这使许多人都打消了此念。而且，小刀六身边每时每刻都有一帮人相护，明眼人一看就知道这些人并不好惹，至于那个小刀六，却只是一般，并不像是个深藏不露的高手。

不过，小刀六虽然年轻，但经历了这些日子之后，倒也老练圆滑，待人接物极为沉稳，这一刻的小刀六已非昔日的小刀六，什么样的场面没见过？是以，颇具一种大家风范。

邯郸本是冶铁大城，有不少兵器大豪，这些人也大都欲与小刀六交流一番，抑或是想自小刀六的口中得到一些关于天机弩的秘密。是以，皆纷纷向小刀六下约，倒使小刀六有点应接不暇之感。

“萧老板，高湖军的军师朱明远先生想见你！”一名大彤义军的将领行入道。

“高湖军的军师朱明远？”小刀六微有些惊讶，随即挥手道：“有请！”

王家的婚宴之上，小刀六似乎见过这个所谓的朱明远，只是那时小刀六心不在焉，一直在等着林渺出现，但让他失望的却是，林渺一直都未曾出现，婚宴因王郎的强力戒备而得以顺利结束。

小刀六虽有心闹上一通，但却知道仅凭他们这些人，乱来唯有死路一条。权衡轻重之下，他只好放弃了那诱人的打算，宴后颓头丧气地回到王郎为其安排的驿馆，但他们的防护依然是由大彤义军负责，因为他们是大彤义军的贵宾。以小刀六在青犊诸义军中的表现，及所作出的一些投资决定，使得青犊诸义军将小刀六当宝般看。

朱明远高颀而飘逸，颇有几分儒雅之风，几缕须髯则是他自己也感满意的标志。

“哈哈哈……”小刀六一见朱明远，忙起身欢笑迎上道：“朱军师亲临敝处，倒让萧六受宠若惊了。”

“萧老板客气了，以萧老板如此少年英杰，恨不能早识，朱明远来迟了！”朱明远见小刀六如此热情，忙也跟着客套道。

“请！”小刀六颇有生意人的一套演戏本领，无论是动作还是表情，都显热情而投入，一开始便抓住了主动权。

“请！”朱明远也相携而行。

无名氏则是静坐未动，对眼前的一切他都已经习以为常。不过，在内心深处，他对小刀六一天天的成长倒也感到极度欣慰。

“不知朱军师突然来访，所为何事呀？”小刀六坐定，即开门见山地道。

“一来是想拜访萧老板，二来也是欲与萧老板谈谈合作的问题。”朱明远也不隐讳地道。

“朱军师也想与我合作吗？”小刀六淡然问道，一副并不在意的样子。

“不是我，而是我们高湖军！”朱明远解释道。

“哦，不知朱军师想在哪些方面合作呢？”小刀六早已心知肚明，不过却知道生意场上绝不可以轻易承诺，要让对方感到危机，才能够更好地自对方那里大把大把地捞银子。是以，他只是漫不经心地说话，表现出一副对合作并无兴致的样子。

“闻萧老板的天机弩曾在宛城建下奇功，乃军中第一利器。是以，我此来是想与萧老板在军备之上合作，我们愿意以高价向萧老板购买天机弩打造之法……”

“哈，朱军师说笑了，天机弩乃我独家之秘，岂能外泄？朱军师此话说来岂不是当我萧六痴傻吗？”小刀六不屑地打断朱明远的话道。

朱明远脸色微变道：“但是萧老板就不想在河北发展吗？只要萧老板同意，我们可以保证你在北方生意畅通无阻！”

“笑话，朱军师此话何意？难道我若不向你们透露这独门之秘，就不可以在北方发展了吗？在北方，欲与我合作之人多如牛毛，至少朱军师不是第一个，也不会是第二个，要想在北方发展，何其容易？北方十数路义军，哪一路不欢迎我的加入？如果朱军师是这样认为的话，我萧六倒有些惊讶和不解了。在我看来，高湖军虽势盛，但在北方也不能成为众军的龙头，不知我说的可对？”

朱明远脸色微红，随即干笑一声道：“尽管我高湖军不是北方最强的义军，但在北方也可以影响一片，尤其是郯城与邯郸，难道萧老板不想在这两座商业重镇之中落足吗？”

“想，我想得很，但眼前，邯郸与郯城尚在朝廷的掌控之下，看不出有义军加入的迹象，如果朱军师认为我初来乍到不明形势的话，那就太小看我萧六了。”小刀六冷冷一笑道。

“报！”

“进来！”小刀六唤了一声。

一名虎头帮弟子急速走了进来，在小刀六的耳边低语了几句。

小刀六霍地站起，大喜道：“在哪里？快带我去！”旋又意识到自己的失态，转向朱明远淡淡地道：“不好意思，眼下有位重要人物需见，不能相陪，若朱军师不介意的话，可在此饮酒而待。”

“欧阳先生，你就代我招待一下朱军师吧。”小刀六随即又向坐于无名氏旁边的欧阳振羽吩咐了一声。

欧阳振羽乃是姜万宝同窗好友，也是个极富才华之人，这次小刀六北上，姜万宝便安排了欧阳振羽相助，而欧阳振羽也确实为小刀六出了极多的主意，在青楼军中，为小刀六把一切打理得都极为周到。这次在北方谈生意，有两个人为小刀六分担了太多的乱事，一个是欧阳振羽，另一个则是胡世，这两人皆是极富头脑之人，而胡世更是文武双全的人才。

“主公去忙吧，这里便交由我好了！”欧阳振羽淡淡一笑道，旋又举杯向朱明远道：“朱军师日理万机，难得有此空闲，我欧阳振羽刚才有失敬之处，在此向朱军师陪不是了。”

“你是欧阳振羽？”朱明远吃了一惊，反问道。

“不错！”

“湘北才子欧阳振羽?”朱明远又问道。

“呵!”欧阳振羽淡淡一笑道:“湘北才子只不过是朋友戏称之语，怎敢担当?”

朱明远心中暗暗吃了一惊，他自然听说过欧阳振羽的名号，那时候他尚在长安求学，而欧阳振羽则游学四方。朱明远曾不止一次听到人提起这个名字与此人的才学，只是此人生性淡泊，对朝中的黑暗向来鄙薄，才多次推却朝中的封官，后被逼没法，只好游学四方，做个闲人，却没料到此人居然被小刀六网罗。

朱明远一开始并不怎么看得起小刀六，因为对方如此年轻，而且发迹只在数月之间，昔日根本就是名不见经传，在他眼里小刀六只不过是个暴发户而已，根本就不足道哉。所以，打一开始，他便没怎么在意这个对手，但后来见小刀六辞锋如此之利，才知自己错看了这个对手，而小刀六竟辞他而去，去见别人，这本是对他的一种极大羞辱，他本欲告辞而去，可一听眼前之人竟是欧阳振羽，顿时又打消了离开的念头，更对小刀六这个人再作估计。

“祥林，真是你!”小刀六在出门的那一刻，兴奋得大叫起来。

“自然是我!”

“看腿!”小刀六兴奋得有些忘乎所以，刚才听虎头帮弟子说，祥林来找他，他几乎怀疑自己的耳朵是否出了问题，这怎么可能?但他知道，虎头帮弟子是认识祥林的，是以，哪还会再理那个什么朱明远?便风风火火地赶来，却没料到竟真是祥林。

“哇，好腿法!”祥林微感惊讶，右手轻圈。

小刀六这不经意的一腿立刻瓦解。

“看拳!”祥林左手不闲，悠然而出。

“哇……”小刀六也吃了一惊，右手习惯性地拨出，竟化出无数指影。

“砰……”祥林身子一震，与小刀六两人同时倒退三步。

“哇，好小子!”祥林与小刀六同时惊叫，然后又同时暴出一阵欢笑，上前狠狠地给对方一拳。

“你小子死到哪去了？我们不知为你掉了多少眼泪！”小刀六夸张地笑骂道。

“自然是在邯郸逍遥快乐喽，我看你小子现在是风光十足，心里哪想兄弟我呀！”祥林也笑了笑道。

“废话，当然想了，我这不是来邯郸找你了吗？”说到这里，小刀六自己也笑起来了，随即又责问道：“你小子怎会跑到邯郸来了？也不给宛城捎个信，真是太不够意思了！”

“这是我的不对，只是一直都没有时间和机会，我现在就在王郎的府中，过得很好。昨天我还见到你，只是当时人多，我不便上前相认，是以才会到今日才来找你！”祥林解释道。

“你在王郎的府中？”小刀六瞪大眼睛讶异地问道。

“不错，当日我救了王贤应一命，后来就随王贤应来邯郸了。那时官兵正四处缉拿我，我也没地方可去，而邯郸王家却是一个极佳的避难之所。王贤应对我极好，还让人教我武功，而我那次回大通酒楼拿了阿渺那本九鼎玄功的秘本，这半年多来，我天天都在苦练，只望能有机会给兄弟们报仇，却没有料到竟与阿渺失之交臂！”祥林略有点感伤地道。

“难怪你刚才那几手还真不错，原来这些日子你没白混呀，但是你可知道王贤应乃是阿渺的情敌？你却跟着他混，要是阿渺知道了，你猜他会怎么想？”小刀六神情一肃，冷冷问道。

“我以前并不知道这些，自阿渺带走了白小姐之后，我才知道白小姐原来是阿渺的心上人，可是我想找阿渺已经找不到了。”祥林无可奈何地道。

“这么说来，阿渺真的来过邯郸了，而且带走过白小姐的传闻属实？”小刀六心神一紧，骇然问道。

“千真万确，阿渺还伤了白善麟白老爷子，后来他闯出了邯郸，王郎派大批高手追杀也无结果，想来阿渺已经完全而去了。”祥林道。

“那昨日与王贤应拜堂的又是谁？”小刀六讶异地问道。

"白玉兰白小姐!"祥林无可奈何地吸了口气道。

"什么？阿涉不是带走了白小姐吗?"小刀六愕然，半晌才怪怪地问道。

"是的，阿涉曾带走了白小姐，但白小姐却是阿涉让黄河帮的人送去安全之处，而黄河帮的船只在清漳河上受了高湖军的伏击，高湖又擒住了白小姐，再转送回邯郸的!"祥林解释道。

小刀六傻傻地望着祥林，眉头却深深地皱了起来，如果事情真是这样，林涉为什么昨晚会不在婚宴上出现呢？依林涉的性格，绝不会眼睁睁看着自己心爱的女人与别人拜堂成亲的，除非是因为极特别的原因不能来！想到这里，小刀六禁不住为林涉担心起来。

"那阿涉后来有没有来过邯郸？你们有没有关于阿涉的消息?"小刀六突地沉声问道。

"听说阿涉送黄河帮帮主迟昭平回平原了，倒是没有他来邯郸的消息!"祥林想了想道。

"那他怎么可能眼睁睁地看着白小姐嫁给王贤应呢？他的性格你还不知道吗?"小刀六惑然道。

"因为王郎也怕阿涉再来大闹邯郸，是以传了一个假消息称白小姐自绝而亡，可能是这个假消息骗了阿涉，他这才没来邯郸吧。"祥林想了想答道。

"哦，王郎也怕阿涉回来吗?"小刀六心中微微松了口气，也为林涉感到自豪。

"当然，阿涉可能会以任何身份出现，让人防不胜防。那日邯郸倾全城高手也没能抓住他，还闹得王家鸡飞狗跳，王郎并不想在王贤应的婚前又闹出什么事端，所以才假传白小姐的死讯。真没想到阿涉现在居然这么厉害!"祥林不无崇拜地道。

小刀六松了口气，如此看来，林涉确实并未被王家的人干掉，而且还是王家人的一块心病。他对林涉是否夺回了那个什么白玉兰并不太在意，对于女人，他远不觉得有生意重要，只要林涉活着，一切都好说。虽然他很希望林涉自梁心仪的阴影之中走出来，但眼前，似乎仍有更多的大事等着他们去做，儿女私情便显得有些微不足道了。

“你小子准备一直都留在王家吗？”小刀六反问道。

“暂时应该是这样！”祥林道。

“我们目前也是正值用人之际！”小刀六想了想道。

“听说你小子现在飞黄腾达了，怎会发财发得这么快？而且你刚才那掌法诡异得让人吃惊，这些日子来，究竟发生了什么事？”祥林望着小刀六有些好奇而不解地问道。

“我哪有这个能耐，这些全是阿渺给我的，没有阿渺我便不会有今天，你可以当我是阿渺的总管就是！”小刀六诡笑了笑道。

“啊……”祥林也为之愕然，小刀六的话倒让他感到有些意外。若说小刀六的一切只是为林渺打点，那这些日子来，究竟在林渺身上发生了些什么事？不过，他感觉，林渺与小刀六全都像是变了个人一般，今日的小刀六已非昔日大通酒楼的小老板，今日的林渺也已经不是昔日天和街的混混王了。

“如此一来，我更应该留在王家了。至少，我可以以最快的速度将王家的动静告诉你们，相信我留在这里还是有用武之地的！”祥林突地肃然道。

“哦，这倒是一个好主意，如果知道白小姐未死，阿渺很可能还会再来邯郸。而且，阿渺的目标也是在北方发展，以王郎的野心，终会是阿渺的绊脚石，有你傍着王贤应，那自是再好不过了。不过，你小子别胳膊肘往外拐就是……哎……”小刀六最后一句话还没说完，便已挨了一拳。

“你小子下手这么狠！”小刀六揉胸怨道。

“你这小子要是再狗嘴里吐不出象牙，我先断你三根肋骨！”祥林没好气地骂道。

小刀六忙赔笑道：“呵，是我不对，不过，你要小心一些才是正理，留着小命，我们回宛城大闹一通！”

祥林也笑了，道：“我不会比你先死的，不过，你要小心高湖军和尤来的人，这两路人对你都很有兴趣，而且他们心狠手辣，不择手段！”

“白小姐这次就是高湖军送回来的吗?”小刀六狠声问道。

“不错!”祥林认真地道。

林渺虽未完全康复，但他能够自由地活动，暂时恢复生机，也让人欢喜至极。

林渺并没有任何表情，只是淡淡地望着迟昭平，悠然问道：“昭平告诉我，玉兰根本就没有死，对吗?”

众人皆惊，迟昭平的脸色也变得有些苍白。

“你为什么要这样骗我?”林渺神色变冷，依然不带任何感情地问道。

“你说什么?”迟昭平也愕然反问道。

“你当初为什么要让人说玉兰死了?”林渺神色变得有些可怕，冷声质问道。

“我没骗你，因为我根本就不知道这消息是真是假!”迟昭平脸色通红，显然也有些急恼道。

“三爷，帮主也是昨日才收到消息……”

“不用你多说！你去收拾东西，我们立刻起程!”林渺突然之间似乎变得有些蛮不讲理起来。

“你要去哪里?”迟昭平顿时容颜惨白，急问道。

“谢谢帮主这些日子来的照顾，不过，这里不是我该留之处!”林渺话语之中有些冷绝。

“三哥!”任灵也有点担心起来，不由小心地唤了一声。

“你一个女孩子家也到处乱跑，外面这么危险，要是你出了事，我如何对得起大哥?”林渺微责道。

“人家担心你嘛!”任灵有些委屈地解释道。

“你身上的伤尚未痊愈，在二月内必须找到万载玄冰才能根除火毒，否则……”迟昭平忍着心中的委屈，小心提醒道。

“否则便会经脉爆裂而亡，是吗?”林渺淡然反问道，旋又毫不在意地道：“生死有命，富贵在天，谢帮主的关心!”

“林公子，你真的是错怪我们帮主了。她确实没有骗你，当日的消息也是不知情的！”

“我并没有怪她，只是我尚有太多的事情要做，必须现在就离开平原！”林渺断然道。

迟昭平望了望林渺那坚决冷漠而绝情的表情，所有的话全都说不出来了，满肚子的委屈，竟让她鼻子酸得厉害，许平生尚要解释，却被迟昭平拦住了，道：“为林公子备马！”

许平生一怔，但迟昭平有令，他自然不能不遵。

猴七手都有点看不过去，他人滑成精，哪里看不出迟昭平眼圈发红？身为一帮之主，向以强悍不让须眉称著，今日却对自己主公如此解释、依顺，其心自不难猜。想必这些日子来，为林渺操碎了心，日日大耗内劲为林渺续命，此等深恩，可林渺却并不领情，这使他也觉得有些难受。不过，林渺的决定，他并不敢相阻和反对，只好心中独自暗叹。

第五十一章　武皇初显

“萧老板回来了？”朱明远这次显得多了一点恭敬。

小刀六看都不看朱明远一眼，径自回到自己的位置之上，这才淡淡地道：“听说高湖军近来在河北道上并不是太受欢迎，不知可有此事？”

小刀六突然说出这样一句极不中听的话，不仅朱明远怔住了，连欧阳振羽也呆了呆，不知小刀六怎会冒出这样一句得罪人的话。

朱明远的脸色果然变得很难看，冷冷地问道：“萧老板是听谁说的？不会是搞错了吧？”

“至于听谁说的，说出来朱军师也不认识，不过，贵军是不是近来物资尽被人截盗，好像诸如黄河帮、信都军之流，都对贵军不满，甚至是有过节，可有此事呀？”小刀六满不在乎地笑了笑，反问道。

朱明远怔了怔，脸色越发难看，小刀六的话正说中了他的心病。近日来因得罪了黄河帮，而遭到其全面报复，最让他们意外的是，一向与他们有往来的冀州豪强也在突然之间便断绝了与他们的关系，更难受的是信都新任太守任光，竟公然对高湖军全面封锁，这对他们的损失比黄河帮造成的损失还要大，也让他们恼怒异常，但信都太守可不是好惹的主儿。

在北方，信都是最让义军不敢相犯的地方，一来是因为冀州豪强皆向任家，二来信都军一向以骁勇称著，信都百姓也都支持任家，民心所向，是以信都便得以安定，也能镇住义军。

当然，信都军一般从不去主动惹义军，可这次似乎很例外，连以耿纯为首的冀州豪强也给高湖军冷脸看，其北方的资源显得极为拮据。是以，朱明远才想来利用小刀六的天机弩制造之法，重新打通一切，可是小刀六似乎一开始便极为不肯合作，使他认识到，这个年轻人确实不简单，只是他没料到小刀六会这么直接地便指出他们的窘态。

“想要发展，自然便难免会树敌，我们在北方长期经营，当然会得罪某些人，难道有敌人的派系都是不受欢迎的吗？”朱明远干笑着反问道。

“我素闻黄河帮的义名，而且信都军的名声一向为人所称道，而这两路人马都敌视贵军，可见贵军也并非无所不利，我想在北方发展，但却并不想与黄河帮、信都军为敌，至少，不想被他们视为敌人，所以，与贵军所有的合作可能只好取消，只能向朱军师说声非常抱歉了。”小刀六断然而坚决地道。

朱明远与欧阳振羽皆一怔，他们没有料到小刀六说得如此绝。

欧阳振羽似乎感觉到，问题应出在刚才小刀六所见的那个神秘人身上，否则的话，小刀六颇有生意人的本色，买卖不成人情在，怎会说出这些没有转圜余地的话来？

“既然如此，那就告辞了，萧老板好自为之！”朱明远愤然起身，冷冷道。

“很好，恕我不送！”小刀六也冷笑一声，毫不在意地道。

朱明远落个没趣，哪里还有脸留下，拂袖而去。

小刀六都懒得理他。

“主公何以会这样？如此只会得罪高湖军，使我们在北方树下强敌！”欧阳振羽惑然不解地问道。

“如果不是高湖军从中作梗，与白小姐拜堂的便不是王贤应，而是阿渺了！”小刀六遂将自祥林那里得到的消息向欧阳振羽说了一遍，最后狠狠地道：“要不是高湖这个蠢物为了讨好王郎，阿渺此刻怎会抱恨？我恨不得把高湖军给全宰了！”

欧阳振羽这才恍然，道：“眼下，我们要小心高湖报复，我们让他丢了脸，此人绝不肯甘休的，且是个不择手段之人！我们虽有大彤军的人相护，却仍不能不防！”

“先生说得是，让众兄弟尽量不要在邯郸城中乱逛就是，有什么事就让火凤娘子的人代劳，明日我们便离开邯郸！”小刀六淡然道。

“主公不要去信都吗？”欧阳振羽问道。

“不错，自然是要去信都，不过，却是先与大彤军同离邯郸，然后再绕自巨鹿而去，不给高湖以可乘之机，让他们先摸不清我们的动向之后再行动！”小刀六吸了口气道。

“如此甚好！”欧阳振羽松了口气道。

“你要去邯郸吗？”在出城前的那一刻，迟昭平终还是挡住了林渺的马首问道。

林渺望了迟昭平一眼，表情依然平静，淡淡地道：“也许！”

“即使是你现在赶去也是于事无补，而且你只能使七成功力，去了只会增添危险……”

“这是我自己的事！”林渺的语意极为绝情，淡漠地道。

“我能否求你一件事？”迟昭平突地认真地道。

“帮主有何事请说吧！”林渺有些意外。

“在你伤好之前不要去找王郎！”迟昭平期盼地望着林渺，恳然道。

林渺的眼神波动了一下，脸上的表情在一刹那间显得有些古怪，但很快又平静了下来，淡淡地道：“谢谢帮主关心！”说完一带马缰，并无多余言语，打马便冲出了城外。

众人皆怔了一怔，直感到场中气氛尴尬至极，猴七手诸人也不再说什么，打马跟着林渺便出了平原城。任灵回过头来看了看呆立于城门口的迟昭平，心中竟生出了一丝无可奈何的同情。她也不明白林渺为什么会突然对迟昭平这样，这几日虽然她有点嫉妒迟昭平，但是却知道迟昭平是真的关心林渺，这并不只是她一个人的感觉，所有明眼人都可以看得出迟昭平对林渺的感情是认真的。

可是林渺的表现也太突然了，难道是怀疑当日制造白玉兰自绝消息的人就是迟昭平，而使林渺错过了去救白玉兰的时间，现在白玉兰与王贤应已经拜堂，事已至此，林渺自然无法再抢白玉兰，却只能抱憾终生，是以他这才迁怒于迟昭平？如果真是这样的话，其他的人自然都不可能帮得上忙。

因此，迟昭平并不挽留林渺，事实上，迟昭平也是满肚的委屈无法诉出。望着林渺绝尘而去的背影，眼泪禁不住滑了下来，但却很快又暗中拭去。

她没有生林渺的气，因为林渺误会她也是正常，而且只有两月生命的林渺，让她心中只有担心，而无恼恨。

"帮主，回去吧，有些事情只能听天由命。"许平生无可奈何地道。

"派人跟着他，如果他去了邯郸，立刻通知我！"迟昭平吸了口气，坚决地道。

许平生一怔，没说什么，立刻退了下去。

"暮叔，天下间就只有天山才有万载玄冰吗？"迟昭平淡淡地问道。

"万载玄冰可遇而不可求，天山也不一定有，但它一定是在极寒之地，有万载玄冰之地，皆是极寒！"迟暮叹了口气道。

迟昭平也暗暗叹了口气，想找万载玄冰，无异是大海捞针，她也是无能为力。

"三爷，前面的路，一条通往邯郸，一条通向信都，我们是去哪里？"任泉带住马缰，想了想问道。

林渺也带住马缰，目光在前方的岔道上扫了一遍，怔了半晌，目光却停留在邯郸的方向。

任泉诸人心中暗叹，但林渺却没有说话，打马便向岔道之上驰去。

所有的人皆愣在当地，他们并不是不走，而是心中充满了矛盾。他们都注意到林渺的目光，再想到迟昭平的一番情意，心中皆暗叹。

"三爷，那条路是去信都的！"任泉眼睛突地一亮，见林渺已带马驰上了岔道的一头，不由得出声提醒道。

"大家还愣着干什么？我知道这是去信都，我要去信都借兵，先灭高湖满门！”林渺沉声道。

众人一听，皆大喜，顿时一起欢涌着跟在林渺身后向岔道之上奔去。他们知道，林渺刚才之所以犹豫，是因为记起了迟昭平的话，也就是说，林渺对迟昭平并不是全没放在心上！这让他们的心中多少有些安慰。

“报大将军，据观察，何卢将军已经顺利在刘玄的船中纵火！”一名偏将大步行入陈茂的帐中禀报道。

陈茂一听，顿时大喜，披甲而出，果见远方夜空一片通红，火势冲天，只看方位，确实是绿林军造船厂的方向。

“很好，干得好！”陈茂不由赞道，旋又问道：“这次袭营的战士可有回来？”

“应该很快就会回来！”那偏将话音未落，便有一小将急速来报：“禀大将军，何将军他们带着人已到寨外！”

陈茂与那偏将相对望了一眼，心中多了一丝欣慰，道：“开寨门！”

“刘玄啊刘玄，你也太小瞧我陈茂了！”在那小将走开之后，陈茂望着远方烧得通红的天空自语道。

“大将军，如此看来，新野确实只是一些新征之兵，精锐都由王常和王凤带走，我们不如趁此机会杀入新野，二次突袭，定可取到奇兵之效！”那偏将提议道。

“嗯，这想法正合我意！”陈茂点头称是，但话音刚落，便听到寨门之处一片喊杀之声，喊杀之声迅速扩散，只片刻，陈茂便见到寨中有几处火光。

“报大将军，不好了，刘秀混入寨中，寨门已破，刘寅大军已经攻来了……”

“什么？”陈茂神色大变，吼道：“怎么会这样？怎么会这样？”

“我们也不知道，我们依大将军之言开寨门，可是何将军入寨后便突然变成了刘秀，寨门也就失守了！”

陈茂顿时大悟，哪还不明白自己中了刘秀的偷梁换柱之计？又惊又怒之余，吼道："给我顶住！"

"大将军，我看我们还是先撤吧？"那偏将一听也有些急了，旋即挥刀向众亲卫军喊道："护住大将军后撤！"

陈茂也无力回天，刘秀诳开大寨，立如龙卷风般横扫寨中，他手下的战士皆是以一敌十的精锐，又事起突然，官兵根本就没有任何防范，虽只有区区数百人，但很快破开寨门，刘寅尾随而至的大军则长驱直入，杀得官兵丢盔弃甲，寨中火头四起。

刘寅所率之兵也都是身经百战的义军精锐，人人悍不畏死，虽然官兵的人数占优，却无抵抗之力，连陈茂都跑掉了，这些士卒自是降的降，逃的逃，死的死。

事实上，这一场仗自四更天杀到天光大亮，尸横遍野，刘寅追杀陈茂二十余里，可怜一代名将陈茂在与严尤会合时却只剩下百余人了，想阻住义军的步伐，已是不可能。

刘寅并没有直逼淯阳，他还要等王常和王凤的消息，只有与之合兵，才有足够的力量决战于淯阳而不败。

对付严尤，必须慎之又慎，而且要以优势的兵力压倒性地出击，刘寅深知此人用兵极厉害，绝不敢有半点轻忽之心。

绿林军大破陈茂，斩敌过万，降敌数千，更获粮草兵刃无数。

这一仗，刘秀记首功，若不是刘秀之计，绝难在短时间内如此轻易地破敌。

陈茂知道，绿林军在人数上胜于他，又有新胜之锐气，在路上的伏击未成，便绝不会再与义军轻易正面交锋。是以，最初他的决定是死守坚寨，只要挡住绿林军的进军步伐，他便等于胜了一半。

刘秀自然也看出了这一点，虽然他们占兵力优势，但兵贵在精，若想攻破陈茂的坚寨，所耗的力气即使是他们也难以承受，势必会损兵折将，到时候便无法正面与严尤为敌了。而若不强攻的话，把时间耗在这里，淯阳万一失守，那么他们北伐将更加困难，甚至要付出数倍的代价。是以，他们绝不能在此干耗。

于是刘秀定计，先分散陈茂的兵力，再降低陈茂的戒心，最后以奇兵突袭。

事实上，一切也正按着刘秀所设想的发展。

陈茂见王凤与王常领兵而去，便误会这两人是想绕道救援淯阳，自然分兵相阻，而刘秀让人造船的假象更让陈茂以为这些人只是在虚张声势，同时他知道义军之中来了许多新丁，若刘秀真是虚张声势的话，那么新野城中定是一些未经训练的新丁。因此，他根本就不必担心。

为了证实此事，陈茂才派人去烧船厂，这只是试探性的，但事实上一开始刘秀让人造船，那般大张旗鼓地张扬便是为了让陈茂派人来烧船。陈茂果然没让刘秀失望，那些烧船之人一来便中伏，全部成擒，然后刘秀则自己在船厂中点燃许多柴禾，随后扮成官兵诳开寨门，这才一举以精兵破寨。

而真正的新丁却全都在王凤和王常那两支队伍之中，这便是所谓虚实之道。

经此一战，绿林军将士对刘秀则更是另眼相看。

过马颊河，刚入德州境内，鬼医突地停下，林渺诸人行出老远才发现把鬼医一个人落在后面。

任泉不由得又打马而回，却见鬼医带马向一个山坡上行去，表情极为古怪。

“铁先生，发生了什么事?”任泉不由得高呼问道。

鬼医并没有回答，依然带着马缰向那山坡上赶去，这让任泉为之愕然，只好也打马跟上。他也想看个究竟。

林渺诸人亦觉得有些古怪，不由得也策马跟了上去，来到山坡之上，不由得呆住了。

只见山坡上的草木尽皆枯死，地面呈一种灰褐色的焦状，另有数十具皮枯肉焦的尸体乱七八糟地躺在山坡之上，散发出一种怪怪的臭味，闻之让人作呕。

“怎么回事?”任泉也为之骇然，任灵更是不敢目睹那死者的惨状。

“这是五毒盟的苦海蛇心之毒！但这些死人却也是五毒盟之人，这就让人奇怪了!”鬼医皱了皱眉道。

众人这才恍然，何以鬼医刚才会有这种奇怪的表现，定是他老远便闻到了这种怪味。

“五毒盟的人毒死了自己人?”任泉吃惊地问道。

“这个问题大概只有这些死人才知道答案，但这些人确实是死于苦海蛇心之毒。这种毒奇烈无比，可在风中传播，闻者在半个时辰内即毒发身亡，不过此毒却最多只能在空中飘浮半个时辰，半个时辰之后便沉落地面，渗入地下。毒性所侵之地，十年不生草木!”鬼医吸了口气道。

众人都倒抽了口冷气。

“既然是五毒盟的事，我们也就没有必要插手，赶路吧!”林渺淡淡地道。

“是啊，管他的，就是五毒盟起了内讧也不关我们的事，还是赶路要紧!”猴七手也附和道，他对这些用毒之类的没有一点兴趣。

“好像有大队人马向我们这边赶来!”一名任家家将突地贴耳于马鞍之上道。

“走吧，别在这里待了!”林渺打马便向官道之上驰去。

刚驰回官道，便有一队数十骑飙射而过，向德州方向极速驰去，扬起的尘土使任灵恼怒不已。

“这些人是东岳门的，怎么会来这里?”鬼医讶异地望着驰过的那群人的背影道。

“东岳门？难道德州发生了什么事？五毒盟也在这里出现!”鲁青也讶异道。

“看这些人风尘仆仆的，也许目的地并不是德州，我们跟上去看看吧。”鬼医想了想道。

“主公，昨夜有来历不明的人死于我们所居的院中，全部是被这种暗器所杀！”天虎寨的一名头目神情有些古怪地掏出几枚形如金钱，但却是棱形的小铁片道。

小刀六讶然，伸手接过那棱形的铜钱，竟有种似曾相识之感，但一时却又记不起来，便伸手将之递给无名氏道：“师父可知这是哪门的暗器?”

无名氏接过暗器，看了看，淡淡地道：“这应该是塞北沈家的飞甲钱!”

“塞北沈家?”小刀六顿时似有所悟，反问道。

“不错，应该是塞北沈家之物!”无名氏肯定地点了点头道。

小刀六大喜，心道：“难道会是沈铁林和沈青衣兄妹？要真是他们那可就太好了!”旋又问道：“没有向火凤娘子查证尸体是些什么人吗?”

“我们已请火凤娘子去了，还没能确认。”

“好，我们一起去看看!”小刀六想了想，起身道。

……

“是尤来的人!”火凤娘子皱着眉头向小刀六解释道。

“只不知这些人是怎么死的？看他们的打扮，就知道没什么好事!”小刀六故作不知地道。

“我们的护卫被他们杀了两人，想来这些人应该是来图谋不轨的！萧老板不知这些人是怎么死的吗?”火凤娘子有些惑然地问道。

“当然不知，昨夜我睡得倒是挺香，想来应该是有人暗中保护我们，只是我们并不知道而已。只不知尤来派人来此，究竟是什么目的？这人也太狂了些!”小刀六显得微有些愤然地道。

火凤娘子见小刀六不露口风，也有些惑然，不过，杀了尤来的人显然是友非敌，她倒也不用在意。小刀六身边有几个高手，火凤娘子也可以感觉到，只是她从未见这些人出手，也不知道其深浅，是以，她有些怀疑是小刀六的人所为。当然，这个并不怎么重要。

“看来这邯郸已经没有必要待下去了，已成凶险之地，我看还是早点离开为妙!”小刀六口气一转，肃然道。

“我也正有此想法!”火凤娘子不无怅然地道。她本是想来邯郸见林渺，或是助林渺一臂之力，否则她才懒得亲来邯郸，可是到这一刻仍没有林渺的消息，她确有些失望。

林渺的目的是白玉兰，可是白玉兰居然与王贤应顺利拜堂成亲，火凤娘子也不知道这之中究竟发生了什么事。

当然，火凤娘子听说过林渺闹邯郸的事，劫走的白玉兰又回到了邯郸，那林渺呢？她不由得为这个义弟担心，两人虽只相处了那么短短的数日，但火凤娘子知道，如果不是林渺身受重伤不能来，他一定会赶到邯郸！此刻林渺尚未出现在邯郸，那么，其结果已经可以预知了。因此，她也没有再留邯郸的必要。

林渺带住马缰，神色间显得有些错愕，极为骇然地望着一地狼藉的血迹与尸体。

鲁青诸人的表情也显得僵硬起来，地上零乱的尸体和血迹正是刚才飞驰而过的东岳门徒。

这些人仅先林渺诸人一步，但是却在林渺诸人赶来的时候已经尽数身亡，包括那数十匹健马，似乎没有一个活口。

“怎么会这样？刚才这些人还是好好的……”任灵也花容失色道。

“好狠辣的手法！”林渺跃下马背，仔细审查着这些人身上的伤口，骇然道。

“这些人竟是被一个人所杀！”鲁青也骇然道。

鲁青不说，这里的大多数人也会是这样猜想的。因为每个人死亡的伤口都是抓痕，似乎每个人死状都差不多惨烈，要么脑袋被捏碎，要么前胸后背被掏空，也有的被爪子捏碎了喉咙，虽横七竖八，形态各异，但隐约可辨这是一个人的杰作。

鬼医铁静的脸色变得极为难看，注视着满地狼藉的尸体，仿佛陷入了一种沉思之中。

“好可怕的爪劲！天下间竟然有人能在这么短的时间内击杀这许多东岳门徒，真是不可思议！”任泉的脸色也极为难看地道。

林渺把目光投向鬼医，似乎是想自鬼医那里寻找到答案。他也对眼前这神秘的杀局有些吃惊，确实，刚才这群人自他身边跃马而过之时，他感觉到这些人身手绝不俗，但这数十人在顷刻间皆死于非命，而且还有可能是死于一人之手，这怎不叫他吃惊?

“铁先生可知这是什么武功?”鲁青似乎看出了林渺的心思，不由得开口问道。

鬼医不由得苦笑了笑，神情有些古怪，犹豫了一下，摇了摇头。

“大家小心一点，这一路之上似乎有很多古怪!”林渺见鬼医没答，提醒道。

林渺话音刚落，前方的路上突地传来一阵怪笑，如自九天传下的鹤鸣。

林渺目光过处，眼前竟凭空多出一条身影，强大的气流如风暴般席卷而至。

林渺骇然之时座下的战马已惨号而倒，一只巨大的手掌犹如垂落的暗云般罩下。

他从来都不曾见过如此快的身法，更不曾见过如此可怕的攻击！他根本就没有看清对方的面目，根本就不知道对方是怎样出现在自己身前的，一切便像是一场离奇的梦，但那窒息的压力使他知道，这一切都不是梦，而是事实!

“小心——”鬼医怒喝声中，林渺已经本能地拔刀、出刀，以最快的速度划出。

“砰……”林渺只觉得浑身有若雷殛，在战马颓然而倒之时，他已不由自主地飞跌而出。

“呀……呀……”在虚空之中，林渺听到了任府家将们的惨叫，还有那如鬼哭一般的怪笑。

林渺坠地之际，终于看清了那如幻影般的神秘人物，而血腥与惨号使场面显得惨烈而又不忍目睹。

那群身手并不弱的任府家将竟没有一人能够挡住怪人随意的攻击，马死人亡。林渺这一刻才知道为什么东岳门的人会在顷刻之间尽皆丧命，因为这些人根本就没有还手之力！在这突然而至的怪物手下，连林渺也无法承受其一招，这是他做梦都没有料到的！

鬼医、任泉、鲁青、铁头诸人似乎意识到什么，拼命地护住吓傻了的任灵，但这四人也根本就无法阻住这怪物的攻击。

林渺依然未能见到对方的面目，因为一堆乱草般的长发完全罩住了那飞舞的身影，这怪物的双足似乎从来都不曾落过地，整个人都在虚空中悬浮、飘游。

林渺已经没有思考的余地，强压住体内翻腾的真气，以极速弹射而起，双手举刀，化成一道冷虹划破虚空，以虎啸龙吟之势狂喝："山海裂——"

地面沙石犹如暴风卷起，化成一股暗流，顺着刀锋，横过虚空，撞向那怪人！

怪人蓦地身子一顿，仿佛一下子被定住了一般，本来欲捏碎任泉喉咙的手也停在虚空。

"砰……砰……"铁头的巨桨，还有鬼医的重掌全都击在怪人的身上。

"砰……砰……"怪人动也未动，铁头与鬼医却自马上弹跌而出，强大的反震之力几乎让他们的手臂麻木。

鲁青几乎傻眼了，他见铁头那力逾千钧的重桨击在怪人的身上，本高兴至极，可是没等他来得及欢喜，铁头竟被震了出去，而怪人连哼都未哼半声，这怎不让他傻眼吃惊？

任泉死里逃生，也为之愕然，林渺已带着刀自他的头顶狂啸而过。

林渺的心神蓦地一滞，在他的刀锋距怪人仅五尺之距时，他突然发现自那乱发之中射出两道几可洞金烁石的目光，仿佛一下子探到了他的心底。刹那之间，他觉得自己不是在攻击别人，而是赤裸着身子立于凄厉的北风之中，寒意自心底升起。

四尺、三尺……沙石、败叶、枯枝已如风暴般冲击在怪人的脸上，强大如龙卷风的刀气卷得那一头乱发狂舞而起。

透过乱发，所有活着的人都看清了那张苍白透着邪气而又苍老的脸！

没有人能透过气来，不是因为林渺刀中那窒息的压力，而是心悬这一刀的结果。谁都希望这怪物应刀而死，尽管在他们的想法之中，几乎难以找到人在如此距离中完全避开林渺这要命的一击，但在这古怪的老头面前，他们的信心也显得没有任何底气，这有些悲哀，却是事实。

两尺、一尺……怪人突地冷哼，如一声焦雷自每个人的心底响起。

当每个人心神大震之时，林渺的刀锋竟被一只枯瘦的爪子给抓住。

涌动的风暴顿时如喷发的火山般轰然炸开，以怪人的手和林渺的刀为中心，形成强大无比的冲击波。

“哇……”林渺在虚空之中狂喷出一口鲜血，身上的衣衫竟也被这强大的冲击波炸成碎片，整个身子有如纸鸢一般倒飞而出。

龙腾刀依然抓在那只枯瘦的爪子之上，却发出惊心动魄的嘶叫，整个刀柄都在战栗，而怪人的衣衫也如浪涛一般振荡而起。

“三哥！”任灵骇然飞身接向林渺。

“不要！”鬼医惊呼，但却依然迟了一步。

任灵拦腰横抱住林渺，但觉林渺身上一股奇异的力量自手心冲入体内。

“哇……”任灵无法自制地喷出一口鲜血，不仅没有稳住自己的身子，更使自己也随林渺的身体一起飞跌而出。

“砰……”林渺与任灵跌成一团。

怪人抓着龙腾刀，蓦地狂笑，如野兽般低号：“《霸王诀》也不过如此，你去死吧！”

林渺还没有回过神来，怪人已越过数丈空间，伸爪向林渺和任灵抓来。

鬼医诸人想阻挡也无能为力，他们根本就无法与怪人比速度，空间在怪人的脚下根本就没有距离可言。

林渺根本就无还手之力，但却迅速翻身挡在任灵的上面，将任灵护于身下，闭眼便以脊背去硬挡那袭来的一爪，心中却有一种解脱的感觉。他知道，这一爪下来，自己绝无生还的可能，只是他不知道这个怪人是自哪里而来，武功竟可怕得让人无法理解！在面对赤眉三老和白善麟这样的高手之时，他仍有周旋的能力，甚至可以逃命，但是在这个神秘的怪人面前，所有的一切都显得不堪一击，连龙腾刀都被其所夺。这确实不能不让林渺感到意外和沮丧，他都怀疑这怪人还是不是一个真正的人。

“不要——”任泉、鬼医惊呼，望着怪人枯瘦的手爪直抓向林渺那赤露的脊背，他们心胆俱裂。他们不敢想象，怪人这一爪下去，林渺怎还有命在？如果林渺死了，他们又如何向任光交代？而且在林渺身下还有任灵！

鲁青和铁头没命地向怪人飞扑而去，他们护主心切，根本就没有想到自己的攻击是否会对这怪物奏效，尽管他们知道无回天之力，但还是拼命出击了！

林渺只觉一股阴寒之气透体而入，强大无匹的压力几乎将他浑身肌肉和骨骼挤至一团，他甚至可以感觉到那枯瘦的爪子落到自己的脊背上。

生命在这一刻突然而止，天地像陷入了一种绝对的寂静之中，包括风，包括活着的人的喘息之声。但——怪人的手爪竟在林渺的脊背上停了下来！便像刚才林渺使出那招“山海裂”之时一样，这怪人竟发起呆来。

“轰……”铁头的巨桨以无可匹御之势再次重击在怪人的腰侧。

怪人那干瘦的身子微微晃了一下，但足下没有半点移动。

铁头闷哼一声，大铁桨便如击在一根巨大的铁柱上一般，震得他手心发麻。

鲁青的拳头也击在怪人身上，可他也如弹丸般被弹开，怪人的身体像是一个充满能量的容器，根本就不在乎外界的任何攻击。

怪人依然定定地立着，以那不变的姿势立于林渺身后的地上，目光死死地落在林渺的背上，像是突然之间灵魂陷入了另一层空间。

林渺感到一丝寒意袭体，他也感觉到周围如死一般的静寂，不由得睁开了眼，却发现了任灵那骇绝而又怪异的表情。他知道自己没有死，因为他尚感觉到那凝于他背上的枯瘦的爪子。

没有人敢乱动一下，谁也不知道这个怪人会干出什么来，最让这些人心寒的却是，这怪人浑像是根本就不惧任何攻击，连铁头那两记重逾千钧的重击也无法在对方身上留下任何的痕迹，这又怎能不让人吃惊呢？

若是常人，这一桨足以将其击成肉饼，即使是猛虎也会骨碎肉裂，但对于这个怪人，反而是铁头自己受伤。

"火龙纹，火龙纹，是秀儿，是秀儿……"怪人蓦地似回过神来，踉跄地退了几步，口中低低地念叨着一些让人不解的话。

林渺也不由得骇然，但这怪人移开怪爪退开，却让他感觉死神又离他稍远了一点。当然，他很清楚，如果这怪人杀性再起，他这一队剩下的十余人根本就不够杀，是以仍没有人敢有半丝轻举妄动，都在极为紧张地戒备着。铁头几人靠在一起，随时准备防护反击。

怪人蓦地转身，目光犹如透过云隙的阳光，洒在每个人的身上，只让每一个人心中都泛起了一层寒意，仿佛赤裸着身子裸露在无限的雪原之上，他们的心也都禁不住一阵战栗。

鬼医不敢妄动，但他感觉到这怪人身上的杀气已渐渐敛去。

怪人的目光又转向林渺，而林渺已经立身而起，挡在任灵的身前，目光坚定而冷漠地对视着这怪人。他并不害怕死亡，即使是这怪人不杀他，他也仅有两月好活，生与死已经不是那么重要，至少对于他来说是如此。

让林渺吃惊的是，那怪人的目光在与他对视之时，竟渐渐有了一丝暖意，甚至是一丝慈祥，他再也感觉不到杀机。

"你叫什么名字？"怪人突然以一种极为沙哑的声音问道，目光又变得锐利。

林渺吃惊地退了一步，与怪人对视，他深深地感到压力，仿佛有一种神秘的魔力让他不由自主地回答："林渺！"

"林渺，林渺……"怪人重复了几遍，突地狂笑，形如疯癫，更转身便向远处荒野掠去，快如一支利箭，当林渺回过神来时，怪人早已消失于视野之中，虚空之中惟留下那种怪笑的余音回绕，良久不绝。

怪人去时像来时一样，没有半点先兆，来去有如风影，只留下众人的心仍悬在空处，久久无法平息。

林渺举目相望，任家战士已有十余人死于那怪人的利爪之下，马儿也只剩数匹未死，地上一片狼藉。若非这些尸体在，众人必定会以为自己只是做了一场噩梦，这一切都只是虚假的。

“三哥！三哥！”任灵心有余悸的惊呼唤醒了林渺的思绪。

林渺回过神来，发现龙腾刀便在脚下，他赤裸着上身，怪模怪样的。

“三爷，我们还是快离开这鬼地方，那老妖怪说不定还会回头！”任泉也心有余悸地提醒道。

“对，我们快离开这里！”林渺也回过神来。

鬼医望了望赤裸着上身的林渺，心中生出一种怪怪的感觉，目光却落在林渺背上那道红色的龙形胎记上，又似乎若有所思。

“林公子背上的胎记是生来就有的吗？”鬼医吸了口气问道。

林渺一怔，不知鬼医怎么会突然问起这问题，但却肯定地点了点头道：“我也不知道，自我能记事起，就有了，我爹说是我生来就有的，难道这有什么问题吗？”

鬼医笑了笑道：“没有，我只是觉得有些特别而已。”

“希聿聿……”一阵急促的马蹄声传来，自德州方向飞速驰来一队人马。

林渺抬头一望，吓了一跳，这群人中似乎什么样的人物都有，道士、乞丐、锦衣华服的富商，还有作青衣打扮的儒生，衙门的捕快……一伙人竟有数十之众。

“咦！”鬼医望了一眼，微吃了一惊。

“铁先生认识他们？”鲁青讶异问道。

鬼医没答，却自语道：“这些人怎么会走到一起的？真不可思议！”

“吁……”那群人来到近前，全都带住马缰，为首者乃是一位鹤发童言的道长。

“我们又来迟了！唉，无量寿佛……”那道士见到满地狼藉，不由得一合掌，闭目略显无奈地自语道。

“你们有没有看到一个蓬头怪人经过这里？”一名锦衣绅士带马便问。

“阁下可是山西晋阳‘妙笔生花’柴鹏举柴大官人？”鬼医悠然拱

手道。

那锦衣绅士一怔，讶异地打量了鬼医一眼，惑然问道："阁下是……"

"想必先生是闻名河北的鬼医铁静铁先生了！"一名儒生抢先道。

"正是在下，这位定是太行五虎之一'夺命书生'柳生了！"鬼医淡淡地笑了笑道。

"哦，原来先生就是鬼医铁静，柴某有眼不识泰山！"那绅士忙施礼道。

"何用客气？"鬼医也忙还礼。

"贫道松鹤，不知铁施主可有见到一蓬头垢面之人自这里经过？"那为首道人也施礼问道。

道人一报名，任泉、鲁青还有鬼医不由吓了一跳，"松鹤道长"之名确实让他们震惊！江湖之中不知道崆峒松鹤之名者少之又少，松鹤道长乃是公认的除无忧林之外的道家第一人，也是正道的泰斗，武林名宿，传闻其武功已可直追当年大闹京师的武林第一人刘正，却没有料到竟在这里遇见了他。

"道长应该看到了地上的这些死去的人中有我们的兄弟，道长刚说来迟了，自然已经知道那怪物曾到过这里，只是晚辈有一事想请问道长！"林渺上前插嘴道。

"哦，小兄弟有什么问题但问无妨！"松鹤道长瞟了林渺一眼，倒也平和地道。

"真难以相信这世上会有那怪物那般可怕的武功，我想请道长告诉我，那怪物究竟是什么人？为何如此滥杀无辜？"林渺惑然问道。

想到那怪物神鬼莫测的武功，林渺仍然心有余悸，他确实很难想象这世上居然会有如此恐怖的杀人狂魔。

松鹤不由得叹了口气，道："如果贫道没有猜错的话，那怪物应该是二十余年前武林第一人，也是正道第一高手刘正。不过，贫道并不能确定，这刘正已失踪了近二十年之久，可他毕竟是正道第一人，应该不会如此滥杀无辜。"

“啊，那怪人会是当年武林皇帝刘正？”鬼医失声低呼。

“这只是一种猜测，此人最初现身于华山，除夕日贫道云游而至，便发现此人杀了华山‘天一观’所有人，于是贫道便一路自华山追到山西，再自山西追到河北，中途也与之交过手，但此人却未败而走，其速度连贫道也望尘莫及。更惊人的是，此人好像已练成金刚不坏之身，我这才邀请各同道共讨此邪魔，却始终无法追及。这东岳门的人也是贫道所邀，却没料到竟先遭其毒手，真是造孽呀！”松鹤无可奈何地道。

林渺恍然，难怪这些东岳门人大老远自山东跑到河北来，原来只是为了助松鹤除魔。

“道长应该说对了，先前，我以重桨全力击中其两次，可他像是一点反应都没有，仅是上身晃了晃，想来正如道长所说，他恐怕真是练成了金刚不坏之身！”铁头也插嘴道。

“道长，如果他真的练成了金刚不坏之身，那我们该怎么办？”柴鹏举有些忧虑地道。

松鹤的眉头微微皱了皱，吸了口气道：“即使是金刚不坏之身，也不会是不死的，生命之体，血肉之躯，总会有破绽，只要我们找到了其破绽，便可以破他的金刚不坏之身。”

众人不由得多了一丝忧色。

“这怪物出手从来都没有活口，此次怎会突然转性了呢？”那乞丐挤开人群，惑然问道。

经乞丐这么一提，众人不由得全都惑然地望着林渺诸人，但见林渺的口角依然有血丝，便知刚才肯定发生了一场恶战，只是往日这怪物杀人是绝不留活口的，不管好人坏人，都照杀不误。

“如果我能知道原因就好了，但我想，定是他不想被诸位追上，这才在你们赶来之前逃逸了吧。”林渺苦笑道。

“敢问这位小兄弟尊姓大名？”松鹤淡淡地问道。

“晚辈林渺！”林渺也不掩饰。

“你就是大闹邯郸的那个林渺？”那一行人之中倒似乎有许多人听说过

林渺大闹邯郸之事。

林渺神色微黯，涩然道：“谈不上什么大闹，只是逃命而已。”

“原来是林公子，倒是失敬了，难怪那怪物会走，定是因为一时奈何不了诸位。”那捕头拍马道。

“不，在下根本就无法接下那怪物两招，我们这些人加起来也不够那怪物杀，怪物之所以离开，也绝不是因为我们的武功。”林渺坦然道。

松鹤悠然一笑，倒是很欣赏林渺的这份坦白，因为他自己也曾与那怪人交过手，深深地知道那怪人有多可怕，是以他才会怀疑那怪人便是二十多年前的武林皇帝刘正。

刘正乃是哀帝的兄弟，可谓是皇室的至亲，但其只好武而不喜政事，是以流落江湖，后其武功之高，天下无人可敌，哀帝封其为武林皇帝。但后来王莽篡汉之后，刘正大闹京城，在禁宫中七进七出，直杀得禁军高手尸积皇城，后悠然而去再无踪迹。但是却没有人能够忘记这位曾经风云天下的神话人物。

林渺再如何，也只是个年轻的小毛孩子，又怎可能与刘正相比呢？是以，林渺说无法接下那怪人两招，松鹤并不意外。

“林公子太谦虚了，我看众位也是同道中人，不若我们一同找到那怪物，将之正法，以防其再祸乱江湖，岂不是造福武林？”那乞丐也上前道。

“这位想必是五毒盟的崔叫化了。”鬼医望了对方一眼，淡淡地问道。

“鬼医真是法眼如山，不错，我就是崔叫化子。”那乞丐怪怪地笑了笑。

“不过，我们尚有要事需赶往信都，是以，不能同诸位同去对付那怪物，真是不好意思。”鬼医先林渺一步道。

“哦，诸位原来是要赶去信都，那就不打扰各位了，后会有期！”松鹤扫了众人一眼，淡淡地道。

“后会有期！”林渺也一拱手道。

“大哥在哪儿？”任灵入府的第一件事，便急着问道。

“禀小姐，太守大人正在帅厅商议军机，请小姐稍待！”一名家将道。

“我们回城之时，发现城外有大批军马，这究竟是怎么回事？”林渺讶异问道。

“是铜马军来打信都，也不知他们是自哪里得到的消息，说我们杀了长史大人郑飞，而铜马军的二当家郑志正是长史的侄儿，所以他们便派大军来犯，太守大人正在思破敌之计呢！”那家将吸了口气，解释道。

“原来是这样，铜马军也好大的胆，居然敢如此大肆犯境！”林渺皱了皱眉，心道：“这么说来，我想借信都之军去破高湖军的计划只好暂缓了，那还得先平了铜马军之乱才行，否则只会害了信都。可是自己只有两个月的生命，又能做些什么呢？能在这么短的时间里败铜马军，再去败高湖军吗？”

林渺心中有点泄气，不过既然铜马军来找任光的麻烦，他自然不能袖手旁观。

“带我去见太守！”林渺向那家将吩咐了一声。

那家将犹豫了一下，在林渺咄咄逼人的目光之下，只好道：“请跟我来吧。”

“启禀帮主，林公子他是去了信都！”许平生略带一丝欣慰地道。

迟昭平的容颜依然有些苍白，但却似乎多了一丝欣然之色。

“我看他在那岔道之上犹豫了一下，看来，林公子仍然记着帮主的话，他说要去信都借兵破高湖军！”许平生又补充道。

“是吗？这是你亲耳所听到的？”迟昭平讶异地问道。

“不错，自林公子的表情之中可以看出，他并不是太绝情之人！”许平生肯定地道。

迟暮不由得叹了口气道：“其实老夫早就看出他只是故意要装得如此绝情的！”

“他为什么要这样？难道这对他会有什么好处？”迟昭平有些不服气和惑然地问道。

“是的，这样对他并没有好处，但对帮主却有好处。”迟暮吸了口气道。

“对我有好处?”迟昭平若有所思。

“不错，他知道自己只有两个月的生命，两月之后的一切，都是难以预料的。他是一个心思极细腻之人，帮主的心思和情意他又怎会不知？但他却不想你爱上一个只有两个月生命的人，是以他要帮主绝了对他的情意，那样，两月后即使他死了，你也不会那样伤心！是以，他才会表现得这样!”迟暮淡淡地道。

迟昭平的眼角竟滑出一行泪水，事实上，她又何尝不明白林渺的心思？是以，她根本就不会生林渺的气，而选择暗中相助于他。她本是聪明至极的人，如此年轻能成为北方第一大帮的帮主，其智慧自然超人，不过身为帮主，为了黄河帮的尊严，她这才让林渺离去，但林渺的心思并没有瞒过她。

“我本不想说出来的，但我知道以帮主之睿智，又怎会不知其本意?所以，我说不说都无所谓。”迟暮淡淡地道。

迟昭平深深吸了口气，平静地笑了笑道：“我早知道他会如此!”顿了顿又道：“近来，听说爹爹他在河北出现过，还请暮叔去帮我查一下他老人家的下落。”

“这件事便交给我。”迟暮爽然道。

“帮主，听说河北近来出现了一个可怕的杀人狂魔，连崆峒山的松鹤道长都惊动了，还请了大批高手前来河北！他们也向本帮发了请帖，不知帮主意下如何?”许平生又提醒道。

“传闻此人自秦地一直杀到河北，白天杀人晚上匿迹，连松鹤道长都无可奈何，我们还是少惹为妙。我们黄河帮所做的是生意，除魔卫道并不是我们的事!”迟昭平淡淡地道。

“帮主教训得是!”许平生恭敬地道。

“好了，你可以继续观察林公子的动向，如果他出兵攻打高湖军，则立刻通知我!”迟昭平肃然道。

“属下明白!”

陈茂大军再次大败，王常与王凤迅速又回兵整合，聚军直逼淯阳。

姓子都和属正的伏兵却是等了个空，待他们意识到中计之时，义军早已突破了防线，兵临淯阳，而陈茂也败得一塌糊涂。

但此时更让刘玄兴奋的却是同仁行送来了第一批三千张天机弩，他见过这三千张天机弩的神威之后，兴奋至极，暗呼天助我也。

绿林军对姜万宝确实是另眼相看，得这批利器，对于他们在淯阳城下决战严尤可以说是如虎添翼，胜敌的信心也为之大增，他们自然不再吝啬这些银子。

对于姜万宝来说，谁胜谁负并不重要，重要的却是金银，虽然绿林军连战连捷，发展势头迅猛，但他知道林渺的心思，只要好好发展自己的力量就行。

由于老包和小刀六的关系，天虎寨的人仍与伏牛山的申屠勇交往密切，也会支援其一些物资和少量兵器，这使得同仁行在河南一带混得确实够轻松，无论到哪儿都是畅通无阻，便连齐万寿也感到了眼红。不过，这些日子来，齐万寿确实显得极为低调，府中大小事务似乎从不亲自过问，一切都由家中之人打理，这种情况倒让人觉得有些意外。

当然，没有齐万寿打理的齐家，倒对同仁行是一件好事，正因为没有齐万寿干扰，小刀六和姜万宝才可以在宛城内外为所欲为地发展，并在几个月中毫无顾忌地做各种买卖，大发横财，更隐隐成了宛城最具声望的人物。不过，这也是因为刘秀起事宛城之时，城内的豪强多跟其揭竿而起，宛城之内也没剩几家真正的豪族，以至于小刀六是山中无老虎猴子当大王。

据守宛城的是前队副大夫严说，前队大夫甄阜战死，严说便是最高首领。

严说与严尤乃是自家人，而小刀六也是严尤看重之人，兼之又为军中造兵器，是以在宛城之中，严说对小刀六的产业也极为支持，行事极其自由。

姜万宝却知道，当第一批天机弩送给义军之后，他便该策划离开宛城了，所幸此刻无论是人力财力都足以支撑他们发展。所以，迁移并不是一件难事。

“大哥何用为这小小的铜马军而犯愁？虽其有大军三万，却不足为患。”林渺肃然道。

“哦，三弟有何妙计？”任光讶异地问道。

“很简单，因为铜马军来攻我信都，乃是极不明智之举。郑志此来，已经太过冲动，他们以为信都近来发生了这么多事，又是兵权新更，才会以为信都易破。因此，便是没有郑飞之事他们也会前来攻打的。我昨日观之城外驻军有数万之众，想必铜马军已大部分倾巢而出，请大哥给我三千人马，奇袭枭城，让铜马军先失老巢，那他们自然会不攻自破！”林渺淡淡一笑道。

“奇袭枭城？”任光的眸子里闪过一丝亮彩，反问道。

“不错，铜马大军新来，必不会稳守四面，而且他们也不够守四面的兵力，如果对这三千人马稍加伪装，便不难悄然出信都。我们再绕道而行，待到了枭城，只怕他们仍没反应过来！”林渺自信地道。

“好！就依三弟之计，我给你三千人马！”任光爽快地道。

“另请大哥为其每人准备三天口粮，一律轻装上阵！”林渺肯定地道。

任光又一呆，望着林渺的表情，吸了口气道：“好，一切由你！”

“保证不让大哥失望！”林渺信心十足地道。

……

林渺点齐三千人马，却全都换去这些人的甲胄，皆以轻装便衣携三日之粮。

他将这些人分成三十组百人小分队，然后分批出城，而他则在城外集齐众人乘夜色绕道北上。

铜马军确如林渺所说，因其正大批赶至，尚无暇围城，其先锋紧逼，却被官兵所阻。林渺则选相反之道自新河而出，又是夜幕深重，自然不会让铜马军发现。

信都距枭城并不远，只百余里地，三千人马只一个夜晚便已赶到枭城之外二十里处，林渺将人马隐于山谷密林之中，天亮之际，又立刻派鲁青、猴七手等人领着一支百人小分队分批混入城中。

城内虽然戒备极严，但绝没料到信都军会如此快便来到了枭城之下，是以并没什么防范。

猴七手诸人一来是入城打探城内的军情，二来也是作内应，林渺本就是要打一场出其不备的奇袭之仗，而这一切便是靠速度来维持先机。

整个白天，三千大军皆蛰伏休息，养精蓄锐，以备夜间之战。因众人皆备干粮，是以无须升烟火之类的，不怕被人发现。